U0898790

2023年度温州文化艺术发展基金资助项目

百年水平

洪水平◎著

瞿冬生◎编

文匯出版社

雁山赤子

——洪水平先生速写

今年，洪水平先生喜逢白寿。

“多少风雷枕边过，居然九十还悠然。”这是洪老 2014 年出版《明日黄花》时作的诗句。

去年，打算封笔的洪老先生，因老伴故去，“七十年生死两茫茫，肝肠寸断，命悬一丝。”“我已 98 岁，只能为老伴写点什么。”于是又坐到桌前奋笔疾书，倾吐“一生最大的终身的痛苦”。很快，《相濡以沫七十年》付梓，字里行间，如泣如诉。

从 70 岁出版长篇纪实小说《温州城下》开始，洪老一直《站着写人生》，已经出了 17 本书。这些不同寻常的书页，承载着名门望族的绵延香火，辉映着峥嵘岁月的硝烟烈火，升腾着亲朋挚爱的人间烟火。这里的每一把火，都是他用心血在燃烧！

如今，身板硬朗的洪老，每天照常读书看报。同他闲聊，朗朗笑语间，让我感到特别亲切。从他的身上，看到了人性的光芒——年轻时勇往直前，成年时忍辱负重，年老时乐观豁达。

1925 年，洪水平出生在乐清。太平巷洪宅，是当地名门望族，书香门第，家学渊源。1946 年底上山，成了浙南游击纵队（浙南特委）的一名队员。当时特委宣传部部长胡景瑊说："我们是职业革命家。"这句话影响了他一生。

在瑞安的崇山峻岭间，中共浙南特委决定创办《时事周报》（《温州日报》前身），并发动大家写报头。特委书记龙跃看过所有的"作业"后，立即拍板：用小洪的。"其实，龙跃同志的字也很好"，"那时没有非领导人题签不可的风气"。

这份党报于 1947 年 5 月 1 日正式创刊，从最初的四个版到后来八个版，从刊登新华社电讯到浙南地方新闻，从原先单一的时事版到增加副刊、画刊，从开始印刷 600 份到印刷 2000 份，不断壮大。其间，洪水平刻了很长一段时间的蜡纸。《时事周报》是解放战争时期长江以南唯一的党报。

1949 年 5 月 1 日和 4 日，国民党温州最高长官叶芳将军派出代表，先后在景德寺与中共浙南特委代表举行两次谈判。洪水平作为我方工作人员，全程记录了谈判细节。他清晰地记得，"谈判的焦点是莲花心归属问题"，"控制了莲花心等于控制了温州城"。谈判陷入僵局之际，叶芳说："整个温州都交出去了，一个莲花心算什么？”5月7日，温州和平解放，千年古城和70万百姓避免了战火的炙烤。

1980年9月，“右派”平反后的洪水平，被组织安排在党史研究室工作，从而填补了温州党史研究的空白。他上北京，奔南京，先后走访200多人，不遗余力征集查找，潜心研究相关资料。《轶史随录》是正史里用不着的“副产品”。他说：“翻抄故纸，付梓成书，非为猎奇怀旧，盖前事不忘，后事之师。”由专家编辑的《温州词典》里称洪老写的“《温州城下》既是文学作品，亦是温州地方史”。

70多年前题写报头的那幕场景，洪老至今难忘。他曾经调侃说，“他如果能算得上是书法家，就从那时开始。”一位知名人士曾经不无遗憾地说，“如果洪老身在北京，早已名满天下。”第三届中国书法家协会秘书长谢云先生生前特地撰文，盛赞其书法是“无心名利”“人书俱老”的“文人之字”，称他是“有名家之实，无名家之誉”。

一位近百岁的老人，经历之曲折，阅历之丰富，心胸之豁达，言行之励志，于我而言，并不多见。在下才疏学浅，笔力不健，不能做精彩的描述，还是请您打开《百年水平》吧。这里，有他精彩与苦难的人生故事，有他犀利与风趣的议论风生，有他寻常与不同的喜怒哀乐……

他是温州的骄傲！

最后，还要说明一下，30年时光，17本著作，洪老只选了这些文章，可见他对自己的要求之高。希望大家通过这些文章，能沿着洪老的心路历程，走近这位品峻寿高，兰气春长的耕耘者。

瞿冬生

2023年2月14日于三修斋

目录

洪宅春秋

峥嵘往事

姊妹故事

轶史随录

北窗纵谈

心香一抹

洪宅春秋

乐清市太平巷洪宅曾经辉煌一时。翻开《洪氏大宗谱》，最早的祖先是唐朝的洪觉轩，他当过侍读学士，陪皇帝读书。实际上还是皇帝的老师。

世家子弟

乐清市太平巷洪宅曾经辉煌一时。翻开《洪氏大宗谱》，最早的祖先是唐朝的洪觉轩，他当过侍读学士，陪皇帝读书。实际上还是皇帝的老师。而我的这位先祖，死后赐谥襄惠；妻罗氏，封卫国夫人。可见他洁身自好，爱惜羽毛，视功名利禄如浮云，置身于政治漩涡之外，几乎是隐于朝的隐士。这样淡然、坦然过平常日子的封建时代的大官僚，并不多见。

乐清的始祖叫洪谟，他在南宋时曾任都统一职。相当于一个战区的前敌总指挥，忽必烈建立元朝之后，洪谟任温州知府，官阶是骠骑卫上将军，正二品。上马杀敌，下马治民，文武双全，相当于现在的国务院副总理或国务委员，跻身国家领导人之列。

我是他的二十世孙。

乐清洪家被称为名门望族，还有个根据。中堂有两块匾，大的一块是“祝洪母太夫人八秩大寿”的，大书“大陆祥人”四字，金字黑漆，正上方有朱红印文，十分壮观。送这匾的是陆润庠。这位陆先生是同治年间状元，当过工部、吏部尚书。

中堂还有一个较小的匾，上书“膏我下土”四字。这是乐清东乡某地原来土地贫瘠，我的祖先舟卿公帮助兴修水利，使之成为涝旱保收的良田，这匾类似功德碑。

这张照片（见下图）是我八岁或九岁时拍的。这大宅子里四个房头，“式”字辈的兄弟全到齐了。从右至左依次是洪锦冠、洪时骏、洪水平、洪禹平、洪时骅、洪锦江、洪鸣天和洪式诚。他们的名字都有点来历。水平、禹平来自《汉书·食货志》“禹

平洪水”；阿鹤、阿天，全名是鸣鹤、鸣天，出于《诗经》“鹤鸣九皋，声闻于天”。

这八个兄弟中年岁最大的是锦冠，在诸兄弟中排行老大，我们都称他“锦冠哥”，或“冠哥”。当时冠哥才十四五岁，还没结婚，冠哥怀中的婴儿可能是锦炘。

这八个人中，智商最高的是时骏（后改名式灏）和时骅（式颐）。阿骏在考中学时，温州三个中学：温中、瓯中、温联中，全得第一名，“连中三元”，成为学界佳话。当时在洪宅，子弟不用功，父母就说：“你为什么不学学阿骏！”

阿骏语言天赋惊人。初中二年级，他就自办英文壁报，作者和编辑只他一人，每期都好几篇文章。贴出以后，全校轰动，好多老师来看，他们都不相信才学过一册半英文课本的十几岁孩子能写出这样的文章，不仅文法、拼音全对，还颇有文采。老师们不免疑心是某一位先生代为捉刀，再三询问，还惊动了校长，才证实确为阿骏自己的作品。我念中学时英文成绩不错，是阿骏带出来的。

1945 年下半年或 1946 年上半年，温中学生演出郭沫若的话剧《孔雀胆》，在场观众有美军军官，所有的英文教员都知难而退回避了，阿骏挺身而出，充当现场同声传译。即便是现在，北京语言大学毕业的学生要担任这一工作，也需百里挑一，何况翻译的是文学作品。当时阿骏坐在这几位美军军官中间，随着剧情翻译台词。到闭幕时，那几位美国佬问道：“你是在英国长大的吧？”阿骏说：“我只到过温州。”他们竖起大拇指，说：“Wonderful！”（可译为“了不起”。）

第二天，我遇到阿骏，问他：“孔雀胆怎么译”，他说：“孔——雀——胆。”

但造物忌才，阿骏在 20 岁患了肺结核，当时只有链霉素才能救命，但一瓶链霉素要一两金子，阿骏的父亲——我的二伯——28 岁亦死于此病，二妈一个人支撑两个孩子的家庭，哪有能力买这样贵的药。何况要真正治好，一瓶根本不够。洪家世交徐希焘先生奔走呼吁，想筹款买药，挽救这位天才少年的生命，但八年抗战，接着就是内战，民生凋敝，通货膨胀，谁又有余款来做这般善事呢？这些好心人眼睁睁瞧着这罕有的天才于 1947 年病逝，他才 22 岁！这时我已在浙南游击根据地，与故家音讯断绝，直到 1949 年解放，故乡亲友告诉我阿骏在临死前骨瘦如柴，呼吸微弱，二妈及叔伯师长眼见死神来临而束手无策，我不禁痛哭失声。

时骏的亲弟弟时骅是中学语文教师，他常上示范课，许多科班出身的老师——如师大的学士、硕士不时来听他的课，评价甚高。有人告诉他们，洪老师不过是初中毕业，竟有人不相信。我的一个亲戚是他的同事，她对我说过：“洪老师把那些高学历的老师远远抛在后面。”

1949 年温州解放不久，故乡来人告诉我，时骅是反革命，关在牢间里。我自 1946 年离开温州后，一直没有回到故乡，心里想，他还未成年，年少无知，或许上了军统、中统或者什么“朋友”的当，干了些坏事也可能。虽然，阿骅腼腆忠厚善良，我自己也不相信自己的想法，但决不容许自己插手亲友的案件，当时虽然没有“回避”的法律，但像我这一辈人都自觉地遵守这不成文的规矩。

次年冬天，时骅出乎意料来到我家，我劈头第一句就问：“你怎么成了反革命了？”他苦笑，说出了下面几乎无法相信的事实。

原来乐清国民党县党部书记长兼戡乱委员会主任是我们的同宗兄弟，叫式华。他在乐清解放前夕只身逃到台湾去了。而乐清县人民政府公安局局长是南下干部，山东人，“式华”“时骅”音相近，就张冠李戴，把时骅抓了进去。这位局长的颟颟顸顸，可以上《无双谱》了。其实只要看一下时骅满面稚气的娃娃脸，就可以判定哪有未成年的国民党县级官员？但事实确是如此。

时骅糊里糊涂坐了 13 个月的牢。我问：“这期间有没有过堂审问？”他摇摇头，“那又为了什么放了你？”他也不知道。这样的奇案，令人舌挢而不能下。

禹平比我小一岁，他性格刚毅，认定一个目标，执着、坚韧、专注、百折不回。他从小立志当文学家，博览群书，尤其是中外文学名著。上世纪五十年代，他调往北京，在连环图画出版社当编辑科长，同事中有王叔晖，刘继卣等名画家，他们的文字稿都要禹平来审查认可，工资等级相当于副厅局级干部。他参加第一届全国青年作家大会，是最早一批中国作家协会会员。《人民文学》《新观察》不时登有他的小说散文。在别人眼里，他名利双收。活到此地步，夫复何求？

上世纪五十年代，不知道是中央宣传部、全国文联还是作协——反正是其中一个机构突发奇想，号召作家职业化，即放弃工资，靠稿费收入维持生活。这在当时计划经济的背景下，简直荒唐透顶。说得好听些是“理想主义”，说得难听些，就是“痴人说梦”。像鲁迅、老舍这样的名作家也都是教书匠，“纯”作家在中国并不存在。

而禹平却马上打报告要求“职业化”，抛下北京的妻女，离开政治文化中心的首都，单身回乡，豪气满胸怀，以为从此可以振翮冲天。据我所知，当时全国要求“职业化”的作家，仅禹平一个，没有第二人。

禹平回家乡乐清，路过省城杭州。当时中共浙江省委宣传部文艺处处长正是当年浙南特委宣传部的郑伯永，他兼省文联秘书长，留禹平在创作室从事创作（其实已经非职业化了，创作室免费提供住宿伙食）。紧接着反右运动开始，郑伯永被打成右派分子（可怜他病贫交迫，死在乐清万岙）。

当时，《浙江日报》全版批判洪禹平的右派言论。好在他不属于任何部门，对报上的批判嗤之以鼻，自个回到乐清。但生活无着，曾经干过打渔、补鞋、当推销员之类的营生。有一阵子还买了一部称体重量身高的机器在街头摆摊。总之，除了讨饭，一个落魄文人的一切厄运他照单全收，但照样读书吟诗，关心国家大事。后来“文化大革命”开始，他又一次头脑发热，参加一个叫“巴黎公社”的造反派组织，还因此坐了几个月的牢。

一直到 1979 年，“四人帮”粉碎，禹平到省文联要求平反。文联和省委宣传部查遍 1957 和 1958 年的所有档案，竟发现并无一个组织或个人定他为右派分子，《浙江日报》只负报道之责，更无权将他定为右派。就是说，他不是右派分子。既然不是，就无从改正。但他实际上被认为右派分子已经 20 多年，自己也以为自己是右派。于是，这事陷入一个逻辑怪圈。

无奈之下，浙江省文联负责人与禹平商量，建议他姑且自己承认是右派分子，才好改正、恢复党籍和原行政等级以及国家干部的身份。禹平没有办法，只好同意，后来才得一噉饭之所，在乐清师范教书。他是自己戴上帽子、无中生有的右派分子。

在所有的兄弟中，禹平最漂亮，搞文学的人，感情丰富，他的颜值和情商都属第一流。上了高中，他正式谈起恋爱来，对方是青梅竹马时的邻家少女沈女士。沈女士家里真正当家的是她的大哥，以为禹平太孤傲狂妄，坚决反对他们接触，而且采取断然措施，将妹妹软禁在楼上。殊不知这位绰号“糯米人儿”、平时温和文静、讲话都细声细气的姑娘性格刚烈，半夜里冒险从窗口跳下，到太平巷洪宅找禹平。这一下人是逃出来了，以后怎么办呢？这对小情人全无主意，想来想去，能商量的只有我。

这天半夜，我被急促的敲门声惊醒，开门一看，他们手足无措地站在门口，两个都满面汗珠。我听完了他们说的情况，立刻说:“走！到温州去！”这样，我带路，偷出后门，步行直奔琯头。

一路上，他们手拉手，并排走路，情话绵绵，倒像是郊游。我一声断喝:“快，沈大哥追上来了！”才拆散这对鸳鸯，随着我急步而行。

到了温州，我找到温州的同学，他们才有个栖身之所。如果我不跟着来，他们只能露宿街头了。

1946年底，我由上海到浙南游击根据地，不久，禹平也来了，同在浙南特委宣传部工作，兄弟二人主办《时事周报》。

沈女士和禹平的嫡亲姐姐洪禹华，还有我的叔伯姊妹洪羽央，都参加了乐清县委领导的北雁荡山括苍山游击根据地的工作。兄弟姊妹四人几乎同时上山打游击，曾被传为佳话。

大约是1952或1953年，禹平兴冲冲地通知我，他要结婚了，告诉我结婚的时间和地点。婚礼简单，只在温州××巷梁家摆一桌酒，请几位亲友吃一次饭。我和禹华按时到场，但不见沈女士，只有梁女士忙里忙外。我们偷偷问禹平:“沈××呢？”他竖起食指按在嘴唇上:“嘘！就是她。”原来新娘姓梁。我和禹华相对默然。

禹平于2005年在乐清去世，终年80岁。现在，乐清社科联已编辑出版了《洪禹平文集》，他如泉下有知，应该满足了。

锦冠哥毕业于英士大学化学专业，一生从事教育工作，小心谨慎，老成持重，平平安安过一生，夫妇都年过八旬、将近九十时去世。

锦冠哥妻子黄蕙芳的祖父黄式苏先生，与后来称为和平老人的党国元老邵力子壬寅（光绪廿八年）同科中举。他参加孙中山先生为首的光复会、同盟会，曾任温州中学和温州师范学堂的监督（即校长），当过三任县知事。他在福建宁德县知事任上，逢大旱，饿殍遍野。式苏先生卖掉自己的所有田产，替全县农民纳了田粮。“黄式苏做官卖田”，全县皆知。这样的清官，中外历史上都罕见。他的老屋有自书楹联：

老至悔应迟，有书未读；
官罢游已倦，无田亦归。

盖纪实也。

式苏先生侄儿黄尚英，1929 年与李强在香港建立中共南方局电台，沟通在上海的党中央与江西苏区的联系，是中共最早的无线电台干部，后因肺病回乡。式苏先生将他安置在杭州医院，多方筹款治病，惜乎病情已重，尚英英年早逝。式苏先生明知侄儿是共产党，但不怕牵累，全力抢救。他一生写过不少挽诗挽联，但无一字及尚英。呜呼，天黑如墨，风雨如磐，老先生不能不有所顾忌。

锦冠哥在抗战初期结婚，婚礼十分隆重，是太平巷洪宅最后一次大排场大铺张的婚礼。自他以后的诸弟妹，均在解放后结婚，不过领一张结婚证，分几颗喜糖，顶多请几个人吃一顿饭而已。

冠哥婚后即赴重庆，持曾任驻伊朗大使的郑亦同先生介绍信去见邱清泉将军，邱一听来人说的是温州话，一言不发，当场写条子介绍锦冠进重庆邮政局工作。邱清泉是温州郊区蒲州村人，国民党五大主力军之首，当时是陪都卫戍司令。

冠哥到重庆后，从不来信。蕙芳嫂从小由祖父抚养，是名副其实的出自书香门第的大家闺秀。她认为自己已经出嫁，当然不回娘家；丈夫外出谋生，她也不愿在洪家寄食，于是就到柳市小学教书，自食其力，住在学校里，假期也不回家。这时，禹平的大姐翠鸾也在重庆，不断把蕙芳的情况告诉锦冠，婉转责备阿冠不应如此对待贤淑的妻子。

1944 年，锦冠回乐清，中途下船，直奔柳市小学。正是暑假，学校悄无人声。蕙芳嫂端着放有一把茶壶、四个茶杯的茶盘下楼，准备到河埠头清洗。锦冠一进大门，大喊“蕙芳蕙芳”，听到这熟悉的声音，蕙芳嫂头一晕，脚一软，瓷制的茶具摔得粉碎。

这以后，琴瑟和谐，夫妇恩爱异常。解放后冠哥在温州工作，我是他家的常客，亲见他们相敬相爱、形影不离、互相体贴之状。

冠哥古诗作得极好，禹平称他的诗“雅健可颂，颇得风骚正风”，表弟张炳勋说他的诗“深得三昧，峻洁雅醇，用典自如”。但他对自己的诗从不珍惜，随手乱丢，蕙芳嫂一一收集珍藏，他于 2005 年亡故后，我编《洪锦冠诗》，诗稿全是蕙芳嫂提供。诗篇写在各种各样的纸上，有一首竟写在香烟壳反面。

锦江为机械工程师，退休回故乡后，被数家工厂返聘，其中有现在名气很大的企业集团，当年只是个小作坊。他对乐清工业的发展是有功劳的。

禹平的亲弟弟洪鸣天50多岁患心脏病早逝。洪式诚解放后在县政府工作，退休后为老年协会事奔走。他年纪最小，但亦已逝世。

至于我自己，是八个人中吃苦最多的一个，却意外地长寿。长寿并没有什么好处，老年病在所难免，人造角膜，一半义齿，行走不便，听力打八折，常常“笔头呆”。但也不无好处，见得多了，世事洞明，毁誉不惊。听好话果然高兴，但未必都是真话，坏话不中听，但其中或有真理，岂不闻“良药苦口，忠言逆耳”，听听又何妨，只要活得自在，别人讲七讲八，管他娘！

太平巷其实是后门，大门在南面，这照片（见下图）只是大

门的下面一部分。大门上方是一排一丈多长，一尺高的砖刻浮雕，多是历史故事，我记得起的有郭子仪单骑见回纥和苏武牧羊。其下是“紫气东来”四字，阴刻，大门对联为：

沧海六鳌观气象；

青天一鹤见精神。

这四字匾和对联都刻在水磨青石（辉绿岩）上，水磨功夫到家，如镜面，光可鉴人。

我的图书缘

1939 年，我 14 岁，在温州中学初中部念书。那一年暑假，随着在温州工作的父亲住在籀园图书馆（温州图书馆前身）小楼上。日本飞机常来轰炸，住在九山河畔的籀园，比较安全，还图个凉快。图书馆的勤杂工兼厨子是瓯海上河乡人，叫我“大郎儿”，我觉得十分新鲜，牢牢地记住了——50 多年以后，我把这称谓送给《温州城下》中的陈家大少爷。父亲怕我出事，不让我游泳，天气又热，没地方玩，我就钻到图书馆的书库里找书看。

遗憾的是，给我方便的那位管理员叔叔的姓名我一直不知道，或许当年父亲压根没有告诉过我。他是一个中年人，高高的个子，白白净净的脸，穿着中式衫裤，卷着袖口，总是忙着，但又从容不迫，有条不紊。他摸着我的头，吩咐道：“书不能拿到外面去，看完放回原处，不要在里面吐痰。”而且给我一个小板凳，让我好坐着看。

我在高小时开始看小说，已经看过《水浒》《三国演义》《西游记》《七侠五义》和《粉妆楼》，还看过石印的《石头记》，但似懂非懂。没有侠客武将、神仙妖怪的书，没劲。《聊斋》也翻了一下，但看不懂。进了书库，一心想找小说看。在这书的海洋里，我眼花缭乱，头都晕了。老虎吃天，无处下爪。父亲踱了进来，领我到一排书架靠窗处，抽出一本《侠隐记》，说道：“这是外国侠客的故事，你看去吧。”这书是《万有文库》本，封面为罗纹铜版纸，深蓝色的书名和装饰图案，十分精致。这是我接触到的第一本翻译小说，就是现在译为《三个火枪手》的法国大仲马的作品。于是，我就专找外国小说看，一本接一本。唯恐错过机会，拼命看得快。从此养成了看书特别快的“毛病”，如有必要，可以“一目十行”地浏览。但也因此带来了文字粗疏的致命伤，终身受累。看过的书数量可观，现在记得起来的有《莎氏乐府本事》《茶花女遗事》《西线无战事》《小妇人》《罗亭》，还有《鲁滨逊漂流记》，以及普希金、果戈理的小说。

那个暑假，我足不出户，整天窝在书库里。一个小小的人儿，蜷曲在小凳子上，低着头，入迷地“陷”进书阵里，忘记了时间，忘记了饥渴，随着书中主人翁的悲欢离合，时而发笑，时而发呆，可谓如痴如醉。好几次，那位勤杂工轻轻地拍我的肩膀，说：“大郎儿，吃黄昏（吃晚饭——温州话）了”或者说“吃日昼（吃中饭）了”才把我唤醒过来。

多么美妙的少年时代！多么美妙的书的王国！这是我第一次看这么多书，虽然“不求甚解”，甚至生吞活剥、囫囵吞枣，却培养了我读书的兴趣，成了书迷。成年以后，除了睡觉，几乎手不释卷，连进餐、如厕亦不例外。这种不卫生的习惯，是从小养成的。“书淫”“书瘾”或者“书棺材”，不一定能造就学问家，我也并无这样的雄心壮志，看的书也杂乱无章没有系统，只是一有空就捧着书看，几乎成了一种生理上的需要。

第二次与温州图书馆发生关系，已经是四分之一世纪以后的事了。这时，我被“充军”到温州丽田造纸厂当化验员。本应规规矩矩过日子，夹着尾巴做人，但我这个人不大安分，对刻板的化学分析不耐烦，试着搞一些新工艺、新材料。造纸厂的废液，特别是小型纸厂的废液处理是一个世界性的大难题。当时山东几个小纸厂搞硫酸铵法造纸，产生的废液含有大量的腐殖酸铵，可以直接肥田，一举两得。温州 103 厂的几个炼铅锌炉子，整天冒二氧化硫，厂后的山坡寸草不生，工人更受不了。氨水中通入二氧化硫，就是亚硫酸铵，常温常压下合成，非常方便。亚硫酸铵法造纸一下子减少了两个厂的污染，又有肥料可用，一举三得。我就到图书馆入迷地找技术资料，不但硫化合物、制氨、造纸、铅锌冶炼的书，而且稍有“沾亲带故”的也找来参考。在厂里鼓捣了一阵子，终于成功了。废液论吨出卖，价格便宜，肥效显著，那时化肥很缺，因此门庭若市。造纸厂船埠头农民的粪船排着长长的队，熟悉的农民还递香烟，要我帮着“开后门”。

传统的造纸废液中含有大量苯和它的衍生物，这是有毒的。我又钻进图书馆找资料，以多种方法检查亚硫酸铵法废液，竟检不出苯。就是说即使不作肥料，毒性也很小。后来，又从各种分析方法的对比中发现了对亚硫酸药液的定量分析不大合理，又埋头作了一系列试验，改动了分析的方法，使化验所得数据更接近实际。这两个结果，都写了文章，前者在北京《造纸技术通讯》上发表，后者在《浙江造纸》上发表。以后又写了好几篇，倒也是每稿必用，没有打回来过。这些小玩意，只有我们这些“三脚猫”才写，正牌的技术专家是不屑为的。不过，除了《造纸技术通讯》那一篇以外，都没有署我的名字。那时候，我实际上被剥夺了在报刊上发表文章、即使是技术文章的权利。

接着是“文化大革命”，工厂停工。我和几个搞化工的朋友（其中一位是极有技术天赋的徐桂五，他英年早逝，可惜之至）相约搞点小产品，于是又坐到图书馆里。这一次的范围更大了，可以毫不夸张地说，当时馆藏化工书，都曾涉猎。有的精读并作笔记，有的浏览一遍，有的随便翻翻。还请郁宗鉴馆长帮我从北京图书馆借来原版美国涂布纸专利介绍专集。这本书售价 100 美元，按当时比价，近千元人民币，美国的书是很贵的。我靠一本普通字典和两本专业字典，翻译所需要的资料。“文化大革命”十年，图书馆是难得的一方净土，我至少有六年断断续续在图书馆里过，而且专读化工书。

第三次坐图书馆是上世纪八十年代，这时我的身份是党史工作者，从自然科学领域一下子跳到了社会科学中党性特别强的领域。从此不断地与陈年古代的书和档案打交道，其中大约有两年多时间，常常到温州图书馆，专找国民党时期在温州出版或与温州有关的资料书和期刊、报纸。这工作要“沙里淘金”，往往坐上大半天，只摘录几十个字。比如，浙江地方银行经济研究室出一本刊物《浙江经济》，永嘉县政府有一本《浙江省永嘉县政府公报》，里面都有温州物价指数，我只能一本一本地摘录。国民党的统计工作很马虎，有时基数不同，计量单位不同，无从比较。我还得为几十年前的统计员先生花一番核实查对的工夫。我写的好多篇党史资料和《温州城下》里的一些材料，就出自这里。这时候，陈欣欣同志还不是馆长，给我捧来一叠书，我飞快地查目录，如果没有用，她又捧了回去，再捧了一叠来。别人一本书看好几天，我半天看了几十本书。她身材不高，力气也不大，看着她吃力地捧着沉重的合订本，实在过意不去，真是难为她了。

据说近年来图书馆被人冷落，闻之令人凄然。图书馆事业不发达的国家，决不是现代化文明国家。但温州图书馆的同志们，仍然无怨无尤地工作着，他们肩负着的是延续民族气脉和凝聚世界文化的重担。

逃难记

1941 年，我 16 岁，在温州中学初中部念书。学校搬到青田，初中部在水南，高中部在几里外的村头。

水南与青田县城隔瓯江相望。村子极小，1981 年出版的浙江省分县地图上都找不到它的名字。但这里有一个颇具规模的栖霞寺。寺中有莺花亭，中有诗碑，刻着秦少游《千秋岁》“柳边沙外，城郭春寒退”，可见也算是一处名胜。

寺中两廊楼上是男学生寝室，楼下是教室。我这一班睡在楼上，没有床，打地铺。

这一年的 4 月 18 日，日本兵在瑞安登陆，第二天温州沦陷，消息飞快传到水南。

顿时，学生乱成一团，像失去了头羊的羊群。

温州中学的全衔是“浙江省立温州中学”，排行第十，也可称“省立十中”。既然是省立的，顶头上司应该是浙江省政府教育厅，温州行政督察专员公署、永嘉县政府和青田县政府都不管，他们更不会在战乱之时来揽这额外负担。专员公署和永嘉县政府只顾自己逃命，连国之干城国民革命军 103 师和保境安民的国民兵团和警察也逃个精光。温州的老百姓听到的只有日本兵的皮靴发出沉重、恐怖的脚步声。

这时，省会杭州早已沦陷，省政府搬到永康方岩，离青田不远，但从来不过问。好像它的属下没有这个学校。

是不是可以这样猜想，当局（未知那一个衙门）把温州中学搬到青田乡下，即使浙江都成沦陷区，青田也安然无恙。把学校藏在这里，等于装入了保险箱，从此万事大吉。至于如何应付突发事件的预案，肯定连想都没有想到。省政府搬到方岩之后，依旧歌舞升平，酒楼客满。正如我父亲所说“华堂失火，燕雀犹乐”，哪里会想到这几千学生的生死存亡。

那时的校长是朱一青先生，训导主任的姓名忘记了，只是胡子拉杂，绰号叫“板刷”。他们都十分精明能干，尤其是校长，称得上教育家。学期开学，他都到水南码头接学生，威信很高。有这样的好领导，是莘莘学子之幸。

但是，这时候，他们也没有露面。想来也难怪，面对这几千四处乱窜的羊儿，最有经验的羊倌也只有望羊兴叹。

如果，校长或一位教师出面，大吼一声：“不必慌张，日本人离这里还远着呢！”那局面就大不相同。学校即使要解散，也会是有秩序有组织的安排。大概，他们也没有这样的经历和思想准备，慌了手足。

一句话，全校学生都成了没人要的弃儿。

我们所能想到的，只有回到父母身边去，父母的怀抱是唯一安全的地方。

五个乐清籍男同学，现在记得起的只有堂弟禹平，他比我还小一岁。慌慌张张聚在一起，渡江到青田，除了一身学生装，什么也没有，事实上，谁也没有想到要带点什么。五只无头苍蝇，只知道要走陆路，水路要经过温州，我们要逃避的正是那里的日本刺刀。

在渡船上才有人想到：乐清在哪里？也没有人想到，乐清有没有日本兵。

但是，上苍不会抛弃她的子民。我们刚到青田城门，一个中年人迎了上来，问道：“你们要回家去吗？”

我们一齐点头。

“到哪里？”

我们齐声说：“乐清”。

那人微笑，说：“我知道那条路。”

我们像迷途的羔羊遇见天使。

“你肯替我们带路吗？”

那人叹了一口气，说：“出门在外，难哪！我走一趟吧……不过，路远着呢……”

五个人中也有福至心灵的，连忙说：“我们给钱。”

那人说：“五块，现洋，不要钞票。”

国民政府规定的通货是法币，但抗战已经五年，通货膨胀如脱缰之马，民间只相信银元。家长们深谋远虑，我们都藏着几块银元，用以应急。好像观世音菩萨送给孙猴子的几根硬毛，救命用的。

当着那人的面，五个人一凑，居然有七八元。于是说：“五块就五块。”可怜，我们还没有漫天要价、就地还钱的伎俩。

这位向导一路上无微不至地照顾我们。走一段路，让我们休息一下，他到路旁人家讨一壶茶，拿一个碗，每人一碗。我们正口渴着呢。中午时分，他让我们坐在路旁石块上休息，“养养力”，自己跑进一户农家，不一会，拿回五个煮熟的番薯，每人一个，我们吃得满口香甜。

这向导无疑是百里挑一的好人。

傍晚，他找到一户人家，让我们住下，又白吃了一个大番薯，喝足了茶水。睡的是铺在地上的稻草，厚厚的，像睡弹簧床，带着田野的清香。

临睡之前，他和我们谈了一次话。我们已两个眼皮打架，顶多听进一小半。听了以后，只觉得不把五块钱立刻交到他手里，简直天理不容。

走了一天的路，又有这位好人睡在身边，我们都像婴儿睡在母亲怀里那样香甜。直到第二天太阳晒屁股才醒了过来。

那家大嫂招呼我们吃饭，这次是番薯饭，略有几颗白米，加一盘腌萝卜和一盘咸菜。她十分抱歉地说："乡下没有好东西……你们的亲戚说了：以后的路你们自己会走，他家里有老有小，先回去了。"怎么变成亲戚了？我们中年纪最小的竟放声大哭，如丧考妣。他吓坏了。

现在回想，我们全是睁眼瞎。那个好人什么都不是：士农工商、工农商学兵，三十六行，哪一行都不沾边。这种人，天津叫青皮，上海叫白相人，温州叫烂仑或空手饭人，是人中的渣滓。他们中混得最好的，像刘邦，当上皇帝；次点的，称霸一方，像杜月笙；混不下去的，像我们的向导，专宰我们这些嫩鸡儿，欺侮寡妇孤儿和尼姑，弄几个造孽钱。

大嫂问清了情况，叹了一口气，说："莫慌莫慌，路就在嘴上。我告诉你们怎么走，会平平安安到家的。"她说的是青田话，我们才知道还在青田境内。

她陪着我们吃饭，一面说："以后走的都是大路。只几步就是永嘉县，过去就是乐清了。慢慢吃，不要急。"她再三拒绝我们给的饭钱，说："谁带着饭包走路呢？番薯、萝卜、青菜都自家种的，不过花了点力气。"

吃了饭，她领我们上路。不多久，到了岭背，指点着说："你们顺这条大路走，翻过对面那座山，就是永嘉了。"所谓大路，只是石板或石块砌的较宽的路，“如果遇到十字路口，遇到岔路，可别乱走，不要问过路的。一定要找到附近人家，问清楚了再走。”她再三叮咛，一定要问老年人。

我们千恩万谢，她却说：“你们父母不知多焦心呢！快走吧。”

我们走了一段路，回过头来，她还站着看我们走远。她才是真正的天使。

可恨我们太不懂事，不但没有问她的姓名，连村子的名字也没有问。现在回想，她不过十八九，顶多二十岁，比我们大不了几岁，但生活的磨炼，使她比同龄的女性更成熟，更干练，更懂世务。如果还健在，也不过九十多岁。山民多长寿，但愿她还老健。

我们提心吊胆地在山中弯来弯去，翻过一座山，又是一座山，仿佛没有尽头。路上几乎没有行人，只有拂面的山风和不知名小鸟的鸣声，伴着我们的脚步声。

大约在下午三四点钟，猛然发现左边上方的田塍上站着几个人。他们穿的与农民一样，却都手持步枪，其中一人腰扎皮带，刚好也是五个人，默默地注视着我们走过。

他们不穿军装，肯定不是兵。会不会是土匪呢？会不会剥我们的衣服呢？五个心脏别别地跳……但他们只是注视着我们，不动，也不说话。

我们的脑子是五罐浆糊，完全失去判断力。六年之后，才知道他们是徐寿考、胡国洲、谢王佐他们领导的武工组，而我自己也成为他们中的一员。这时，我才想到，如果当年我们之中有一位略懂政治，应该判断出他们是共产党，我们可能得到武装护送的荣幸。

行行重行行，一直走到上塘，才想起要问地名，打听乐清有没有日本兵？我们是不是回去当亡国奴？

山里消息闭塞，许多人都不大了然。我们越发心慌。一直问到一位刚从乐清柳市跑单帮回来的生意人，才证实乐清没有日本兵。

这时，我家租住李阆侯先生（方成、方华同志的令尊）担水潭的房子。这是一座三间一进半的平房，自成院落。我一进城，飞也似的直奔担水潭。门关着，我大声喊妈，尽力敲门，但无人答应。我一屁股坐在地上，脑子一片空白，全傻了。

邻居雪莺姐发现我神不守舍地坐在地上，连忙过来，说："你回来了，爸妈正担心着呢，他们都躲到岭脚去了。平平安安，没事。"

我的灵魂这时才回到躯壳里，她问："肚子饿吗？先吃点东西，我陪你去……"

岭脚有一家远房亲戚，我去过，她一说，我站起来就跑，连"谢谢"也顾不上说。只听得她在背后说："这样急……"

很快，见到了爸妈和弟妹。一路上那样恓惶，那样心慌，那样无助，却没有一滴眼泪。一见到爸妈，却放声大哭，眼泪鼻涕像自来水似的淌出来，止也止不住。

战乱日子，有子女在外地的父母，每天提心吊胆过日子。这时，乐清办了乐成中学，校长是我的族侄洪秀芳，聘请了好几位像倪悟真先生似的饱学之士当教师。父亲决定，让我转学乐中。

5 月 3 日，日本人带着抢来的五金、棉布、棉纱、桐油、药品撤走了。我回到水南。寝室里所有的皮箱被褥都不翼而飞，只有我的东西由青田同学彭荣华挑着放在他家里，避过了这一劫。看来，发国难财的不止达官贵人，有机会，平头老百姓也可以捞一把。

读完这一学期，我转学乐中，念完初中。

阿嬷

据说，天鹅、野鸭等水禽，把出壳时第一眼看见的动物当作她们的妈妈，稀里糊涂地跟着跑。我如果是天鹅或野鸭子，那么，我一定会把阿嬷当作我的妈妈。在我的记忆里，早上醒来第一眼看见的人，并不是母亲，而是阿嬷。

阿嬷一点不好看，皮肤黧黑，满脸麻子。但如果不是这张脸，或者说她被天花毁了脸之前，阿嬷并不难看。她五官端正，长年劳作，又没有生育，身材很好，没有赘肉，丰腴而不臃肿。

阿嬷梳最简单的发髻，就是被贬为“牛屎髻”、湖南人叫“巴巴头”的那一种，有时在其上套一个网巾。左邻右舍，她的同时代的人都剪了头发，她却戴着这牛屎髻一直到死。她拒绝一切使自己光鲜的物事，一生的衣裳只有青蓝两种颜色，在家里老是系一条灰色的围裙。身上唯一的亮色是发髻上扎一段红头绳，以表示自己不是寡妇，但实际上，她守了一辈子活寡。

在我写这篇文章之前，从来没有想过我的阿嬷是美还是丑。只记得躺在她的怀里，十分温暖惬意；枕着她的手臂，睡得最安稳。夏天，我依偎着她睡觉，她轻轻地摇着蒲葵扇为我扇凉，就忘了暑天的酷热，也不怕蚊子叮。

阿嬷撑着雨伞在学校门口等着我下课回家的事，一直延续了六年，从初小一年级直到高小毕业。凡是大雨天或下雪天，或者我赖着不肯上学，阿嬷就背着我，或者替我拿着书包牵着我，送我上学堂。近年多次看见白发苍苍的奶奶背着沉重的书包送孙儿孙女上学，我就会想起自己的阿嬷。我穿的布鞋，鞋底是阿嬷一针一针扎的，鞋帮也是她用糨糊浆的。我吃的虾蟹没有壳，她早剥去了；吃的鱼没有刺，她早剔掉了。还有洗脸、洗脚、洗浴，全是她张罗的。什么时候该穿什么衣服，该不该换衣服，都要她操心，该添些什么衣服，也要她提醒母亲。

母亲常给我讲故事，内容绝大部分来自书本，像“温公破缸”“孔融让梨”之类，阿嬷讲的故事是另一种路数，她讲“老虎学本事”，没有学到爬树，老师猫儿才保得一条命。讲“老鼠嫁囡”，从梳头剪指甲、抹胭脂花粉、上花轿，一直讲到入洞房，其实是当年嫁女儿民俗的宣讲。她一肚子“李仙风”的故事，这传说中的人物就住在我家附近的太平桥边，滑稽机智，阿嬷口中的李仙风既像徐文长，又有点像东方朔。我受到的民间文学的熏陶，阿嬷是第一个启蒙老师。

总之，衣食住行，一年四季，一日十二时辰，我都离不开阿嬷。

阿嬷叫什么名字，我不知道，而且从未听过有人叫她的名字，只知道她姓徐，什么时候到我家来的，我也不知道，只知道她来时我还是襁褓中的婴孩。她几岁，我也不知道，只知道比父母亲年长得多。反正从我记事时起，她就是我家中的成员。

太平巷洪宅对佣人相当尊重，男的称伯或哥，女的称嬷或嫂，前面不冠名不冠姓，而冠以家乡的地名。当年这所大房子里有四个佣人，他们是上盖伯，大荆嬷，盐盆嫂和我的阿嬷。“上盖”“大荆”“盐盆”都是地名，只有我的阿嬷不冠地名，所有的邻居、亲友、熟人一律喊她“阿涛嬷”，当面和背后，都这样称呼。“阿涛”是我的小名，她是阿涛的嬷，为社会所公认。人们把她从“佣人”中剥离出来，她是洪姓家族中的一员。

以乡里地名名人，本来是只有大官、大文化人和大阔人才享有的光荣。如明朝开国皇帝朱元璋的首席智囊刘伯温，青田人，世称刘青田；哲学家叶适住温州近郊水心村，世称水心先生。而洪家的佣人却也有这份荣耀。禹平说：“看似悖谬，实则渊源有自，重礼而不问尊卑，正是厚道的家风。”我国的传统中，有尊重人权，人人平等的观念，上面所说就是一个例子，可惜后世学者很少注意及此。我的阿嬷与我的关系太密切了，失去了这份光荣。她称呼母亲不用“先生妈”“太太”等约定俗成的称呼而叫“三婶”，用的也是自家人的口吻。

阿嬷的身世，我很久以后才知道。她是县城姜公桥人，听说她的丈夫高大英俊，结婚后没有生育，丈夫就投军去了，起初还有点消息，后来音讯全无。不久知道丈夫当上了连长，另娶一个年轻的女子，在外省成了家。这时候正是军阀混战的时代，当兵的吃得开。“连长连长，放屁也响。大炮一放，黄金万两。”她的丈夫大概发了战争财，就抛弃了糟糠之妻，从此在人间“蒸发”了。阿嬷大概在被遗弃不久到了我家。推算起来，她到我家时将近 30 岁，在我家 30 年。她一生的黄金时段，都在我家过的。

阿嬷这一辈子，够凄惨的了。她无父无母、无兄弟姊妹、无公婆、无丈夫、无子女、无家、无相好、无恒产，孤身一人，被迫将她的感情倾注在我一家人身上，尤其在我身上。

母亲与阿嬷平时为人和气，从不与人争吵，但阿嬷为我的事，与别人大吵过不止一次。这所谓“事”，是小之又小，不过是邻居小孩互相打打闹闹。如果我吃亏了，她一定不饶，找到对方的家长，诉说一通，辩个赢，好几次面红耳赤，提高嗓门，引得对方也高声起来。她与之争辩的对手，大部分是她“东家”的妯娌们。这时，她只是我的保护神，完全忘了自己“下人”的身份。这种场合，十有八九出来打圆场劝解的倒是母亲，我的母亲却成了第三者。

我家搬到担水潭之后，每逢“日昼潮”鱼贩子挑货进城时，阿嬷带着我坐在门口，鱼贩们几乎都认得阿嬷。只要有合适的鲜货，她就招呼鱼贩放下担子，挑点鱼虾蝤蛑。好多次她为了一个两个铜板与鱼贩子争个不休，相持不下。鱼贩子往往说“又不是你的钱，何必这样顶真”，但阿嬷不吃这一套。又往往是母亲，听见争吵声出来，“做好人”让给鱼贩了事。鱼贩子语带讽刺地说：“阿嬷真帮家，倒像东家妈。”事后，阿嬷还会埋怨母亲，让贩子得了便宜。阿嬷“帮家”的名气，洪家的亲戚朋友人人皆知。

我上了中学之后，除了假期，都在学校寄宿，弟弟妹妹也由阿嬷来照顾，但她一定没有对我这么尽心。她对我的爱，含有母爱的成分。

我离家出走参加革命，家里三个大人——父、母、阿嬷，只有父亲知道，母亲也蒙在鼓里，更瞒着阿嬷，只说到上海考大学去。但阿嬷似乎有种不祥的直觉，在我离家前的一天，她悄悄地塞给我一个银元。这是“袁大头”，上面是袁世凯的侧面浮雕。这银元藏的时间已久，都发黑了。放在我手心的时候，暖暖的还带着她的体温。我至今记住她那抑郁迷惑的眼神。

阿嬷并没有多少储蓄，我虽然不知道她每月的工资，但知道少于一般的女佣。几十年，她也从没有提过加工资。抗日战争开始后，通货膨胀，父亲的工资日益变少，即使按期发工资，也已大打折扣。何况，我知道常常拖欠她的工资。我好几次听见母亲为难地说：“这个月先欠你的。”阿嬷从不吭声。后来有没有补上，我也不知道。有一段时间，一家伙食费都难筹措，又有什么钱付她的工资呢。我家的家用，全经她的手，每天买菜回来，她都向母亲报账，豆腐青菜多少，鱼肉又多少，母亲似听非听，从来没有校对过，对她递过来找回来的余钱，数也不数。她绝对信任阿嬷。大房大伯称阿嬷为“忠仆”，父亲称她为“义仆”。

到了解放战争时期，通货膨胀如脱缰之马，我家再也雇不起保姆了，而且，阿嬷总不能终老我家吧，她得有一个家。阿嬷所以离开我家，我猜想还有一个原因，是我离家后音讯全无，每逢有人问起，父亲都闪烁其词，在可以预见的时间里，我没有回家的可能，阿嬷失去了我，再在我家已经没有意义。经过熟人撮合，她嫁给了盐盆樟树下一位盐民。那户人家的儿子叫阿根，从此人家叫她“阿根婶”，不过回到乐清城，她仍然是阿涛嬷。她从此总算有了个家，有丈夫有儿子有媳妇。阿根伯和阿根对她很好，阿嬷勤俭惯了，更会“把”自己的家，而且，几十年的储蓄虽然少得可怜，但对几近破产的农村，仍是可观的一笔款子。

解放以后，她到温州住了半个多月，可我整天上班，很少有时间陪她，她又惦记着樟树下的家，很快回去了。阿嬷活了 80 多岁，好人总算有个好的归宿。

近时有些人很推崇曾国藩，但我对这位曾文正公不大佩服。不过他有一副挽联悼念他的乳母：

一饭尚铭恩，况负抱提携，只少怀胎十月；
千金难报德，论人情物理，也应泣血三年。

此联多次引起我的共鸣。

“仁厚黑暗的地母呵，愿在你的怀抱中永安她的魂灵。”

父亲

父亲的好几位学生催促我写写父亲，而且提供一些素材。看别人纪念父母亲的文章，大多是讲长辈的好品格如何影响他的一生，有许多值得怀念的地方。而我的父亲似乎并没有影响我多少。他没有干过什么惊天动地的大事；没有做过官，只当过永嘉民众教育馆的职员，这馆本身是个边缘上的冷衙门；他教一辈子书，却连教务主任也没当过，更不用说校长了，他只当过级任导师（现在叫班主任）和教研组长，不算有什么学术地位，当年也没有特级教师这种称号；而且只活了54岁，连年高德劭的评语都按不上。总之，他只是极普通的中学国文历史教师，平平常常。

不过，有几件事值得一提，其中一件是当面训斥当汉奸的学生。

大约是 1944 年深秋，天气相当冷，日本人占领乐清已经好几个月了。乐清县城有个维持会，其中一个汉奸叫国良。他是不是维持会会长呢？我认得这个人，好几次在街上看见他，他在商店和小贩的摊儿之间踅来踅去，东张张西望望，讨点便宜，好像是游手好闲的“白相人”，当年叫这种人为“长衫流氓”，算不上是社会上层人物。日本人一来，他抖起来了。我也是在街上看见的，装出《打渔杀家》中教师爷的架势唬吓老百姓。

却说那一天，这国良带了两个人进了我家的门。那时候很少有人白天关上大门的。国良不声不响地进来，到了中堂，父亲才知道有人来了。国良高颧骨，鹰嘴鼻，身材高大，没有戴帽子，穿一件烟灰色的长衫。面庞红红的，好像喝了不少酒。表明他特殊身份的是一支日本王八匣子，装在皮套里，皮带斜挂在肩头。后面跟着两个穿直襟短衣、挎长枪，戴日本军帽的非兵非民的家伙。现在回想起来，这三个人好像是漫画里走出来的人物。

父亲正坐着看书，看见国良，皱起眉头问道：“你来干什么？”

国良说：“有事情来与先生商量。”说着，不等主人开口，就在父亲对面的椅子上坐下。

父亲爱理不理地说：“什么事啊？”

国良探身向前，说：“现在要成立县政府了。我想……我想请先生当教育科长……”

这好像很出父亲意料，就问道：“谁说要成立县政府？”

国良说："日本人。"

父亲慢慢地站了起来，跨前一步，国良也连忙站了起来。父亲盯着对方的眼睛，一字一顿地说：

"国良，我对你讲，世上什么事都可以做，就是不能当汉奸！"

那国良呆呆地站着，不敢作声。父亲也不理他，也不叫他坐下。僵了一会儿，大概太无趣了，这汉奸讪讪地走了。

我始终站在旁边，有点紧张，不知道会出什么事，但又很激动。母亲在卧室里，她自然也听到了，这时走了出来神色慌张。

父亲颓然坐下，恨恨地说："怎么会教出这样一个学生来！"

原来这汉奸是父亲的学生。

父亲那一代的读书人，讲究民族气节，讲究读书人的骨气。他们如果遇到同样的事，十有八九不会去当汉奸科长。但在日本铁蹄的威胁之下，面斥日本人的走狗，却不是每个人都能做到的。

父亲脾气很好，即使对儿女，也和和气气地说话，这是我看见他唯一一次疾言厉色地教训别人。在当时，这件事可能使我家家破人亡，但父亲似乎没有想到这一危险。

后来的事情是这样：我和父亲当天出城到雁荡山去了，那时瓯海中学一部分在雁山灵岩寺，父亲是教师，我是学生。这以后再也没有见过国良。听说 1945 年 6 月他随日本兵退走，像被日本兵抓去的担夫一样让他挑担子，后来没有音讯，或许死在路上了。

另一件事发生在我身上。抗日战争结束，全国民主浪潮汹涌，我也被卷了进去。1946 年上半年，在温州无法立足，一心想到苏北参加新四军。在暑假放假之前，我与堂弟禹平相约出走。

这事只能秘密筹划，对家人、亲友保密。等到路费筹得差不多了，我只告诉父亲一个人，母亲也瞒着。颇为出乎我的意料，父亲好像胸有成竹，平静地听我讲完，说了不多的几句话，内容也很简单，只有两点：第一，他说自己刚到中年，至少还有十多年可以支撑这个家庭，培植你的弟妹上学，你放心地走吧，不要顾虑家里。这句话不幸成为谶语，当年父亲 41 岁，这以后只活了 13 年。第二，送我两句话，只有 14 个字：“心欲小而志欲大，智欲圆而行欲方”，意思是作为我做人处世的座右铭。

这时，我家连我在内七口人：父母，两个弟弟，一个妹妹，都未成年，还有一位视同家人的老保姆。这七口之家，全靠父亲一个人的工资维持生活，经常寅吃卯粮，捉襟见肘。我家一向是名声好听（洪宅大人家，书香门第，望族），而实际上是穷人。按那个时代的规矩，长子已成年，理应去做事帮父亲维持家庭，供弟妹读书，我好几个同学初中毕业后就没有再读书了。父亲的一席话对我是个解脱，我当时所能做到的只是自己筹路费，不拿家里一分钱。至于那 14 个字的出处，我也无心查考，直到离休以后，看的书多了，才知道出自《淮南子》。这座右铭对我的一生有否影响呢？好像没有，平时根本想不起它，更没有以这句话作准绳去衡量自己的行为。真是言者谆谆，闻者藐藐，辜负了父亲的一片苦心。只是在被打成右派后想到了当年的教导，如果我小心而又睿智的话，或能避祸，至少不会这样惨。

父亲支持我出走有一个共同的思想基础，他对现实也很不满，对共产党有好感。父亲算不上革命者，但1938年《西行漫记》第一版刚发行不久，他就有一本，还让我看，这书当然对他有影响。他一生崇拜的伟人有两位，一位是周恩来（不是毛泽东，这也颇为奇特，或许凭他的人生经验，预感到某些不寻常的东西），他常常浩叹：周恩来一生居然可以干这么多大事；一位是鲁迅，他熟悉鲁迅的文章，几乎买齐后来收在全集中的单行本，谈话中常常引用鲁迅的警句。这里还有个小故事，他的一位教国文的同事李先生，古诗文根底极厚，但看不起新文学家，包括鲁迅，常说："茅盾我勿识，鲁迅勿晓得。"父亲抄了鲁迅为内山夫人写的"华灯照宴敞豪门，娇女严装侍玉樽。忽忆情亲焦土下，佯看罗袜掩啼痕"，请他评价这"无名氏"之作。李先生激赏不已，赞曰："大有宋人风味。"父亲匿笑而退。另一位先生拟一章回小说回目，叫"李××无端捧鲁迅，洪国驹有意戏良朋"（国驹是父亲大名），说的就是这一则"典故"。

近年来我在1940年3月份永嘉民教馆主办的《战时民众》上看到一段文字："酒楼戏馆，尽管满座罗绮，嘻笑喧哗，毕竟掩盖不了穷街陋巷的愁惨景象。正合谚语所云'华堂失火，燕雀犹乐'。"

这文章署名洪萍水，称在"酒楼戏馆"享乐的达官贵人、巨商大贾为"燕雀"，比之为扁毛畜生，政治倾向非常明白。当时，父亲是这《战时民众》的编辑。我也住在父亲身边，知道这刊物外来稿件极少，几乎都出自馆内人员之手。“洪萍水”这笔名，不会是别人，他大概想起了我的名字，顺手写上的。

这就是为什么会支持我去冒这个超级危险（参加共产党的事如被发觉，不但我可能身首异处，而且累及全家，可能还株连亲友，战争中也可能丧命）的原因。

如果，民族大义和改变不合理社会的革命行动是道德的最高标准的话，父亲曾在不经意间达到这个高度。但对他的一生，对国家社会的命运，丝毫无关。

不过，作为儿子，我很对不起父亲。1946 年我离家，以后上山打游击，因为保密，从来没有给家里写信，也不允许写信。首尾四年，家中的长子竟毫无音讯。人在何处？生死不明，这对父母来说，是牵肠挂肚、无日或忘，但又不能对任何人倾诉真相。这四年中，国民党乐清县警察局的巡官三次来过我家，追问我的下落。有两次父亲在家。说来凑巧，那巡官竟是他的学生，父亲只是说“在外面读书”，就搪塞过去了。另一次巡官来时，只有母亲在家，她推说不大清楚，大概在嘉兴一个什么青年学校里念书，如果要知道详细的情形，“还得问问他的爸爸”。嘉兴当年确实有一个叫“青年”的学校，是抗战结束后国民党当局安顿复员的“青年军”而办的。抗日战争时，蒋介石曾提“一寸山河一寸血，十万青年十万兵”的口号，号召知识青年从军，而且确实组成了几支士兵文化水平较高的部队。据说，由杜聿明指挥的出国打仗的远征军，就有这青年军。母亲这样回答，是父亲嘱咐的。这巡官听说是青年军的学校，就不再追究了吧。

现在说来平常，但当年作为共匪嫌疑犯的父母，压力是很大的。之所以没有事，除了当局没有我的确切情报，他们也是猜测的之外，还因为父亲在乐清有一定的社会地位。当时温州没有大学，中学教师列入“绅士”的行列中，何况当年大学毕业的人很少，而父亲有高学历。还有一个因素，洪氏家族中还有人在做官，我的一个同祠堂的族兄就是乐清国民党县党部书记长，还兼着戡乱委员会的主任，把他搬出来，可以吓唬一下这些烂巡官的。不过，家里三次被查，够父母惴惴不安的了。所以，当乐清解放，叶龄银同志率领乐清县委和部队进城时，父亲领着三弟往东走约十多公里去迎接，希望我在这队伍里出现。他很失望，却意外地看见了侄女禹华，他赶快挤到队伍里抓住禹华的手，着急地问我在哪里？禹华说：“水平在游击队的总部里，一切平安。”父亲立刻眉开眼笑，第二天就赶到温州，等着我归来。

还有，就是我被打成右派。这虽然不是我的错，但本来是响当当的革命家庭，一下子成了反革命家属，父亲受到极大的刺激。我于 1958 年被定为右派，父亲第二年亡故，只有 54 岁。如果没有反右派运动以及以后对右派的种种歧视，他不会在盛年时撒手西去的。

那个时代和我，都有负于支持儿子革命、一辈子勤勤恳恳教书的父亲。

希霸舅（诗人黄式苏哲嗣）有诗，题曰“洪公达学长”：

谈言微中东方朔，玩世佯狂阮步兵。
吏忆东风开绛帐，渊渊儒雅见生平。

“佯狂”，不得已的发泄。

母亲

现在记得起来母亲的第一个印象，是她和二妈、姨妈一起剪头发。好像是她们自己剪的，那时候世上还没有女理发匠，而房间里只有女性，没有男子。

这时我大概两岁或三岁，那么应该是 1927 或 1928 年。清政府被推翻已经十几年了，男人留辫子的已经绝少，城镇里几乎看不见，只在偏僻的乡下还有几个老顽固拖着这“猪尾巴”。国民革命对男性来说，是革掉了辫子，但对女人的发式，却没有什么法令规定，一如旧制。像乐清这样的小县城里，绝大部分女人都梳着髻，“披头散发”的只是时髦的新式女性。女孩儿大多数梳一条长辫子，垂在脑后。剪短头发，前额垂着刘海的，是新式人家的做派。

好像是，剪去发髻还需要保密，母亲她们都压低声音说话，门窗紧闭，有点偷偷摸摸的气氛。由此推测，社会上对剪短女性头发还有闲言闲语，还只承认梳髻是正统。这事说来也怪，两百多年前清朝统治者入主中原时，“留头不留发，留发不留头”，强制所有的男人都剃成阴阳头，梳一条辫子，这辫子拖了两百多年。如果不幸失去了辫子，属于大逆不道，有杀头的危险。二十世纪初，留学生多起来了，常常剃发，但回到国内，还逼得装一条假辫子，如果被人发现，同样有危险。辫子不仅是忠于清王朝的政治标志，还是男人能否在道德层面上被承认的条件，因为通奸的男人被抓住，要剪去辫子。

国民革命成功，对待男人的头发，与清政府一样严厉。我手头有一则《永嘉县议会第一届常会决议案》，内容是《取缔薙发匠实行剪辫案》，时间是 1912 年，中华民国刚成立。这《案》里说：

“……民国成立，剪辫之命三申五令，无如官长言之谆谆，人民听之藐藐……”于是决议五条：

“第一条，一律剪发，不得留辫；

第二条，薙发匠只准薙发，不准梳辫；

第三条，如违，处一元之罚金；

第四条，人民违背，如被巡警或防勇遇见，立剪其辫，不得宽纵；

第五条，由县知事咨请防营统领并照会警长分派警兵站立各城门实行剪辫。”

“薙”即“剃”字，现在没有人用了。“县知事”即县长，“统领”为一“协”（即旅）之司令官，可见当年温州城有一旅兵。这决议甚为严厉，颇有不肯去辫，即军法从事之意。

但女子的头发没人管。满清入关后，未闻有改变女子发型之令，清政府推翻，也没有命令改变发型。几百年依然如此，习惯势力、约定俗成的观念，使得变动这几根不痛不痒的头发，竟比推翻一个政权更困难。

这样，太平巷洪宅四个房头的成年女性分成两种发型，两者人数大体相当，而留髻的一直到死都未改变，可见 1927 年—1928 年之间，剪发是一阵风，以后就没有发生集体剪发的事。

其实，即使以当时的眼光来衡量，留着发髻并不比短发漂亮。洗长头发很花工夫，很麻烦，当年没有电吹风，干燥过程很长。大房大妈每逢出门做客，要请兼职的洗头妈（一般她也是接生婆）来，先洗头，再梳头，从早晨开始，一直鼓捣到中午，勉强赶得上吃中饭。梳头时用一种木材的刨片浸出液作润发剂，大概是榆树吧，我说不准。这种植物胶体稍稍放久了，会发出难闻的类似汗臭的酸味，有的人还用生菜油抹头，使头发有光泽，那发髻的气味更难受了。她们为什么钟爱这种并不美观，又烦琐之极而且气味难闻的发髻呢？很难理解。习惯是很可怕的力量。

发髻有许多花样，最普通的是“牛屎髻”，还有揽雀尾、S 髻等等，高档的称为龙凤头，古老的还有堕马髻，象征着亡国。

诗歌中也颇有咏发髻的作品，从字面上看都很美的，但不过是一堆形状各别的头发，实际上不过尔尔。

比起头发来，母亲脚的解放要早得多。母亲出生在 1903 年，还在清政府治下，不到 10 岁，就被迫缠脚。母亲说那等于受刑，痛彻心肝，而且跌跌撞撞，不能走路，日夜啼哭。外公钟爱幼女就停止缠脚。算起来，这时大概已是民国初年，母亲托辛亥革命的福，这是第一桩。这种缠过的脚叫“半放脚”，又叫“解放脚”。母亲的五个脚趾，无名指和小指已经压扁变形，压在其他三个脚趾之下。这是一种畸形的脚，如果不穿袜子，给人以怪异的感觉。这种脚肯定不利于行，但母亲一辈子没有走过长路，到底有多大损害，我也不清楚。

缠脚这件事，好像不是清政府作的孽，满族的女子并不缠脚，这是汉族自己的传统，时代很早了。但到了清朝，才大大行时，发扬光大。据母亲说，当年相亲，女孩儿的相貌还在其次，先看脚，如果不是三寸金莲，就嫁不出去。糟蹋一个女人，常常说：“脚这样大……”这是贬辞。反正是，上至达官贵人宝眷，下至贩夫走卒的黄脸婆，一律缠脚。文人欣赏歌颂小脚，成为一种时尚，甚至有“鞋杯”，龌龊之至。一种扭曲的审美观。缠脚几乎使一国的半边天成为残疾人或半残疾，大损国力，执政者为什么不制止呢？这可能是统治者希望被统治者懦弱，或减弱其抵抗力有关吧。

我只知道母亲的解放脚带给她的麻烦有两起，一是剪趾甲非常别扭，压在脚底板的那两个脚趾，非常难剪，如果不剪平剪短，那就硌脚生痛；二是买不到这种畸形的鞋子。都要费很大周折，才买到一双合适的鞋。缠脚的事大体上到我的母亲为止，母亲几位妹妹没有一个缠脚的。

为了脚的解放，女性整整奋斗了两代人，民国初年曾经有个“天足运动”，那是大城市新派的女强人发起的，乐清并未被波及。

我在《伍家旧事》一书中曾写过这样一位母亲，她“以吟诵古诗来代替摇篮曲，第一首摇篮曲是《木兰辞》：‘唧唧复唧唧，木兰当户织。不闻机杼声，唯闻女叹息……’她以悦耳的女低音极有节奏感地吟诵着，按着节拍摇晃着怀中的小宝贝……”

这小宝贝就是我。我当然记不起襁褓中的情形，是母亲告诉我的。到我牙牙学语时，母亲就教我逐句念《木兰辞》，我的弟妹们的第一首摇篮曲也是《木兰辞》。80年以后，我的女儿装修房子，让我写幅字，使房间增添一点书卷气。我立刻想到《木兰辞》。多年没有接触这诗了，还记得全吗？试着默写，竟全默出了。怕靠不住，找出原诗对照，竟一字不错。儿时的记忆，深深地烙在脑子里，永不褪色。当然，不止这一首，好多唐诗宋词，都是我的摇篮曲。

母亲上过“女校”。从她的知识结构来看，这女校只教古诗文，并非文史哲数理化兼备的现代学校。母亲空有一肚子诗文，却从未出去做事，而且好像也从未想起到社会上做事，自食其力。不但母亲，她的妯娌中只有一位特别年轻的在解放后参加居民委员会，半尽义务。那时候，大城市中职业妇女已经不少，乐清也有几位，如女教师，助产医师。但像洪家这样望族的女人出去谋事，是一种丢脸的事，母亲一辈子是家庭妇女。她从不记账，也从不看书报，久而久之，连识字都不周全了。她的书等于白念，只有一次，却派上了用场。

我的谱名叫式陶。官名叫锦涛，未上小学之前，在家里描“银朱字”，也叫“描红”：“上大人孔乙己化三千七十士尔小生八九子佳做仁可知礼也”一共 25 个字，五个字一行，排成五行。但描红纸是六行，最后一行上面三个空格，下面也是红字印刷的“习字”二字。这三个空格，是让学字者写上自己的名字。但“洪锦涛”三个繁体字，“洪”字九笔，还可以应付，“锦”（繁体字“錦”）字 16 笔，“涛”（繁体字“濤”）字 17 笔，格子装不下，挤出格子外。快上小学了，母亲说：“银朱字空格里连自己的名字也装不下，这怎么行，取个笔划少点的书名吧。不是有句话叫‘禹平洪水’吗？叫洪水平吧。”这就定下来了，以这名字报名上了小学。“禹平洪水”出处在哪里，我不知道，只知道《史记·夏本纪》里有一句“舜命禹平水土”，并无“洪”字；《孟子 · 滕文公下》里有“昔者禹抑洪水而天下平”，三个字都有了。“禹平洪水”是综合这二者之意而成的俗语吧。后来，看的书多了，才知道《汉书 · 食货志》里有“禹平洪水”四个字，可见母亲在女校里读过《汉书》。当年取书名，一般是请“亲爷”或者当地德高望重的人士取的，我的书名却是母亲取的，有大专学历的父亲却没有为我取名。父亲只是偶然在朋友中提到“这名字是他妈妈取的”。这稍稍有点炫耀的味道，当年能为儿子取名字的妻子并不多。母亲为我取的这个名字，我一直沿用，连笔名也是这三个字。到现在80多年了，与我重姓名的至今未曾发现，母亲当年随便取的名字，倒也别具一格，不与人同。

作为母性，我的母亲是不幸的。她生了六个儿女，两个夭折，一个残疾。在我之前，有一个姊姊，下雪天生的，叫小雪。但她死于七日风。七日风就是破伤风。当年绝大多数产妇都在家中分娩，民间有兼职的接生婆。接生婆大概属于三姑六婆之列，是贱业，在社会上没有地位，而且好像是世袭的，传女或者传媳，社会少不了她们。接生婆没有文化，几乎全部是文盲，更谈不上卫生科学知识，连起码的器械消毒的知识都不具备。其实所谓器械只是一把剪刀，用来剪断连接母婴的脐带。这把剪刀是专用的，往往锈迹斑斑，而破伤风杆菌最适宜的生长环境就是碱性的铁锈。这细菌循着脐带进人婴儿体内，潜伏六七天即发作，无药可医。死于七日风的婴儿数不胜数。整个社会的卫生知识水平低下，竟无人知道这毛病就出在剪刀上。至今思之，犹觉惨然。大约在二十世纪四十年代，新式接生的助产士出现了，七日风才慢慢绝迹。现在说起这专有名词，好多人还不知道是怎么回事。我的这位姊姊，死于全社会的愚昧。可怜，只活了七天。

我在小雪姊死后才出世，但认识也是夭折的妹妹慧莹。当时我在青田水南的温州中学上学，假期回家，一进门就大喊“慧莹”，我带了几只青田石雕的小猴子，准备送给她。但她没有答应，母亲在旁边却流下了眼泪，我着急地问“慧莹呢？”母亲哽咽着说：“死了！”我一下子呆了，说不出一句话来。

慧莹少我五岁，那年她八岁。慧莹妹妹十分漂亮，圆脸大眼睛，两眼分得很开。与现在走红的电影明星吕丽萍很相像，而比吕丽萍更好看。我算得上是吕丽萍的“粉丝”。她演什么角色，演得好不好，我都无所谓，我只是看看荧屏上的脸，让我想到死去的妹妹。慧莹在世时，我只有她和一个弟弟。弟弟是个聋哑人，我无法与他交流。在家里，我只与慧莹作伴，形影不离，我外出找男孩子玩耍，也带着她。有人敢欺侮她，我会为之拼命。我失去了慧莹，好久闷闷不乐。母亲后来说，我饭都不想吃，书也不看，坐在那里发呆。母亲更悲伤，是可想而知的。

慧莹起初不过是伤风咳嗽，母亲不大在意，也没有请医生看。我家天井的花斛里有一棵桑树。母亲采了些桑叶煎了让她发汗。但很快高温不退，抢救来不及了。想来她死于急性肺炎。现在这病根本不会致死，一剂青霉素，药到病除。但当年青霉素（发现于 1939 年，1941 年才用于临床）还未发明，而且，与重男轻女有关，如果我或二弟生病，母亲会重视，请阆侯先生或薰臣先生来看，慧莹是发了好几天高烧，才去请医生，来不及了。重男轻女是几千年的旧观念，母亲并没有意识到女儿的死竟与她的观念有关。但这是事实，不必回避它。

我的二弟叫锦凯，又名次平。他大概两三岁即得了脑膜炎，花了很多钱，才保住性命。愈后仍然活泼可爱，但慢慢地发现他言语不周全，后来只会发出啊啊的声音，对外界声音毫无反应，才知道是个聋哑的孩子。这时，已经药物无灵了。这事对父母的打击很大，母亲的头发从那时起变白，虽然，她还只有 30 岁。

当年，生一个不能保证养活一个。比如我的二伯国旺公，自己只有 28 岁，留下两个儿子。大儿子时骏（式灏），比我大一岁，是温州地区最有名的学习尖子。当年温州只有温中、瓯中和联中三个中学，他在三个中学入学考试中全得第一，被称为“连中三元”，全邑轰动，据说历史上从未有学生在三个学校中全得第一的。但他在 22 岁时死于肺结核。肺结核当时已有特效药链霉素，但全是进口货，一瓶链霉素值一粒金子，即一两重的黄金。二妈没有钱买这种药，与洪家有通家之好的徐希焘先生奔走呼吁，想借社会的力量筹些款子来拯救这位难得的天才学子，但当年民生凋疲，筹不起一块钱，时骏终于夭折。脑膜炎与肺结核在现在，根本不当回事。

母亲不信教，从没有上庙宇烧香，也不与出家人来往。我的大姨母有个尼姑朋友，常常到她的观音阁去烧香，好多次邀母亲同去，但每次都被母亲婉辞。这位面目清秀的尼姑来过我家，都是随姨母同来，母亲“以礼相待”，不失礼而已。但母亲也迷信，遇到家人有点小病小痛时，会买点香烛纸钱，夜深人静时，在城根僻静处点上，拜上几拜。这是送孤魂野鬼。这些小鬼最难侍候的了。她还相信一个瞎子雨霖先的算卦。这雨霖先是个沿门卖艺的鼓词艺人，满头白发，有时母亲会招呼他进来唱上一段。这时左邻右舍都会来听唱词。唱好了，给些钱或米，我记得每次给的米都是一升，算是很丰厚的了。有时，母亲在听众散去后会让雨霖先算上一卦。母亲撮几粒米放在鼓面上，雨霖先摸着数数，口中念念有词，预测命运。我已经记不起母亲让他算什么凶吉，但记得我七八岁时让雨霖先算过命。母亲报了我的生辰八字，他掐指算来，我记得三点。只有一点是准的。他算到 75 岁，说道："这以后寿元多少，算不出来了。"意思是很长寿。这不过信口胡说，谁还在 60 多年以后记得起来呢？不过我确已 80 多岁了。最荒唐的是说我有"一妻五妾"。母亲当时就笑了，说："你还以为现在是前清呀！现在法律规定一夫一妻制，阿涛只能讨一个老婆。"顺便说说，雨霖先的"先"字，是先生的简称，他在当时也是个名人。凡是四乡求雨，都请了他去。由人驮着走在求雨队伍的前头，"雨淋先"嘛，讨个口彩。

母亲不信教，却很"信苦"，虽然家境也不宽裕，却同情别人，常常周济别人。有时候年老的乞丐到门口讨饭，母亲给些冷饭剩菜，嘴里叨念着："我们自己也困难，否则，也多给你一点。"她自己非常节俭刻苦，亡故以后，捡点她的衣裳，竟没有一件体面点可以作寿衣的，母亲是穿了平时穿的旧衣服走的。

到了老年，她又非常轻信，常常上一些小骗子的当，次数不少，有的她自己至死没有发觉竟是被骗。大约是 1955 年或 1956 年，有一天我回家，她告诉我："阿龙今天来过了，说妗娘住在医院里，向我借了两块钱。”阿龙是我的瓜棚搭柳树的表兄弟，平时不大往来。我觉得有点不对头，就问详细的情形，原来是这样：

上午母亲开门出去倒垃圾，一个乐清口音的小伙子迎面喊她：“阿婆。”

母亲打量了半天，说：“你是……是阿龙。”

那人连忙说：“是呀是呀！阿婆记性真好。我娘叫我来找你。”

母亲就让他进来，还泡上茶，问道：“找我什么事呀？”

那人就说：“我娘住在白累德医院里，钱不够了，要我来借几块钱。”

母亲立刻说：“这要紧，这要紧……只是我身边没有钱，你等一下。”

母亲连忙找邻居王师母，王师母身边只有两块钱，母亲全借了来，给了那个“阿龙”。

这不对头，乐清亲戚之间，很讲究辈分，阿龙不该叫母亲“阿婆”，而且，只有两块钱……

我就问：“阿龙戴着眼镜吧？”

“没有呀！”

这就不对了，阿龙比我大一二岁，深度近视，从小的绰号就叫“盲瞠龙”，离开眼镜走不成路。其实，“阿龙”这名字是母亲自己告诉那个骗子的，那骗子不过是顺水推舟而已。

在她的世界里，只要是同乡，亲戚，朋友，熟人，就没有坏人。父亲曾说：“你母亲以为世界上只有好人，没有坏人。除非我是个百万富翁，否则她老是不够用的。”父亲还曾说过：“你母亲是利他主义者。”

上世纪五十年代，骗子不多，如果母亲现在还活着，一定打破受骗的纪录，可以上吉尼斯世界纪录大全了。

岳母

我写过父亲、母亲和岳父，但没有写岳母。不是不想写，而是——可写的很多，但事儿太小，不值一提。

如果在她 40 岁近 50 岁时——也就是成为我的岳母的时候，温州举行中年妇女选美，她肯定得金牌。她的眼窠稍稍内陷，有点像白种人，眼睛黑白分明，像十八九岁的姑娘那样清澈。梳一个 S 髻，不戴项链、不戴耳环、不戴戒指、不戴手镯，一身灰色或青布衣裳，绣素色花黑缎鞋子，白线袜——总之，浑身上下没有半点“富家气象”。凭这一身穿着，绝对猜不到她是温州皮革业首富的当家老板娘。她太朴素了，任何外加的即使是最华丽的物事，都与她格格不入。她随便在哪里一站，与旁边同龄的女性都显然不同，她有一种天生的优雅气质。她识字不多，却像是大学教授，当她戴着老花眼镜时更是如此。

她的气质和美丽遗传给两个女儿，我老伴的大姐和三妹。大姐年轻时绰号王丹凤，当时的大明星，可以想见她的风采。三妹年轻时扎着一条大辫子的照片，绝对能把两位冰冰或别的女明星比下去，她们没有她那样质朴、娴雅而又光彩耀目。

岳父是长子，三个弟弟一个妹妹，父亲死得早，四个房头一直没有分家。岳母作为大房媳妇，自然是这个大家庭的内当家。每次开饭四张桌子坐满。请了一位厨师掌勺，岳母的例行公事之一就是为这四桌人准备饭菜。厨师背着一个超大的长柄菜篮子，跟着她到菜场买菜。食米是米行按时送来的，一星期送一次，一次一麻袋，每袋 180 市斤。她还要照顾自己三个儿子五个女儿。整天忙忙碌碌的她还为厨师打下手，而且认真学厨艺。因此，她烧得一手好菜。我结婚之后，她时不时带一个饭盒来看我们，里面装的是她为我们烧的菜。那时我吃中灶，厨师是为蒋介石做过饭，后来被调到温州酒家任首席厨师的万瑙。岳母做的家常小菜，并不比万大厨师逊色。

她惜老怜贫。岳父发达之后，不少宁波穷亲戚来投奔他。来的不是一个人，而是携儿带女一家子。岳母安顿这些穷亲戚，管吃管住，慢慢地找工作，多半是安排在岳父投资的皮革厂、五金店等企业里。有一位亲戚，年老体衰，已经失去工作能力，岳母养着她好多年，孩子们称她为宁波婆。这些事情，都好像是她分内的事，做得那么自然，使别人不觉得是受施舍。她虽不识得“尊严”二字，但处处尊重别人的尊严。

邻居寡妇一家五口，上有两老，下有子女，靠她一人手工做笔维持生计，十分困苦，岳母不声不响予以接济，长达数十年。

人口众多的大家庭的当家人，本来就遭人怨，何况经常周济别人的事牵涉到各个户头的经济利益，背地里闲言闲语不少，但她都装作没听见。她有自己的做人准则。

岳父以管理企业的方法管理家庭支出，门口顺协利鞋料店的会计兼管家庭开支账目，每月按时发零用费包括每房一个保姆的工资，所以能维持一家和顺的表象。但贪小便宜总有其人，厨房里的细瓷盘碗、汤匙、碟子甚至质量较好的筷子，常常不翼而飞。岳母自然知道谁是三只手，但一声不响，缺得多了，买一些补上。有一房女眷，三番五次向账房支钱购物报销，比如一打手巾等等零星用品。账房先生向岳母请示，暗示这已经超出日用的范围了。岳母听了也只轻轻地叹口气。

写到这里，我想到了唐代九代同居的张公艺写的“百忍图”。岳母把这些委屈都藏在心里，而且从不向岳父诉说。其实，四个房头相处几十年而没有闹分裂，岳母是缓冲剂又是黏合剂。

我想，岳父能在工商金融界屡败屡战，经历过无数曲折，按岳母的话说，他“除了棺材店没有开过，三十七行都干遍了”，而结果成了“大亨”，其实是岳母撑着这个“后院”，使他闯荡江湖而没有后顾之忧。

岳母的轶事颇多。

她是个好动的人，闲不住，而且多少有点洁癖。这样的情况常见：保姆袖手闲坐，岳母却拖地板，揩揩洗洗不停。不知底细的人，以为她才是保姆。她看不惯干活马马虎虎的人，索性自己动手。这种事常被妯娌们当笑话来讲。

她很喜欢花，天井里种满了蔷薇、荷花、玉兰、茉莉、兰花和多种草花儿，各种花卉都开得茂盛，蔷薇爬满半面墙，这些花花草草，都是她亲自料理，决不假手别人。我常常奇怪，这样忙碌，还有闲工夫来摆弄花草。她爱美丽的物事。

岳母没有什么特别的嗜好，难得有工夫打几圈麻将，有时我的老伴会拉着她去看篮球赛。但她酷爱看电影，凡有新片上映，就让子女陪着去看，看得津津有味，却从来记不住片名，每逢有人提起某一部电影的情节或者某一位明星，她就说："这电影我看过，是和 ×× 去看的。"她只记得谁跟她看那一部电影。

她的影评别具一格，比如，看"白毛女"歌剧纪录片，看后就叹气："苦都苦死了，还有心思跳舞！"旁边的人只是匿笑，谁也不敢说破。

岳母其实很不幸，她生五个女儿，倒都还平平安安。四个儿子，一个过继给三房，活了 80 岁。其余三个，两个死在她之前。

她最优秀的儿子是老二荣辉，大学毕业，在探照灯部队里当技术军官，后来在天津一个军工研究所当工程师。结婚不久，患肝癌去世，留下一个儿子。对这一噩耗，全家人都瞒着她，她时常自言自语地说：荣辉怎么好久不写信来？但有一天，她的外甥孙翻看家庭影集，指着荣辉的照片说："二舅死了几个月了？"岳母脸色马上变了，但装作没听见。她心里清楚，大家瞒着她，是怕她伤心，是为了她的好，又何必说破呢？她当时一定心如刀绞，但强忍着在人前不流一滴眼泪，这种自制力，最坚强的男人也有所不及，何况是一个母亲。她貌似柔弱，实际上十二万分的坚强。

岳父岳母结婚数十年，共同面对过无数次曲折与艰辛，但从未红过脸。他们是传统的好夫妻。岳父晚年中风瘫痪，失去一切知觉，成了植物人。但当岳母患肝癌病逝时，完全麻木的他却流出了眼泪，唯一活着的，是对岳母的牵挂。三个月后，他停止了呼吸。

岳母对我家有恩。我被打成右派分子送去劳动教养，前后四年，老伴受我牵累，失去了国家干部的身份，下放到基层劳动，每月工资 27 元，这时我们有五个子女，几乎陷于赤贫。岳母将我的小女儿安排在她家，又吩咐大姨将我的大儿子寄养在她那里。她还通知在福州部队工作的女儿和过继到三房的儿子，每月寄钱给我的老伴，加上我的三弟和父亲的支援，我家才不致冻馁而死。

我对岳父相当尊敬，不仅因为他是长辈，还因为他是正直的，实打实的民族资本家，对国家、特别是温州的制革业有很大的贡献。但在感情上，总隔了一层玻璃幕，谈不上亲近。对岳母则不同，我和老伴一样，有儿子依恋母亲的情愫。多时不见，我会想念她。她逝世时，我失声痛哭，与我失去母亲时一样悲伤。

岳母姓贝，闺名玉燕，享年 77 岁，在当时已是高寿。

相濡以沫七十年

——悼美珠

爱情所以发生，有点不可捉摸，莫名其妙，无从解释。

其中有一种一见立刻看着顺眼，不过，未必能白头偕老，此谓之孽缘。别别扭扭地在一个屋子里，有分床而眠的，有共一个枕头却想着另一个男人或女人，同床异梦，在别人面前相亲相爱，这只有他们自己心中有数。世上真相本来不容易发现，何况他们是夫妻，他们的生活属于隐私。

不过，同床异梦例子不多，否则，家庭和睦无从谈起，天下就乱套。但是，告子说过："食色，性也。"既然是本性，行政力量，道德，社会舆论在它面前都苍白无力，只能落荒而逃。出轨的事，在所难免。

在爱情生活中,确有“一见倾心”。全世界都承认,西洋有“love at first sight”之说。

少男少女情窦初开，他们的脑子里都会有一个理想的情人。这情人怎生模样，谁也说不清，只不过是个模模糊糊的轮廓，甚至连轮廓也不是，只是一个朦朦胧胧的、有点莫名其妙的意念。也就是常说的“梦中情人”。如果遇到异性正好与脑子里的意念相合，就立刻倾心。如果双方对榫，即使经过千辛万苦，包括父母、社会舆论、族长公的反对，都扯不开，非结合不可。如果双方都不对头，那什么事都不会发生，各奔东西，如同路人。

我的政治启蒙很早，抗日战争初起时，不过十二三岁，看过鲁迅先生的杂文（父亲也是鲁迅迷，每出一集，就买得来，他看，我也看），看过斯诺的《西行漫记》(《红星照耀中国》)，而且也看《三国演义》和《水浒》。《水浒》直接提到政治的不多，我敏感地感受到。一个童子看出《水浒》里的“政治”，罕见，虽非神童，却是早熟。

但是,感情上的启蒙却是迟钝得够可称为呆痴的了。20岁了，是个书痴，沉缅于文学作品。当然，看见美丽的同一年龄段的女性，会发生遐想，但这与爱与不爱无关，只是一种本能，与看见美丽的花树相仿佛。20岁以后,进入浙南游击根据地,战争环境,没有心思也没有这样多女同志，当然有美女，职业女革命家，大体上属于豪迈、刚强、英姿飒爽。一个女革命家如“小鸟依人”，像陈圆圆、李师师那样的美女，而腰悬短枪，腰扎皮带，像样吗?

而且武装队伍中女战士极少，大部分已是首长的妻子。

就是说，我在解放之前，虽已是壮男，不但没有谈过恋爱，甚至没有过萌芽状态的情愫，更不用说倾慕一位女性了。

解放以前，我的爱情生活是一张白纸。

解放以后，变了一个天地，接触了不少女性，值得一说的有三位。

一位是新参加工作的女同事，瑞安人，她在解放前就是共产党员，地下工作者。我与她有“天然”的亲近感。她十分优秀，出身寒素之家却有大家闺秀的风度。思路敏捷清晰，很有主见，有时候我碰到工作中的难题，她能三言两语使我豁然开朗。她相貌平平，却有一种吸引人的气质，与她一起工作分外愉快。她不久被调回故乡，大概任区委书记。她是肺病患者，多年前已有此病，在当时是不治之症，自己未发现，身处“地下”，也没工夫去体检。因而比较瘦，弱不禁风，使她看起来楚楚动人。她死在任上，只有 20 多岁。我听到这噩耗，难过了好些日子。

如果我们在一起工作，我会爱上她，肯定会爱上她。她会不会爱我呢？我模模糊糊地感到她似乎对我也有好感。

另一位是我的同学，同校同班，同年龄，都是乐清县城人。当年，男女同学之间接触不多，我们却时常在一起说说话。有时候，我家阿姆怕学校的大锅饭倒胃口，带一些家制的鱼松、肉松给我，顺便带她家里的东西；她家里人也一样，带给她食物时也顺便带我家的东西。放假前夕，我们一起商量如何回家，她帮我收拾杂物，我帮她打铺盖。同学三年，算得上是同窗好友。背后也有同学叽叽呶呶地传些风言风语。我们问心无愧，根本不理它。说得口淡了，自然没人说了。

1946 年我离家出走，与任何人包括她都切断了联系。1949 年 5 月温州解放，她来找我，见了面分外高兴，彼此打听熟人同学的情况。她在故乡一个乡村小学教书。那时候我很忙，与她谈话中途，好几个人来问事。我虽然是“老革命”，但不通世故。其实她来找我，是有事相求，我却莫名其妙。她到底是女性，有点腼腆，羞于出口。见我忙，就告辞走了。我只送她到办公室门口。从此没有再见面，也没有通信，直到六七年之后，她和丈夫来我家做客，才知道他们在同一小学教书。丈夫肺结核，因收入菲薄，当年中国落后，像链霉素、白果那样的特效药只有舶来品，买不起，硬挺着，不久病故，她更苦了。1949 年她找我，是想我帮她找个工作，其实解放之初，人手很缺，介绍一个人参加工作，没有后来那么多的烦琐僵死的手续。在秘书科，我的学历最高，高中毕业，其余的最高只是初中生。她如果开口，就会安排她在秘书科里，她的一生就全不一样。而且，很可能我们会成为夫妻。未婚男女彼此注意对方，是很自然的事。

第三位的情况有点特别，为叙述方便，称她为 F。

F 的父亲是国宝级的大学问家王国维的关门弟子，一级教授，也是国宝级的学问家。抗战时期，北方大部分成为沦陷区，他被迫回家，温州没有大学，只能在瓯海中学里教书，靠教书的薪水维持生活，教国文。以他的深不可测的学问来教中学，不用原来的课本，自己选择教材，其中之一是白居易的《长恨歌》，那真是深入浅出，警句迭出，妙趣横生，不但把千年前的名篇解释得清清楚楚，而且旁及《长恨歌》的时代背景、小学（文字学）等领域。“听君一堂课，胜读十年书。”不少别班的同学溜出了课堂，挤在窗口听先生的课。其他的教师也无意干涉，他们也想来听先生的课，所以对逃课的学生开只眼闭只眼。我也溜出来听他说《长恨歌》，现在还记得他说“温泉水滑洗凝脂”：“凝脂是什么，猪油就是，溜滑、细腻、雪白。”

我念高中时，F 在同一学校念书。从来没有接触过，也不知道她是先生的独生女儿。解放以后不久，她来找我，我和副科长刘国同住，F 来干什么呢？没什么事，纯粹来玩儿。我和刘国都很欢迎。F 面目清秀，身材娇小，天生一头卷发。这人天真烂漫，没有机心，大概比我小四五岁，我和刘国对她好像对妹妹一样。她一来，就热闹了，她又说又笑，缠着我们讲游击战争的故事，还想摸我们的手枪，如果不小心真让她拿到手，可能闹出血案来。

平时，我和刘国只是闷头看书，有时还干些白天干不完的“公事”，沉闷得很，她一来，可热闹了。她来干什么事呢？屁事也没有。她又说又笑，直言无忌，实话实说，说共产党好，说共产党坏，她都照实汇报。甚至骂共产党的话她如实相告。这人没有政治头脑。从她的杂七杂八的闲谈中，我们了解舆论和市井间的琐事，特别是青年学生的思想动向。她说的，在会议上、汇报中都听不到。刘国说她是天生的新闻记者。

后来我曾问她，到我们这里来干什么，她说，她只是对游击战争好奇，还从我们口中学新名词。她在学校里常与男同学混在一起，说女同学婆婆妈妈，说衣服，说打扮，烦死了。

最初几次，传达室通知我，我到门口接她进来，来的次数多了，传达室也不拦她，她直接到我们的寝室里来。他们怀疑她是我的爱人。那时候，还没有女朋友的说法。爱人可能是妻子、情人、未婚妻。传达员也是瞎猜，三个人在一起，能谈情说爱吗？

她与我们的交往戛然而止。她父亲调到上海去了。她也跟着去了，也没有告诉我们，蒸发了。我与刘国纳闷，她为什么不来了。这最能说明不过是泛泛之交，并不亲密，更谈不上爱情。实际上她还太小，“情窦未开”。

她的父亲和我的父亲是同事，同样教国文，他们相识已久，是老朋友。两位父亲知道 F 常来我处，有意撮合。但只是随便谈谈，没有采取实际行动。这事 F 知道否？她一定知道，她的父亲很开明，可能还问她的想法。但她也不放在心上，这人本来没心没肺，心态还处在小姑娘阶段。

以上几位女性，都十分优秀，除了那位地下工作者，我从未动心过。

那一天遇见美珠，情况起了变化。

美珠是我侄女的同事，当时都在东区政府工作，临时工，干的是助征工作，并非在编人员。那一天，侄女拉着她一起来看我。

美珠很循情，拉她，她也随随便便跟着来。侄女介绍说：“她叫张美珠。”

其实，我认识她，她是我的校友，但不知道她的名字。当时每个中学都有一支女子排球队，冠以学校名字，只有瓯海中学的女排叫“九山女排”，九山是学校所在地。在所有的中学女排中，九山女排实力最强，在校际比赛中，所向披靡。那时是九人排球，分三行，位置固定。球队的核心人物是二排中，主将，她的实力决定球队的水准。坐在我面前的正是这位二排中。当年全国的女排都很差劲，能够接得住，把球打回去，就是强队。美珠身材高，她用得上力，将球击回去，往往赢了。

她像其他的女干部一样，一身灰色的列宁装，身材高挑，后来知道是 1.62 米，在当年，算得上高个儿了。

她面色红润如婴儿，轮廓圆润。我曾在金婚时，写一首诗送她，其中“当年粉白孩儿面”，表达得很准确。她只用橡皮筋扎成两只短辫，端庄而大方，自然坦白清纯，还保留一个女学生的模样。

她只是腼腆地坐着，略带羞涩，低着头，不说话，光听我与侄女说话。

这一位沉默寡言、没有多看我一眼的女性，却使我产生了一种奇异的感觉。《西厢记》的张生初见崔莺莺，“蓦然见五百年前风流业冤，只教人眼花缭乱口难言，灵魂儿飞上半天”。我没有这样强烈的感受。送她们到大门口，注目看她远去的背影，直到看不见，才回过神来，慢吞吞地回办公室。目光如果能伤人的话，她一定受伤了。伊人远去，我若有所思，脑子有点晕，老是在想她。其实我对她一无所知，她的坐姿，逆光中颊上的毫毛，颈边的细发，初见面时的细节在脑子里盘旋，我有点亢奋，仿佛多年追寻的珍宝忽然在我眼前出现了。

我努力不去理会她，但做不到。我开始胡思乱想，她结婚了吗？有情人吗？有没有人追求她？她对我的印象如何？我在她面前有没有失态？反正，自己煎熬自己，自找烦恼，一直熬了三天，实在憋不住。美珠这名字很俗气，我却一点不觉得。我给侄女打个电话，羞答答，转弯抹角打听这位美珠的情况。

侄女早熟，她看穿了我的心思，她好几次拉着美珠来“看叔叔”，美珠一次也没有推辞。

第一次单独见面是晚上，无地可去，两个人在路上散步，那时，国民党的特务仍有活动，几乎没有行人。结婚以后，我曾问过她第一次背着人见面时的感觉。她没有我这样强烈的感觉，只是模模糊糊地觉得生活中发生了不寻常的事，不敢往深处想。她比我更糊涂、更朦胧，只是在接到我的约会电话时，有点颤动。时间使事情明朗了，同事特别是几位老战友渐渐地，也许是很快地知道我在恋爱了。

侄女知道了，知趣地不再作“夹心饼干”。

恋爱是怎么一回事？我想天下的男女都一样，只要两人独处，说说话，说些什么？全无关系，只要对方在身边就是幸福。幸福来得不易，却很容易满足。

当年的细节现在无从想起，只是一直到现在，没有全世界都说的话“我爱你”或“I love you”,“心有灵犀一点通”, 不必说了。她知道我的父亲，因为是她的老师，但我有几个兄弟姐妹，她从来不问。我也在很久之后才知道她父亲是温州唯一一家现代化制革厂的老板，是这个行业的首富，她原来是富商的二小姐，资产阶级的后代。我想这叫纯洁，门第、金钱等等世俗的赘物，在我们之间没有地位。其实，这位二小姐的衣食住行都很平常，还在父亲开的皮蛋厂里做童工。她有四个兄弟，大哥早死，二哥过继给三房，老三最优秀，高级工程师，却短命，四弟是个白痴，她的五妹也是弱智。父亲和官方无来往，整天叹气。这富商家庭并不幸福。

解放之初，工作很忙，星期日也常常加班，我们见面都在晚饭之后。当年风尚，恋爱者之间的第一选择是电影院，我们从来没有去过。大约是 1949 年冬天，我们沿街散步，无意中到中山公园门口。整个园子黑洞洞，没有一丝声音，这正好，我们就摸黑进入中山公园，坐在冰冷的椅子上。我们低声说话，更多时间只是握着手，静静地坐着，仿佛天地间只有我们两个，生怕搅动这静谧的气氛。

不知过了多少时间，附近的树丛有声响，我定睛一看，一个不大清晰的人影在晃动。我随身带着毛瑟手枪，抽出，“格答”一声子弹上膛。那黑影立刻蒸发了。如果在平时，我一定持枪寻声去追踪，探个究竟，但她在身旁，怕她受到伤害，立刻拉着她离开。后来推测，那个黑影是个军人，或许只是个夜游人，不是坏人，或许是个特务。没有接触过武器的人，听不出子弹上膛是怎么回事。

在回来的路上，我问她，“怕不怕？”她摇摇头，在我身边就不怕，何况还有一支枪。沉醉在爱情中的男女，都有点傻气，如果不是那个黑影干扰，我们可能忘记了时间，忘记了寒冷，一直坐到深夜。

年轻人相爱，拥抱接吻自不必说，上床也不稀罕。回想我们恋爱时，最亲密的动作只是握着手，而且也不常握，只是相对而已。几乎是柏拉图式的境界。不是自我吹嘘，这爱情是崇高，是奉献，是真诚，是尊重，是精神世界的升华。

圣人说“食色，性也。”二人相处，自然有原始的冲动，相处久了，就有这种欲望，尤其是我，像恩格斯说的人来源于动物界这一事实已经决定人永远不能完全脱离兽性。我不想说谎，但我从不敢越雷池一步。能压抑下去，是对她的尊重，对她女儿之身的尊重。

在结婚之前，有一次几乎出格了。1950 年的旧历除夕，这时，我们已经打了要求结婚的报告，很快就结婚了。这时，她住在 ×× 科的女同志集体宿舍里。晚上，我送她回宿舍。开门进去，空无一人。我们猜测，大家都回家过年去了。坐了一回，我像感冒似的浑身发热，压低声音问她：“我睡这里，好吗？”

她满面绯红，转过头不敢看我。我又问了一声。她不开金口，只是点了点头。转过身去，铺开棉被。我闩上门，解下挂着手枪的皮带，压在枕头下面。正在这时，有人推门，接着重重地捶门，美珠赶快去开了门。来者是外地人，无处可去（后来成了工商科副科长的夫人）。

好在我们没有宽衣解带，她也没有发现异常的地方，我与美珠在恋爱，是公开的秘密。我搭讪着从枕头下摸出手枪，怅然告辞。心里懊恼，这位女同志来得真不是时候。

后来我问妻子，那一夜你怎么忽然胆大了敢留我过夜，她说，心里已经是夫妻了，反正要睡在一起，其实那一天她正来“例假”，留下了，不过睡一个枕头。她也珍惜自己的女儿之身。

当年干部结婚，都要组织部批准，一般情况下，组织部派人分别谈一下，当面证明未婚、自愿，就批准了。这是好事，他们乐得做人情。但我们的报告上去，好久没有动静，也不好意思去问。只是打个电话，回答说，要政审。我想，我是“三门干部”，从校门进游击队，接着进机关，历史清白。那么，问题出在美珠身上。她常受批评，说她不问政治，而且从学校门出来，就参加了工作，有什么问题呢？难道因为她的家庭是资产阶级！这不对，这时只问自身表现，不问阶级出身，有几位同志还是地主的儿女，有一位同志的父亲是国民党的将军，都无人过问。

我不敢告诉美珠，去找老战友孙明津，他是公安局侦察科副科长。说不了几句，他是敏感的人，不等我说完，立刻笑了起来，说：“组织部搞错了，他们怀疑你的心上人是托派。的确有一位与她同名，年龄也相同，也是中学毕业，他是张 ×× 的姐姐，是个托派。我马上通知组织部，保证你当上新郎官。”他当着我的面拨组织部的电话，三言两语说明情况，那边答应马上批准。

现在写这段事看似平常，在当年是极严重的政治关节问题，美珠至少是开除，我嘛，要列入审查名单，终身受累。那几天的折磨，刻骨铭心，像陈与义的词“此身虽在堪惊”，不堪回首。老天保佑，不过是一场虚惊。

当时温州市区 16 万人中有 23 个“张美珠”。“文化大革命”时，有外地的造反派来我家，旁敲侧击，套美珠的口风。美珠一听就明白，说:“你们要找托派张美珠是不是？她不在温州，在瑞安。”中国同名人太多了，比如“王丽”，竟有 22 万个。全世界都一样，“约翰”“维克多”恐怕也有几万个。

1951 年 3 月 15 日市委组织部批准我们结婚，批曰“基本同意”。我接到批示，哑然失笑。组织部人事科的干事是南下干部，半文盲，如果批“原则上同意”，更使我莫名其妙了。“基本上”“原则上”到底是什么意思，含糊得可以，甚至可以解释为“不同意”，到现在我对这批示还莫名其妙。

当时只看见“同意”二字，兴奋若狂，不去咬文嚼字了。

1951 年 4 月 14 日，我们办了结婚证，号码为“民法字 59 号”。一年多时间里，全市 16 万人中只有 59 人结婚。许多人不来登记，买一张龙凤婚书，填上姓名，找个证婚人盖个图章，大家都认可。《婚姻法》早已颁布了，曾经大张旗鼓地宣传过。一个法律为人们接受，有一个过程。“法治社会”是真正的公平公正的社会，中国在几十年后才粗具规模。“法外施恩”至今仍旧存在。这是后话。

当时，结婚证是市政府办的，其上有“温州市人民政府”的朱红大印，还有市长黄先河的蓝色签名戳，收成本费 2 角 5 分。我们去拍了一张合照，费用也有限，不必借钱结婚。

领结婚证还要体检，证明双方没有不宜结婚的毛病。市政府有个医务室，是秘书科的下属单位，只看公务人员，不对外。我拿了结婚证，找到医生，他一见就说“贺喜，贺喜”。我说：“你看我们还健康吗？”他连声说“健康，健康”。

“那么替我们开张证明吧。”他没二话，立刻写了证明：“二人身体健康，没有不宜结婚的生理缺陷。”

办结婚证就是秘书科办的，我是为自己办了结婚证。以后才由民政科办理。我平时丢三落四的，70 年后的今天，这结婚证还保存得好好的，从未示人。潜意识，这是宝贝。除非我“万岁”了，否则，这张纸永远珍藏。

这时，市政府办公室是原国民党的合作金库。楼上是市长办公室兼卧室，其中一小间是我和副科长刘国的宿舍，楼下三个科：秘书科、行政科、人事科。

稍后，在市府旁边租了一处房子，旧房子，木结构，我们租楼上，房东住楼下。我占了一间，其余的都是秘书科男同志的宿舍。至于女同志住哪里，也记不起了。

有了房子，不等于有条件结婚。我的被子是军用品，草绿色被套，连棉胎在内，只有两斤半重，一个人盖着还要缩着脚。依照老习惯，几件有限的衣服打了个包袱，就是枕头。这样的被子，盖不住两个人。结婚那天，美珠抱着一床棉被和一个很大的鸭绒枕头来。别人侧目而视，她很坦然，毫不理睬。这是她的全部嫁妆，原来的棉被改为床毯。没有典礼，没有宴会，什么也没有，床和桌子椅子凳子都是公家的，名副其实的"白手起家"。

结婚总要找个好日子，当时的习惯要"择日"，我们根本没有考虑。70 年来，从没有为结婚日子——银婚、金婚、钻石婚举办过纪念，我们压根儿记不起结婚在哪一天，直到写这篇文章，才搞清楚领结婚证的日子，大概那一天就是结婚的日子。秘书科的同事（他们全部未婚）来闹洞房，临时去买了一斤糖果，才把他们打发走了。

结婚以后，美珠只是名义上的家庭主妇，我们都分别在食堂里吃饭，衣服也不必她操心。供给制，伙食、衣服由国家包干，后来有了孩子，保姆工资也是公家出的，一直到实行工资制，她才当起主妇来。这也是破题儿第一遭，出了不少笑话。

直到现在我还很迷惑，夫妻同床是个忌讳的话题。古之圣贤并不忌讳，《礼记 · 礼运篇》："饮食男女，人之大欲存焉。"《孟子 · 告子篇第六》："告子曰，食色，性也。""大欲""性"，就是本能，与生俱来，并无善恶是非之分。有了这种本能，人类才得以延续，这是人类得以发展的最神圣的事业，却只能做不能说，不能形诸笔墨。如果比较详细地说，就是“淫书”，几千年来都是禁书，岂非咄咄怪事。

鲁迅先生介绍李慈铭先生的《越缦堂日记》，每夫妻性交，日记即记“与老妻敦伦一次”。李慈铭在当时青年中知名度不高，但他的学生蔡元培却名扬天下。他不讳言性事，敢于“大逆不道”，后人也无人讥讽李先生为非是。

夫妻共床，小事也。公开之，难事也。其事涉及生命之延续，大事也。不能公开，不能形诸笔墨，不正常也。这事虽小却是大题目，说不清，勿灵清，且说自己的事。

我的总角之交美术家王思雨，收藏大量西洋裸体画册。这些女性的私处全部糊糊涂涂，淡墨一抹而已。我还见过梵蒂冈美术藏品画集，男性塑像生殖器具体而微，女性无裸体者，或只能让你看到她的侧面或背后。可见全世界都一样。

说来可笑，我虽是壮男，但对男女床笫间的事，除了高中卫生课本中的性器官结构外，一无所知。婚前曾在旧书摊上买到一本《结婚的爱》。封面题字，封面设计者是丰子恺，作序的是鲁迅先生的三弟、本人也是大学问家的周建人。这是一本十分严肃的性启蒙通俗作品，上面几位文化界大名人为之吹嘘，非同小可。

它的作者是美国的山格夫人，她是人类学家，提倡计划生育的鼻祖。书里说，男女的生理不同，心理也不同，性的发动与高潮有很大的差异，应该有个协调、互相适应的过程。男人的勃起很容易，很快达到快感的顶峰，完事了；女性不容易兴奋，男性达到顶峰时，她还慢吞吞地兴奋不起来。要通过抚摸、吻嘴唇与乳头等办法，使做爱美满。

书里还举过一个例子，两夫妻感情很好，但性事不愉快，不对榫，不合拍。男人千方百计，逗不起妻子的兴趣。某一次，偶然在她的两乳之间的乳沟吻了一下，她立刻兴奋起来。山格夫人建议，每个丈夫都要找到妻子的兴奋点，不能只顾自己，要找到双方合作的诀窍。山格夫人的视界很宽，书里还牵涉到社会学、心理学，强调性道德。我在这方面的知识没有超过这本书的内容。篇幅多少，与书的价值并不画等号，《老子》五千言，《孙子兵法》八千言，却是世界上公认的经典。

新婚第一夜，我被上帝制造的艺术品的美丽与圣洁所震撼，只有法国安格尔的《泉》中的女孩与克罗布的《维纳斯的诞生》中的爱神，才差可与我的新娘相比。

她羞涩地蒙住眼睛，避开我的注视。宗白华在《我和诗》中说："我喜欢海，我懂它，如同人懂得他爱人的灵魂与玉体的每个角落、每一个微茫的动作一样。"的确说出了人所不敢言的天地间最普通最公开的秘密。

有一位阿拉伯诗人写过一首诗："用了七七四十九把雕刀，把她的名字刻在我的心上。从此我喝水也都担忧，怕把她的名字冲掉。"我十分欣赏这首诗，它说出了我想说而说不清的话。从此她永远嵌在我的心上，天地间没有任何力量剔去她。

我的老伴天生端庄文静，木讷不多言，一辈子没有绯闻，但却遇到很意外的两件事。×× 科有一位副科长，南下干部。有一天请她一起看电影，美珠欣然答应，说“要两张票”。当年，男子请女性看电影，等于求爱或求婚，接受男性的电影票，等于答应与他“交朋友”。这位副科长早早坐到电影院里等着，却看见我和她一起过来坐在他身边，我坐在中间。他虽颟顸，却看出我是她的丈夫，眼睛瞪得比学荠白还大，局促不安。从官本位的眼光看来，我是正科长，比他还高半级。美珠浑然不觉，津津有味地欣赏电影。我却暗地里好笑。其人颟顸到如此程度，对自己的部下已否结婚都莫名其妙，其工作成绩可想而知。是他请的客，他又不好中途退席，想来，电影的内容他也莫名其妙。此人长寿，活了 90 多岁。不动脑筋，大脑都在休息，也是长寿的秘诀。

另一件事更可笑。美珠有一次出差到杭州，回来时遇见山东老年夫妇。交谈之下，才知道他们是 × 长的父母。这两位老人似乎没有出过远门，也不懂南方话，美珠出于好心，一路上照顾他们。奇怪的是，他们对美珠十分冷淡，而且有点敌意。美珠很诧异，以为不过是老年人的不必要的戒备心理，并不放在心上，照样照顾他们，直到雇黄包车让他们到 ×× 局，而且付了车钱。第二天美珠上班时，这两老正在局里，看见美珠，亲热得不得了，还从怀里摸出大红枣塞在美珠手里，连声道谢。态度上一百八十度的变化。美珠回家时告诉我，我一听，就猜出了其中的原委。这位 × 长在老家有原配夫人，比他还大几岁。到温州后隐瞒了家事，娶了 × 里年轻的女干部。他的原配夫人虽是文盲，但早已是共产党员，还生了个儿子，独自抚养儿子，供养上辈，包干了全部农业劳动，是家里和革命的功臣，虽被丈夫遗弃，仍旧住在夫家。老夫妻来温，是兴师问罪来的。他们误认为美珠所以如此殷勤，因为她是新媳妇。到了温州，知道是天大的误会，才出现上面的喜剧。

老夫妻面对新媳妇，也束手无策。儿子已经害了一个女人守活寡，难道还让不了解内情的新媳妇又成为寡妇。山东老人住了几天，无精打采地回去了。

我们结婚以前，市里准备保送一批干部去杭州浙大念书。其条件之一是高中毕业生，美珠正好符合这条件，她征求我的意见，当时正在热恋中，一日不见，如隔三秋。我倒不怕她会变心，但她不在身边，会十分苦闷，但又不好阻拦，只是说:“你走了，我会很寂寞。”美珠心一软，放弃了这深造的机会。否则，以她的学识（她数学特好）和勤奋,成绩会名列前茅,有了高学历（还可能是硕士或博士），人生的道路会大不相同。我简简单单的八个字，误了卿卿一生。

掐指计算从结婚到 1962 年的 12 年间，我们聚少离多。1954 年我调到温州蜡纸厂当厂长。当时中央号召加强工业战线，而且是苏联“一长制”的试点。我国略加改变，成为“党委领导下的厂长负责制”。厂长几乎负全责，与“一长制”相差不大。

我随即住到厂里，星期天才回家，星期一一早回厂去。而且这一天相聚也不能保证，工厂是个小社会，除了产量、质量、利润等指标以外，几百工人的衣食住行，他们的家属和孩子，都在职责范围之内。如遇不测事故，如来台风，即使在家里，也要冒大风大雨赶回厂里。厂里出事故，也要赶回去。还有一件很特别的事，工厂三班倒，厂里没有宿舍，中班回去天已黑了，途中有一个花痴，看见女工走近，就脱了裤子，挺起肚子，吓得女工叫皇天。我得组织女工集体回家，还要几位男工同行，对付这个疯子。我曾向公安局反映，回答道:“疯子不能对自己的行为负责，公安局管不了。”那时市里还没有精神病院，公安局也束手无策。

当年全国铁笔蜡纸厂只有三家，温州占两家。原料是野生的山棉皮。原来浙江的原料还能应付，但我任厂长时，野生的灌木几乎绝迹，大规模的工业生产却没有原料基地，哪里应付得了。

当时有人好意提出,调美珠到温州蜡纸厂,我反对,夫妻同厂,妻子是“特殊工人”,工人另眼相看,容易发生误会。我婉言拒绝。但对家庭生活来说，是个损失。

省工业厅指示，要我带队全国去找山棉皮，我带厂里的秘书和一个年轻的女工，她携带一台显微镜，外表上看不出植物是长纤维，需要显微镜。北方肯定没有，最可能的产地在西南和南方，包括广东、广西、湖南、湖北、四川。

在这样大的面积里找罕见野生植物，带着很大的盲目性，如大海捞针，在这五个省区里爬山越岭半年多，我对妻子的思念十分强烈。那时温州还没有私人电话，长途电话常常接不通，只能常常写信，报报平安，诉说相思之苦，大量地描写当地的风物人情和接触到的少数民族。我在不断地移动，她也无法回信，夫妻却成了单相思。

西南高山急流之间，故事着实不少，比如在湖南宁远九区，目睹豹子和野猪缠斗的情景。当地老百姓兴高采烈，奔走相告，如同过节。我大奇，老百姓说，它一来，猴子都逃个精光，豹子是庄稼的保护神。

有些地方风俗很奇特。广西山区某一个村子，晚上都在屋子前空地乘凉。他们说土话，我不大懂，只是摇着蒲葵扇闲坐。这屋旁边有一个浴室，供冲凉之用，所谓冲凉，就是洗浴。这浴室只是木栅栏隔出的一平方米稍大的地方，木栅之间空隙足足有一尺，里面冲凉的裸体，乘凉的人看得见，清清楚楚。他们习惯每天都要冲凉，全裸体清晰地显露在人们眼前，还不时与外面的邻居谈话。我背向浴室，不敢看这鲜活的裸体画。

在恩施还有一件“奇遇”。我到邮局里发电报，一位女同志背着我们坐着，她是营业员。我大吃一惊，这人的背影酷似我的老伴，身材、胖瘦几乎完全一样，与老伴一样用两根橡皮筋扎了短辫子，同样的灰色列宁装。我心里清楚，这人不是美珠，但幻想这人是美珠。她转过身，一张完全陌生的脸。

我把上面这些事详详细细地写信给美珠。这些有去无回的信，是安抚我旅途寂寞的安眠药。现在回想，这些信是旅游杂记，异地的风俗与奇事。可惜没有嘱咐她保存这些信。如果保存，可以出一本可读性很强的书。

我一生最大的错误是从政，我根本不适应官场习气，如果解放之后去当记者或者教师，那么决不会只创作了 16 本作品。如果加上替人写回忆录和地方史资料，谢云说我著作等身也说得过去。人身不由己，老首长胡景瑊（温州市首任市长）的一句话，“什么地方不革命！”让我一辈子受苦受难，累及后代。

不少同志埋怨我平时说话太随便，山东渤海区干部高广富连连摇头，说“洪水平即使是哑巴，也会被打成右派”。我早在他们的“黑名单”中。

这时候人人挨饿，城市人只吃饭不出粮食，就动员青年下乡。我的大儿子和大女儿都是二中的学生，成绩很好，成为动员对象。送子女下乡，人人家长心里不愿意，我家是最无反抗力的家庭，送他们去了黑龙江极北的宝泉岭。对于孩子来说，经历艰难并非坏事，但是从此上不了大学。直到我的孙子，才有一个大学生。反右派受累的不止一代人。

我所以会调入市委工业交通部，原因有二：一、在基层锻炼过；二、温蜡产品的正品率是 99.99%，就是说，一万张蜡纸中才有一张次品。“罪归元帅”，功吗？也归元帅。其实达到这样的正品率，是全体工友的功劳。贪天之功为己功了吧。

不过，我并没有因此自满，而是兢兢业业地工作，坐办公室的时间不多，几乎跑遍所有的工厂，与当时铁工厂、陶瓷厂、造船厂的厂长成为好朋友。

美珠做梦也想不到我会反党。我在枕边放一本笔记簿，一支铅笔，有时睡到半夜，想起什么要紧的事，怕自己忘记，披衣起来，记上一笔。美珠也都被惊醒，但她一声不响，反而觉得应该如此。她更想不到的是，她竟也成了右派分子。

我从 1957 年开始被批判，一直到 1958 年。哪里是可以把我打成右派的突破口呢？

早在几年以前中国人民大学的学生程海果，也就是林希翎，控告《中国青年报》污蔑她。报社就把这封信在报上发表。

堂弟禹平当时在北京连环图画出版社当编辑科长，在《人民文学》和《新观察》上发表文章，林希翎慕名来访，也让他看了她的控诉书。禹平不久回乡探亲，经过温州，住在我家，说一些北京的见闻，也说到林希翎，而且把她的控诉书留在我的办公室里。我看一遍，随便放在办公桌上。这事与我丝毫没有关系，我也不关心。过几天，这篇文章不见了，以为是勤杂人员当作废纸处理了。

第一天我召集全市工厂厂长和书记，动员他们反右派。第二天一早，市府大院里却贴满了大字报，内容全是“揪出大右派洪水平”“打倒反党反社会主义的洪水平”。而且还捏造了一个“林希翎洪水平反党集团”。

斗我的就是我的部下，批的内容全是报纸上看来的，空洞无物。我还是个呆子，以为反右派是必须的，但反我却是反错了。我尽量挖掘自己的错误与缺点，但绝不承认自己是反党反社会主义。我反驳说：“做事必有动机，我打倒共产党，对我有什么好处呢？说我反党无非是要让国民党从台湾回来。”我敲着桌子大吼道:“告诉你们，国民党回来，先杀我的头，会杀你们的头吗！”

批不下去了。从此把我软禁在家里。

英国哲学家、逻辑学家罗素（1872—1970）说:“人类的无限欲望中，居首位的是权力欲与荣誉欲。”荣誉欲往往是权力的附属品。要升官权力大，就要“政绩”，右派打得越多，成绩越大。那时美珠在 ×× 局工作， × 长见机会来了，告诉副 × 长，把美珠定为右派。副 × 长说，她怎么会是右派呢？这样做太过分了。

× 长说:“上面定出 5% 的右派指标，还不够数。我们在档案中留一个条子，不公开，不宣布，上报时人数才够。她有没有与洪水平划清界线，有没有揭发洪水平，这不就是右派分子吗？”

× 长回家时猛醒。副 × 长为人正直，可能把这内情透露出去，自己反而可能倒霉，“仕途”要紧，几十年的友情、光屁股在地上滚的小伙伴，在官迷的心里根本不算一回事。他在 × 里毫不留情地宣布副 × 长是右派分子，这才能封住他的口。有权者把人打成右派是很容易的事，在他们平时的谈话中随便歪曲几句，捏造他的反党反社会主义的言论，这位正直的副 × 长也成了右派。

所以，美珠是右派，几乎无人得知，她自己到逝世也莫名其妙。

多年以后，我的部下对我说老实话：当年不批你，自己会被打成右派，只能从报纸上贩卖一些过来。说也奇怪，这时候，老百姓眼睛雪亮。

在政治高压之下，任何“奇迹”都可以制造出来。市委正式发出公文，“洪水平堕落成极右分子”，被送去劳动教养。

这 × 长阶级斗争热情高，“左”得可爱，反右派成绩又大，很快高升了。恐怕不止温州，这种现象全国都有。

× 长的毒辣是你想不到的。他下令开除美珠，还把她流放到农村去。失去了我，她全麻木了，不想活下去。只是几个孩子，公公婆婆都健在，她还不能死。

她抱着刚出生的婴儿，走向农村。

上帝派了一位“贵人”来救她。这人心里雪亮，把美珠拉出下乡的队伍，说道:“带着个孩子，到农村去能干什么？回去！”这贵人就是村书记，我不认识，美珠曾告诉我，可恨我年老昏庸，竟忘了恩人的姓名。

× 长仍不放过，下令送她到蛎灰厂里去劳动，温州没有石灰岩，只有蛎壳煅烧成灰，代替石灰，效用稍差。

从大船上挑着蛎壳下船，要通过不足一尺宽的跳板，一副担子，大概近二百斤重。跳板的倾斜度大概 30 度。她是唯一的女性担夫。

这样的重担压在肩上，在平地上走也十分困难，何况在这跳板上。美珠摇摇晃晃地咬牙坚持，居然把这重担挑到岸上。我写到这可怕可怖的旧事，手都颤抖，心跳加剧。

工人们实在看不下去了，一批人义愤填膺，向领导反映，甚至骂这 × 长烂良心。蛎灰厂厂长也看不下去，美珠才被救了出来。

天下总还是好人多，温州豆制品厂是合作社，只要缴股金，就能成为社员。那“好人”把美珠的可怜处境说了，社员一致同意接收她。工人们都照顾她。她无师自通，当上会计。

我家本来是革命家庭，却在一个晚上成了反革命家庭，父亲刺激过大，1959 年病逝，年仅 54 岁。

在劳动教养的四年（1958 年 4 月—1962 年 4 月）里，我对家中的情况所知甚少。现在记得美珠的工资被减成 27 元。孩子喝粥，没有小菜，上面放一撮盐。没有钱买菜，到附近的小菜场上捡撕下来的菜叶，只有乞丐与我家争夺这些烂菜叶。

这时候，国家实行计划经济，统购统销，粮食与主要的副食品都要票据（如粮票）。一般老百姓每月粮票只有 27 斤。全国人民都在挨饿。肉、豆腐都要两张票，钞票加副食品票，只有钞票，买不到任何东西。一直到丽田造纸厂之时，还在计划经济的笼罩之下。没有市场，没有交易。

这时，我的岳母伸出手来，将我们的几个子女分散到大姨和自己家。这样，才勉强活得下去。我郑重地记这一笔，是想告诉后代儿孙，在那不正常的时代，你们艰苦支撑的母亲，才是这家庭的擎天柱。她貌似柔弱，却极为坚强，没有她，就没有这个家。

怕我伤心，美珠并没有把这凄苦的情况告诉我。“劳动教养”是苏联发明的，我们“一边倒”，把苏联当样板，是好是坏一起接收。

1962 年 4 月，我被解除劳动教养放回温州。大概还有人想起我是老共产党员，为建立新中国出生入死，总不能让我当无业人员，总得有个噉饭之所。1962 年我到合作工厂丽田造纸厂，大概上面打过招呼，我先在仓库，后来在化验室工作，工资每月

50 元。加上这工资，家里一家七口，生活仍很局促。我每天的早餐，是一个实心包，要一张粮票。舍不得船钱，一面啃这一两重的实心包，一面步行到郊区厂里上班。一个 1.76 米的汉子，来到工厂就已经饿了，直到吃中饭，才勉强吃个半饱。美珠知道我挨饿，她又有什么办法呢，只有在家吃饭时，她几乎不吃菜，全夹在我的碗里。

1979 年，右派平反，羞羞答答地称“改正”，美珠和我恢复原工资。老战友郑家顺同志是温州地委书记，他说，浙南党史是个空白，你要负起这个责任来。1980 年 9 月在党史研究室工作，我只是个办事员。有人笑说：“连国务院也没有地市级的办事员。”我和章景濂是浙南——温州地方史的奠基人。我们多次到北京国家档案馆、南京国家第二档案馆（国民党的档案），访问过上海、杭州 100 多位老前辈，好多年离家外出。计算起来我们聚少离多的日子真够多的了。

美珠不愿回原单位，老战友王晋是市物资局局长，美珠就在物资局工作直到退休。

她在 1949 年七八月间就在东区助征，但却不算离休。有人打抱不平，瑞安的一位同志也在东区助征，比她还迟几天，却享受离休待遇。我说：“我的工资有一万多元，够用的了。为了这事去求人拜佛，为几个钱折腰，何苦呢？算了。”美珠也不愿我为几块钱去乞求。

这期间我去上海，帮助老首长龙跃同志整理他的长篇回忆录

《坚持浙南十四年》。美珠到上海来看我，他的夫人抱着美珠放声大哭。美珠莫名其妙，我却心中有数：林芳同志与龙跃同志没有照顾好我家，让我们受这么多苦。顺便在这里辟个谣言：有人传说，龙跃同志的回忆录是我写的，事实上每一个字都是他写的，我不过帮着整理抄写。

我把过去的情况告诉龙跃同志，他说，1949 年 9 月我见过张美珠，她应该享受离休待遇。我说，中央规定要有档案为证，个人证明不算数，而且我家已够用了，不麻烦你了。我想，即使拿到龙跃同志的信，也要弯腰低头向组织部，即使饿死，也不愿为几个钱折腰。性格决定命运，却累及美珠。

我 68 岁开始文学生涯，70 岁出版长篇小说《温州城下》。到现在为止，共出版 16 本书，包括长篇小说《伍家旧事》（这两部长篇小说都再版）以及史话、散文、短篇小说，与别人合作的《龙跃传》和《回头草》，累计近 300 万字。而且开始以书法自娱。没有这“后勤部长”，根本没有这么多文章。70 多岁的时候，好多人劝我们雇一个保姆，美珠不同意。买米买菜，买日用品，打扫房间，都是她一人承担。

有时候我笔头呆，就问美珠。她随即告诉我，讪笑说：“孔夫子不识字还要问奶奶。”这一段时间是我们最幸福快乐的日子，可惜时间太短暂了。

“文化大革命”开始时，多年不见的 F 到我家。她的父亲在上海也被打成右派，不过仍旧研究学问，著作等身。他很开朗，政治上被歧视，丝毫不影响。他是一级教授，虽为右派，仍旧教书带学生。他给我写过好几封信，有一信中说:“活着就是胜利。”要我面对现实，充实自己。

F 跑到我家，当着我全家和邻居，大声叫道:“水平本来是我的。”这样的女子世上少有。美珠笑道:“这女疯子，不理她。”从此 F 不到我家，隔三差五到丽田造纸厂，她在大学里学的专业是化学，帮助我改进了一些化验工作，我倒很欢迎。一些惯于制造小道消息的人宣扬我与 F 关系暧昧。美珠笑着说:“世界上没有什么东西能把我们隔开。”

美珠于 2022 年 1 月 14 日凌晨 5 时逝世，享年 94 岁。我在《温州日报》上登一讣告:

老伴张美珠，2022 年 1 月 14 日 94 岁逝世，享高寿。水平暨儿孙辈 29 人谨此敬告诸亲友。

户口簿上，在美珠这一页上写上“注销”，盖着派出所大印。看这两个字，我不禁又流下眼泪。

她一死，我成了孤儿，天塌了。想到自杀，随她而去。儿女发现这一动向，再三劝说，我也想到我还要写她的一生，才活了下来。我不死，是她最后的挽救。

噩耗传出以后，远在意大利的陈瑶给女儿又刚发来唁电:

“阿婆去世，除了不免的悲伤，第一个想到的就是阿公，70

年的人生伴侣，没能相依相伴，阿公的痛苦不难想象。这两年，每每想起两老，心里很苦涩，我妈（洪注:她是我的学生王爱娥）以前说阿婆人最好，现在老人走了。但阿婆留给我们很多美好的回忆，永远不会忘记。愿阿公保重，愿您和大晓舅大伙儿节哀。阿婆去阴间的路上，会有我妈相伴。”

数十年未见面的侄儿洪雨也从扬州发来微信:

“今天去看父亲，听闻温州大妈仙去。细细想来，我跟温州的大妈不是特别的熟悉。小的时候,大哥（洪冶）和二哥（洪光）寄养在大妈的家中的日子比较多，我寄养在乡下外婆家，所以跟大妈不是特别熟悉。回想起来，大妈是那种和风细雨永远微笑的一个典型的中国妇女。和大伯那种爽朗声震九天的笑声，形成鲜明的对比,（高声大语也是洪家的特点，我父亲也是大嗓门）两个人性格互补，真是神仙眷侣。大妈走好！”

有人说:“结婚是爱情的坟墓。”恋爱时卿卿我我，结婚后爱情死了。我们直到死以前，都互相爱恋牵挂关心对方。我们的爱情温度一直没有下降，而是更深沉、更稳定、更隐蔽。

美珠一生受难,全受我的牵累,像她这样善良、与世无争的人,却因我而受苦。这世界上,我最对不起的人,就是我最爱的妻子。

我真希望有灵魂。美珠亡故后，一定不肯投生，而在阴曹地府的路旁等我，我们携手走向那虚无缥缈的天堂。爱娥也会伴在一边。

峥嵘往事

在中国领土上，浙南游击根据地只是汪洋大海中的一个小小红色孤岛，居然“坚持十四年红旗不倒”。说是个奇迹，也未始不可。

《浙南周报》散记

一、山村受命

1947 年 4 月下旬，在地处永嘉、青田、瑞安三县交界的一个独家村里，中共浙南特委书记龙跃和宣传部长胡景瑊将洪禹平和我找了去。龙跃同志让我们坐在唯一的一条板凳上，慢慢地说："特委决定办一张报，由你们来搞，怎么样？"那时，龙跃同志只有 34 岁，小个子，瘦瘦的，眼睛显得特别大，看起来像是 40 岁以上的年纪。他含笑看着我们，等待我们答复。

在此之前，冯增荣，孙明津、安邦和我们一起试办过几期报纸，他们先后另外分配了工作。既然组织上决定要我们办报，当然没有二话，我们一齐点头，把任务接受下来。当时谁也没有意识到，这一次谈话，竟是我党开创浙南新闻事业新局面的发端。

对于新闻事业，国民党一向控制很严，官办的报纸几乎全是“中央社”的一统天下，此社被讥为“遭殃社”，信誉可想而知。“路透”“合众”等外国通讯社的电讯，不但被经过精心挑剔编排，甚至还在译稿上做手脚。民办报纸呢，稍有点进步气味，就百般刁难限制，动辄将印好的报纸没收，报人“失踪”，报社被查封。至于开个“天窗”，即在拼好的版面上抽掉一篇文章留下一块空白，更是司空见惯，甚至“天窗”也不开，不留痕迹。要想从国民党控制下的报纸上了解时局发展的真相，的确难于上青天。

当时，新闻传播的另一渠道是无线电广播。国民党的中央台功率大，听得清，但与中央社的新闻是一类货。新华社在延安和邯郸的电台，距离遥远，功率小，声音微弱，加上国民党的电波干扰和特务的偷听监视，能够收到新华社广播的人也极为有限。

在这种令人窒息的低气压之下，出版一张报导真实情况、宣传共产党的主张、给人民以希望和信心的报纸，代表了人民的愿望。浙南地区自1924年建党以后，党组织曾多次想办一张机关报，只是缺乏办报必需的条件，所以都没有成功。到1947年，在游击根据地，这些特殊的办报条件，基本上都具备了。

二、条件具备

办报最基本的条件就是要有一个巩固的根据地。浙南游击根据地创建于1935年，经过十多年的风风雨雨，反复争夺，付出了沉重的代价，到了1947年，已经相当巩固了。

诚然，敌人还是能进入根据地，但成了瞎子和聋子。一次，包括报社在内的特委宣传部人员，伏在驻地山腰的灌木丛中，看着荷枪实弹的国民党军在山下大路上走过。

这时警卫班长下令，把可能暴露的目标都收了起来，打好背包，随时准备转移。尽管宣传部不是战斗部队，却没有一个人心慌，坦然看着数十倍于我的敌人在鼻子下面经过。因为我们藏在人民群众这个海洋的深处，不会轻易被发现的。

除了军事进攻，国民党还依靠特务和奸细来破坏。这种鬼蜮伎俩在四十年代初曾使我们受到很大损失，但以后便不起什么作用了。近年来，我查阅了大量国民党档案，竟没有一份情报能准确说出浙南特委机关的地理位置。甚至把龙跃同志说成“身材魁梧”，看了令人忍俊不禁。

至于国民党的基层政权的支柱——乡保甲长们，这时绝大部分成为“白皮红心”，为我所用，其中很多就是我们的同志。

1948年以后，浙南部队的主力转到外线作战，根据地逐渐连成一片，出版报纸的环境更安定了。

办报要有新闻来源，具体地说，就是要经常收到新华社电讯。抗战期间，浙南特委同华中局的联系，主要靠政治交通来回跑。1946年3月，粟裕同志命令华中军区电台第一台台长徐炳全到浙南建立电台，沟通空中联系。

徐炳全同志是位全能的报务专家，技术精湛。我们的电台处在万山丛中，电波反射紊乱，机器功率又小，他凭着久经锻炼的收听能力和忘我的献身精神，每日伏案工作至深夜一二点，抓住了微弱的信息，收抄新华社电讯。1947 年开始，特委先后开办了四期报务人员训练班，培养了 23 位报务员。不久，报纸的电讯就全由他们收抄了。战争时代，一切服从军事需要。往往在行军途中，收报的时间到了，他们随即架起天线，席地而坐，借着手电筒的光，完成收抄任务。如遇下雨天，撑着雨伞干。为了保护机器，任由半个身子在雨中淋着。1948 年秋，设立了三个分台，第二台的主要任务，就是为报纸服务，分台长是李尔宽。电台的装备，全是国民党浙江保安旅各团“运输”来的。我们用来和上级联系的美国造大功率无线电报话机，就是在平阳晓坑战斗中，击溃浙保第二团第一营时缴获的。仗打得越多，我们电台的装备也越来越好了。

三、神秘之网

出版报纸少不了纸张、油墨、印刷机等等，这就要求有靠得住的物资供应渠道和发行网，浙南游击区有一套“地下”交通联络网，犹如人身的血管和神经系统。

这个系统是人员和物资的通道，也是军邮局。早在 1942 年，国民党泰顺县县长邓宗海在“绥靖”工作报告中说：共产党“赖其神秘的交通站线，传递情报……影响泰、平、鼎县地方治安，实非浅鲜”。动用它来为报纸服务，实在还有点大材小用。

报纸所用的物资中，油墨蜡纸体积小，容易混过敌人的封锁线。纸张却不行，印报用的白报纸，只有温州城里才可能“成令”地买到。在贫困闭塞的山区，要是有一令白报纸被敌人发现，不但会招致人头落地，而且有可能危及领导机关和城区的地下工作人员。为了区区几张纸，竟要冒这样大的风险，绝非局外人所能想象的。

永、瑞县委和特委直属区委，承担了这个任务。他们通过上层的统战关系，将白报纸买来，凭借这条“神秘”的运输线，送到我们手中，从来没有因为缺纸张导致出版不正常的情况。我常常于深夜在宿营地迎接挑运纸张的地方同志，看到他们在深及脚踝的积雪中跋涉，或者脱下蓑衣保护纸张而浑身湿透时，任你是铁石心肠也会感动得热泪盈眶。

与纸张的供应相比，报纸的发行显得更为复杂，这是一个分散再分散的过程，好多报纸在敌人军、政、警、宪、特星罗棋布般的据点、步哨、巡逻哨、便衣队的空隙中曲折秘密地穿行，才达到读者手中。解放战争时期，数以万计的报纸，在几百万人口的地区中秘密传递着，只出过三次纰漏，这不能不说是个奇迹。

这三次不幸事件中，牺牲了一位极坚贞的同志，这位烈士叫郑良吉，瑞安陶山人，抗战初期入党。1947 年冬，他和黄月初同志不幸被敌人清乡队截住。良吉身带报纸，知道无法隐瞒，便承认自己是共产党，而称黄月初同志仅仅是偶然同行。他们被送到大岀的国民党文成绥靖办事处，严刑拷打，良吉同志没有泄漏任何机密，从容就义，月初同志则通过上层关系，得以出狱。这就是使敌人感到“神秘”的力量源泉——共产党人宁可牺牲自己，而绝不违背自己的信念。

我认识好多老交通，如特委机关的交通朱大商同志，就和宣传部一起行动。他微驼着背，说话慢慢吞吞，乍看去，完全是个山村老农，只有在行军时看到他爬山越岭如履平地，脚步轻捷而又稳实，对沿途一切细小的变化都了然在胸，才可以设想出一位老交通“大智若愚”的机智内涵。正是这样一批无名英雄，才使这条地下邮路始终畅通无阻。

四、创刊伊始

特委书记和我们谈话以后，胡景瑊同志又召集我们开了个会。会上决定：游击战争环境，只能出周报，定名为《时事周报》；内容以新华社电讯为主，兼登地方新闻与评论；1946 年 11 月创刊的政治性综合刊物《新民主》半月刊改为月刊，也由我们接办。当然，这些报纸杂志都是油印。

报纸的形式没有什么争议。当年国内报纸，一律直排，从右到左，报名也是直行，无一例外。用什么办法印报名，倒争论了一通，为求得一律，决定刻一个木头戳子，像盖图章似的盖上去，而且用红色油墨。由谁来写这四个字呢？游击队里并没有非领导人题签不可的风气，而是拿来文房四宝，大家写一通。在书记、部长、战士围在一起的“评头品足”中，我的字竟被选中了。冯增荣同志那时就会刻图章，他弄到一段槐树，用一把木工的凿子，把戳子刻成了。涂上油墨一试，鲜艳明亮，颇为“光彩夺目”。以后改为《浙南周报》，仍按此办理，它成了当时极为罕见的每期套红的报纸。

不久，特委正式委任禹平为编辑，我为宣传部出版股股长，谢功富同志搞印刷，总负责是胡景瑊同志。其实，周报社只是在文字上出现，并没有专门编制，报社人员全属于宣传部。这以后，宣传部陆续增加了李振宇、王健民、杨宗铭、童文贵、杨谟、陈沙兵、夏子颐、张怀江、林远等同志，他们的工作很大一部分是为报纸服务，大约可算是报社的“在册人员”吧。

先后在宣传部工作过的三十来位同志，其中如薛天士、张嘉宾、刘谟琮、许敖西、曾芙秋、杨前坤等（名单很长，恕不能一一列举，这几位都已作古，写在这里作个纪念吧），都为报纸做过工作。彼此间的分工也不很严格，有事都抢着干。“分工如分家”的现象，特别是互相推诿、踢皮球等坏习气，那时候几乎没有存在的余地。

胡景瑊同志早在一二·九运动中就办过杂志，抗战初期写时评占领了国民党报纸《浙瓯日报》的一角阵地，指导过《平报》

的工作，称得上老报人了。我们这批 20 岁左右的年轻人，则全无经验。好在我党一向提倡边做边学，在办报中学会办报，有这样一位行家带路掌舵，总算对付过来了。

报名戳刻好之后，我从特委机关文书组鲍洪康同志处拿来一台旧油印机，一块旧钢板，两支铁笔，一筒蜡纸，几盒油墨，就算万事俱备，“报社”开始工作了。

五、版面安排

1947 年 5 月 1 日，浙南特委的机关报《时事周报》创刊号出版了。从此，浙南地区新闻阵地为国民党一家独霸的局面，成为历史。

周报有四版，每版 2200 字。第一版报名之下是期数，接着依次是“定价:零售 300 元，一月 1100 元，三月 3300 元”“1947 年 5 月 1 日创刊”，但没有出版者的名字。这份报纸是非卖品，没有收过一文钱的报费，何以要标售价呢？或许是囿于惯例吧。1948 年 4 月，周报扩充为每期六版。

1948 年 7 月 1 日，是另一重大日子。这一天的第八版上登出启事:“这期起，本报改名为《浙南周报》，调整版面……”

所以要改名字，一是地方新闻多了，二是形势变了。这时，解放战争即将进入战略反攻阶段，中共中央在庆祝五一节口号中，已提出“打到南京去，活捉蒋介石”。在浙南，到 4 月为止的半年时间里，游击队发展到一千多人，消灭敌人六百多人。作为重要宣传阵地的报纸，正式亮出“浙南”二字，便于号召。

形式上也稍有改动，报名之下，为“编辑者与发行者浙南周报社”，仍保留“1947 年 5 月 1 日创刊”一行字。售价却取消了，其时法币几乎等于废纸，实在无法标价了。

所谓调整，一是增加版面为八版，二是字形再次缩小，略如老五号铅字，每版字数增至 3600 字，八版共 28000 字。与创刊时相比，容量增加了三倍多。报纸的发行数，创刊号 600 份，很快增至 1200 份，稍后增至 2000 份，加上通俗版 1000 份，共 3000 份，以后就稳定在这个水平上。

周报版面的安排，大体上是第一、二版国内新闻和社论，第三版为国际新闻和本地新闻，第四版为副刊，扩充版面后，国际新闻和副刊没有什么变化，增加了国内和本地新闻。但版面并不固定，完全视这一期的内容而定。

解放战争时期捷报频传，新华社电讯美不胜收，丰富多彩，而周报容量有限，选择新闻与安排版面，是煞费苦心的。办法是突出重点，兼顾一般。以 1948 年 6 月第 41 期一、二版为例：头版头条是“我军解放河南省会开封，歼灭守城蒋匪三万余，控制陇海线三百余里”，同时刊出中共中央的贺电，配上一幅“陇海、津浦、平汉形势图”。第二版以大半版面刊登新华社社论“论陇海、津浦线攻势”，在战略高度上剖析开封之战。余下的版面是战场情况的综述。这样，就把开封之战的情况、战果、对整个战场的影响以及这一战略方向的地理情况，都说得清清楚楚，给读者一个完整的概念。

六、地方新闻

随着浙南革命局势的发展，地方新闻的内容渐渐起了变化。前期，主要是揭露蒋政权的苛政和国统区人民的苦难，如瑞安通讯《人民在苦难中》，社论《反动派造成严重粮荒》等。后期，战斗胜利的消息，占了主要地位。

如果能够保存当年全套报纸，那真是弥足珍贵的历史文献。浙南游击纵队各部所有的重要战斗，周报上几乎都有反映，集中起来，简直可成为武装斗争简史。比如，1948 年 8 月 26 日第三版上，就有三则报导:

“永嘉温溪埠头，我人民武装某部歼灭蒋匪一个分队”；

“瓯北岭头附近，歼灭敌一个分队”；

“人民武装在绿嶂埠头消灭恶霸潘善藏”。

三则新闻九百多字，除了没有我军的番号，内容相当详尽，还有战斗细节的描写。如岭头之战，敌丁昌周部被我击毙三人后，“余敌在我机枪猛烈扫射下，不敢抵抗，人民武装高呼缴枪时，敌已将机枪和步枪放在地上，等待缴械”，寥寥数语，即把敌人兵无斗志以及人民武装的赫赫威风，都表述得淋漓尽致。

这三次战斗，规模还不算大，后来，仗越打越大，国民党在浙南的主力浙江保安旅各团被我整排、整连消灭。如著名的黄洋战斗、虹桥战斗、晓坑岭战斗等等，被消灭的都是敌人成建制连的主力部队。这些胜利消息，对游击区军民，特别是身受压迫剥削之苦的国统区人民，是多么激动人心呵！

进入 1949 年，战果更加辉煌了，如 4 月 18 日报纸第二版，整版是“本报特讯”：

“中国人民解放军浙南游击纵队司令部发表解放泰顺、玉环及十个月作战公报”；

“浙南纵队司令部传令嘉奖括苍支队”。

报道指出攻下泰顺与玉环，“为解放浙南创造了攻坚战、歼灭战和连续作战的最好范例”。截止 1949 年 2 月的 10 个月的战绩委实够好看的：消灭的敌人计浙江保安团 3 个营部，10 个整连，5 个整排，加上地方部队 4 个中队，21 个分队，共 1336 人，还列举浙保各部的番号，营、连、排一大串，以及数量可观的枪械弹药统计。当年的读者，从这些数字中，就能听到国民党政权行将崩溃，人民战争胜利就在前头的脚步声。

在报导中，不再使用“人民武装一部”等字眼，而是将我军的番号，指挥员的姓名，包括司令员兼政委龙跃、副司令郑丹甫及各位支队长、政委的大名，全部公开。这时，敌人只有招架之功，没有还手之力，不必再保密了。

七、副刊种种

周报的副刊有两种，一是《新民主》，一是《画刊》。前者是文艺副刊，各类体裁中最多的是报告文学，如《坎门的渔民》，就占了一个版面。有时也选登解放区的作品，如墙头诗："坚壁清野，样样藏好，敌人来到，冻死饿倒。"生动好记，简直可以当作民兵教材。

《画刊》是周报的骄傲，拥有沙兵、子颐、怀江三位画家。当年他们在画坛上已小有名气，上山之后，画刊就办起来了。他们学会了用铁笔在蜡纸上作画。这种工具，委实不宜于搞造型艺术。但在他们手里，居然线条流畅，笔触有力，无论是漫画、素描，还是连环画，都保存了个人独特的风格。

画刊还有"诗配画"。往往是锋芒毕露的政治诗。如："今年碰上大荒年，交不了租，还不了债，财主带兵上门来。一句话来三白眼，把人捆绑吃皮鞭，这样的日子怎么过，要挖穷根大家来。"这诗大概是禹平的急就章，为了配合这一期"开展三抗斗争"的号召写的。

还得说说精通地理的林远同志。他是上海暨南大学地理系的学生，博闻强记，脑子里仿佛有一本地理图册。电台收到的电讯，总有漏抄、不明之处。倘是地名，哪怕是一个小地名，他都能准确无误地校正或补上。周报上所有的地图，都是他绘制的，而所凭的，不过是一本普通的分省地图，那上面的地名，还没有他脑子里的多。

为了“使识字不多的人也能看懂”，1948 年 1 月创办了周报《通俗版》，选择周报上重要内容改写，力求通俗，字体亦较大，每版 1700 字。通俗版是王健民同志一手经营的，自编自刻。《周报》的文字已很简练，还要压缩，又不能以文害意，实在够他绞脑汁、费心思的。

浙南游击区的报纸，在瓯江以北的括苍地区，有不定期的《时事简报》《工农大众》等。1948 年 2 月，中共括苍中心县委决定出版《浙南周报括苍版》，刊头、版式均与瓯江以南的《浙南周报》一样，实际上是《浙南周报》的姐妹报。编辑部设编辑组、电讯组、刻印组。括苍分社社长是括苍支队政治处主任郑梅欣同志，编辑部负责人金式荣（杨光）原系上海《文汇报》国际版编辑，上山打游击后就负责办报。编采及刻印人员有林白、陈齐才、汪云明、叶尚青、金中良、郑汉泽、欧阳风、钱启通等十数人。电讯组是陈赞鼎、洪静之。括苍版发行两千来份，在瓯江以北广大地区有相当影响。温州解放后，《浙南周报》瓯江南北两部分人马胜利会师，组成新的《浙南日报》编辑部，出版对开一大张的铅印报。

八、午夜捷报

新华社发的长篇文章，《新民主》月刊难以完全刊载。于是，周报就出特刊，数年来出了好多册，如1948年的《时事周报新年特刊》就收进了彭真的两篇文章:《平分土地与整顿队伍》和《把农民队伍组织好》。周报还出过《浙南周报丛刊》，第一号收进了胡愈之的《人民自己的国家》，刘白羽的《蒋家将军们的心理变化》等文章，还有一篇乐清通讯《小坑战斗》，共二万多字。丛刊第二号是《平津、淮海二战役特刊》，有周报编辑部的《平津、淮海二战役综述》，叶剑英的《我们的任务》，新华社《北平是怎么解放的》等文章。这一期内容更多，共三万多字。

倘收到时效更明显的，周报就出单行本，次数很多，现在能记得起的有《中国人民解放军宣言》《目前形势与我们的任务》《将革命进行到底》等。这些小册子，薄薄的一本，易于保存携带，而且都是极重要的文章，其受欢迎的程度，不亚于周报本身。

遇到特大新闻，还出号外，印象特别深刻的有这么几次。

1948年11月的一天，我们收到了《中国军事形势的重大变化》电讯。当时并不知道此文是毛泽东同志写的。对文中“只需从现在起，再有一年左右的时间，就可能将国民党政权从根本上打倒了”这一句，几乎人人都会背诵。另一条使我们欣喜若狂的电讯，就是人民解放军野战军渡长江的消息。记得是午夜，我已经睡熟了。突然间，驻地响起一片喧哗声，只听得有人在高声呼喊:“渡长江了！渡长江了！”我闻声一跃而起，冲出房门，挤进刚刚聚集起来、大多“衣冠不整”的人群，一位“捷足先登”者在激动地朗诵:“长江风平浪静，我军万船齐放，直取对岸……”

这句子，比任何诗歌都美妙动听。

大家倏然醒悟，大江以南的解放，全浙南的解放，近在眉睫了，都情不自禁地欢呼起来，声震屋瓦。不多久，村上的灯全亮了，人们纷纷前来探询渡江的详细情形。

这时，报社已远在青景丽边区，但我还是马上动手，用近三号铅字大小的字体刻写《新华社长江前线二十二日电》的全文与朱毛进军江南的命令。怀江作仿宋体标题:《解放军开始渡江南进》(下面三个惊叹号)《南京反动卖国政府拒绝向人民投降，毛主席朱总司令下令进军江南》。同志们七手八脚来帮忙，裁的裁，印的印，理的理，个个兴高采烈，仿佛过节似的。当地群众也挤在旁边与我们一起分享这份欢乐。4 月 23 日拂晓，这张还透着油墨香味的《浙南周报号外》，以十万火急的速度，飞向四面八方。

九、技术革新

报社的技术装备，实在简陋得无以复加了。然而，在有心人手里，仍旧能创造出奇迹，使出版物越来越精致。

当时的蜡纸，格子都较大，如果一格一字，字数很有限。最初只好在两格的位置上刻三行，难以整齐划一。不记得是哪一位天才突然想到何不自己设计一种格子，重印在蜡纸上呢？说话之间，立即动手设计刻制，一试，一版 2200 字的格子成功地诞生了。1948 年 7 月，复加改进，使每版增至 3600 字。倘没有格子约束，要想整齐的刻出五号铅字大小的字来，是不可想象的。

还有一个同样重要的技术革新，是一次印两个版面。我们用的油印机是日本货，木制的底座上装着活动的铁架，其上蒙着皮革，皮革朝下的一面涂油墨，覆上蜡纸，用小辊筒在皮革上压滚，印出字来。这种油印机设计很妙，不损蜡纸，可以多印。只是报纸有四个版面，印后面几版时，往往把已经印好的版面沾得一塌糊涂。谢功富同志很会动脑筋，他提出，在底座上也蒙上一块皮革，涂上油墨，盖上蜡纸，上下两张蜡纸之间放白纸，“两面夹攻”，不就可以一举印出两版来吗？

这设想妙极了！但那油印机上的皮革已看不出是什么兽皮。我们就对皮革的厚度、大小、均匀度、柔软度等提出了苛刻的要求，请城区的地下工作者设法。不久，通过那条“神秘”的交通线，送来了好几种皮革，逐一实验，一块麂皮的效果最好。就这样，白纸对折，先印一、四版，翻折，中间夹一张废纸，然后印二、三版，版面清洁多了。这种办法，以现在的眼光看，未免太落后了，但当时却关系重大。我郑重其事地专门打了一个报告，要求奖励功富同志。

《画刊》几乎每期有木刻，要用手工磨出这 2000 幅（有时一期三张，即 6000 幅）木刻来，谈何容易！于是又是革新：先在一段木头上垫些废纸，将报纸放在上面，在其上面摆好木刻版，再放些破布之类的缓冲物，再盖上一块木头，一人扶住这“夹心饼干”，一人手抡石杵，猛力敲击，一举成图，而且图像清晰。这种印刷方法之奇特，很有资格上《工艺无双谱》。但也偶有“牺牲”，李振宇同志手指上终身不褪的伤痕，就是扶住木版时，许敖西同志留下了挥杵的“功绩”。用这种办法印刷的木刻集《三大纪律八项注意》，居然印了好几百本。解放后，王健民同志调中央统战部时带了一本，被中国人民革命军事博物馆发现了，据说是全国以画集形式表现三大纪律八项注意的唯一版本，征集了去，至今陈列在北京的中国人民革命军事博物馆橱窗内。

十、出人意料

周报和她的姊妹报纸发行数只有数千，但拥有的读者却数以万计。1947 年，浙南党员 23000 人，解放前夕，党员 40000 人，部队 10000 人，可以说都是“基本订户”。而她远远不止起指导工作、传递信息、鼓舞斗志的作用，有些功能是意想不到的。

我党领导下为数众多的读书会，周报是基本读物之一。当时的温州中学党支部书记林治正同志在回忆录里说：“我们在党员和进步学生中传阅《时事周报》，同学们见了如获至宝，悄悄地认真阅读。党的号召和解放战争胜利的捷报鼓舞着我们这些热血青年走向斗争最前线。”她是不少青年的政治引路人。

在农村，一些基本群众和统战对象接受我党的委托去办事时，往往带着一张周报。遇到谈话不大顺当时，有意无意地露出身边的报纸来，这时往往会有戏剧性的变化，事情一下子办妥了。这种场合，她成了政治身份证。

在新地区，要想接近学校教师而又苦于找不到渠道时，干脆往学校里塞几张报纸，往往能很快探明他们的政治态度。这时，报纸成了政治问路石。

瑞安肇平垟支部有一则颇具传奇色彩的故事。肇平垟靠近塘下镇，镇上有一个国民党警察所。游击队在这附近常活动，这些警察大坏事不敢干，但常扰民，敲竹杠，吃白食，调戏妇女，令人可恨。一天，肇平垟的几个党员悄悄地把一份周报放在警察所中堂桌子上。警察们发现了，远远地围着看，好久好久，竟没有一个敢去碰一下，仿佛这是一包炸药。吓得这些“黄狗皮”六神无主的，当然不是这区区的几钱重的纸张，而是她的出现，使他们直接感受到共产党的威力和国民党统治的脆弱。

我们的报刊在温州国民党的最高政府机关——浙江省第五区行政督察专员公署里，也显示过威风。一次，国民党专员余森文收到一批被截去的报刊。余专员并不是旧社会里昏庸的“俗吏”，他是英国伦敦大学政治经济学院的研究生，汉文修养也很高，他细阅报刊后，没有看到一个错别字，但翻到《新民主》月刊的最后一页，竟发现一张勘误表，列出了四五处文字与标点的错误。他大为惊奇，把专员公署的文书、油印员喊来，说道：“共产党在山里边，条件这样差，但印得这样好，我们的条件这样好，却错别字不断，试想能不惭愧？”以后，余专员叹息着对左右的人说：“我看得很仔细，却没有发现错字，但他们自己仍校勘出来。共产党的认真负责，不可及也！这样的党，必得天下而无疑。”

十一、突围之夜

宣传部的家当大，瓶瓶罐罐好几挑。最初随特委机关一起行动，到了 1947 年冬，开始单独行动。特委划了直属区大约两个乡的范围作为我们的活动地区。当地的工作人员奉命配合我们行动，保证我们的安全和工作条件。与我们一起行动最长久的是已故的金春潮同志。

特委给宣传部配了六个人的武装，班长由谢功富同志兼，后来是林增好同志。宣传部一共有五支步枪、三支驳壳枪，其余的全是手枪。到了 1947 年下半年，特委又分配给我们一挺捷克式轻机枪。这样的武器，如果是一个游击小组，主动奇袭，威力是够大的。当时作战部队里，一个班还不一定摊到一挺机枪。但宣传部的人全是“文质彬彬”的秀才，好几位戴着深度近视眼镜，几乎没有实战经验。手枪只是装装样子，在野战战场上，是派不上用场的。因此，宣传部的行动很谨慎，很少在一个地方连续住上三天以上。

特委直属区是最巩固的根据地之一，我们的活动地区又是群众基础最好的。几年来，没有出过大毛病，但也有那么几回，面临着实际的危险。

一次是 1948 年 6 月 10 日，胡景瑊同志到特委开会去了，这一摊子由我负责，金春潮同志与我们一起行动。上半夜，从不同方向一连得到好几处敌人队伍在行动的情报，一分析，似是一个包围圈，其中心目标像在我们的宿营地一带。我与春潮、功富一碰头，决定立即转移。便连忙分头叫醒入睡的同志，紧急处理了我们住宿过的痕迹，于午夜动身，走山间羊肠小道，向特委机关方向靠拢。

大约走了两个钟头，来到了六科附近一条大溪旁。山溪干涸，星光明亮，将七八十米宽的河床映照得一片白茫茫。看来敌人在此布置警戒线的可能性极大。我们伏在路旁的水竹林中，功富带两个战士向前侦察。果然敌人一个班亮着手电筒慢慢地巡逻过来。我和春潮悄悄地来到功富身旁，一商量，决定先摸清敌人的行动规律再说。时间慢得如同静止一般，我伏在路旁灌木丛中，身下满是露水，捏枪的手却渗出了汗！大约十多分钟过去了，那班敌人又慢吞吞地转回来，从我的面前经过。等敌人的影子一消失，武装班分两路警戒，我们迅速地过了溪，上了山，将敌人包围圈远远抛在后面。当天得到情报，敌人兵分四路在我们离开后不久包围了那个宿营地，结果当然是扑了个空。

身处战争环境，惊险的经历自是难免，但与作战部队和侦察员们神出鬼没的故事比起来，实在没有什么值得再说了。

十二、日常生活

温州气候温暖，恰如其名。但游击区某些地方海拔七八百米，主峰巾子山 1300 米，冬天还是很冷的。南方潮湿，比之北方的干燥，那寒气更是砭人肌骨。平原地带严冬时节，屋檐下挂着闪闪发光的冰凌，只是偶尔看见，山区入冬以后则司空见惯，如剑的冰凌从悬崖上往下垂，长可达数米。积雪不易消融，齐膝的雪也偶有遇见。在这样的冰天雪地里，游击队员却是两个人一条棉被，连里带面两斤半重，从古历八月十五起，用到第二年端午节才打埋伏收藏。整个浙南游击队，除了司令员龙跃同志有一条夹裤外，全部穿单裤过冬。这种穿着的情况，到了 1947 年才稍有改善。

游击队员睡泥地、过溪水、冒雨行军，是家常便饭，关节炎是常见病。只是我的关节炎来得厉害，大腿小腿肌肉萎缩，膝盖水肿，迈不开步，拄着拐杖也无法行走。1947 年，经特委领导批准，做了一条中国式的棉裤让我过冬。事后才知道，这是浙南游击根据地坚持斗争 14 年来唯一的棉裤。

共产党人刻苦节俭，廉洁奉公，几乎令人难以相信。游击区的机关工作人员的供给标准，还是刘英、粟裕同志在三年游击战争时期定下来的，一直未变。除粮食外，每人每日三钱油、三钱盐、菜金五分钱还包括柴火费，零用钱每月五角。物价涨了，大体上按米价换算。实际上连这一标准也不能保证。抗日战争期间最困难的时候，每年只发一双鞋子、几双草鞋。解放战争时期，局面大了，但生活标准仍没有变，每人每月发相当 20 斤大米价值的零用费。一个月的零用费，集中起来买点肉，打一次牙祭，基本上就用光了。大多数人都是 20 岁左右，又是经常“一天消灭六个师”的，馋得厉害，一顿吃斤把肉，不在话下，而那肉除了放点盐外，毫无其他佐料。

所谓“消灭六个师”，是宣传部里流行的一句笑话。山区不产大米，番薯丝是主粮。菜金有限，常常是萝卜丝下饭，一天三餐，每顿两丝，一天就消灭了六个丝 (师) 了。

物质生活贫乏自然还不止这些，比如医疗条件就很差，人们在背后称我们的医生为“红白医师”。红的指红汞水，白的则是阿司匹林。她得此雅号，实在是拿不出什么好药来，并非医术不高明也。卫生条件也是如此，晋朝文人王猛“扪虱而言”，我们个个可与古人“媲美”，身上虱子着实不少，而且扪起虱来，同样“旁若无人”。

十三、迎接黎明

到了 1948 年冬，报社有了大变化。11 月，中国人民解放军浙南游击纵队司令部、政治部正式宣告成立。同时决定在根据地的腹地青（田）景（宁）丽（水）边区（即现在的文成县一带）设立特委和司令部的办事处，主任为特委常委、副司令员郑丹甫同志，副主任是张金发同志。办事处设宣教组，禹平和沙兵分任正副组长，夏子颐、谢功富、李振宇、王健民、童文贵调宣教组，这也就是报社班子。电台第二台随办事处行动。我则留下，转而以政治部的工作为主。

到了 1949 年初，全国形势突飞猛进，辽沈、平津、淮海三大战役已经结束，蒋政权赖以生存的军队主力损失殆尽，浙南的局面也大不相同，不但战斗规模大，捷报频传，而且攻打县城和重要集镇。国民党浙南驻军也纷纷找出路，丽水自卫总队副队长胡永孚，温州驻军二〇〇师师长叶芳，驻平阳的浙保六团团长洪彪都通过关系与我们联系、接洽起义的事。机关工作一下子忙了起来，千头万绪，夜以继日的干，还忙不过来。但是，我还执行了与报纸有关的最后一个任务。

刚过了年，特委决定将周报改为铅印，运来了一部分器材。同时，丁立、陈贯时、叶洪生、戴佩忠、杨安江等五位同志也上山来了。他们都是技术高明的印刷工人。我奉命与瑞安地方支部联系，到好几处山谷踏勘，为印刷厂找个合适的地址，而且装好了一部圆盘机。但以后形势发展得很快，温州解放指日可待，已没有必要在山区设厂，筹备工作便随之结束。

瑞安县委另外建立了一个机械印刷厂，来不及印报纸，只印了一万份《迎接解放军渡江宣言》，温州就解放了。

青景丽办事处也没有耽搁几个月，4 月份奉命赶到温州郊区周岙与特委机关会合。这时，特委与纵队部正准备解放温州，禹平他们留在直属区后方办事处，周报就在瑞安湖岭四角山村里照旧出版。没几天，温州解放了。报社经历了胜利前的匆忙与混乱，又急如星火，奉命日夜兼程进入温州城。他们一到温州，立即在花柳塘（旧浙瓯日报社社址）建立报社。

温州解放的第五天——1949 年 5 月 12 日，《浙南周报》改为《浙南日报》出版。报纸的面貌也焕然一新，由原来的四开八版改为对开四版，改用铅印，报名是夏子颐同志写的，但仍按《浙南周报》的顺序号，第一天为 94 号。不久，括苍报社的同志也来了，《浙南周报》南北两路人马胜利会师，《浙南周报》的历史任务，遂告结束。

历史从我们面前走过

——解放温州谈判纪实

1949 年 4 月 30 日，当我跨进景德寺山门时，并没有意识到一次重大的历史事件正在我眼前展开。

一个多月来，中共浙南地委机关少数同志间悄悄地传播着一则小道消息：国民党温州专区行政督察专员、二〇〇师师长叶芳与我们秘密接洽起义。当时我是中国人民解放军浙南游击纵队政治部干事，也听说过这件事。4 月底，地委机关和纵队部离开游击根据地，进驻温州城郊的周岙村，政治部主任胡景瑊通知我，我们即将和叶芳的代表谈判，命我为我方代表团工作人员，马上到景德寺去，把会场布置好，检查后勤工作是否安排妥当。这样，我有幸成为这一历史事件的目击者。

叶芳是永嘉人，陆军少将，原是蒋介石的五大主力之一、邱清泉第五军的快速纵队司令。1948 年 6 月中旬至 7 月初我军发动豫东战役，解放河南省会开封，歼敌九万多人，活捉兵团司令区寿年。第五军为敌驰援兵团主力，但被我军阻击，行动迟缓，未能挽救败局。白崇禧向蒋介石控告邱清泉援汴不力，见死不救，要求将他撤职查办。但结果只是让邱清泉暂时离开部队，回老家（温州近郊蒲州村）探亲。而叶芳作为替罪羊被撤掉快速纵队司令之职，随邱清泉回温。邱清泉在温州只待了十天，即回去任第二兵团司令。叶芳留在温州，挂了两个头衔：衢州绥靖处高参与第五军征募处长，招募新兵。1949 年 1 月，叶芳任温州专员。不久，邱清泉在淮海战役中毙命，这对叶芳是个沉重的打击。但浙江省政府主席陈仪对叶芳很器重，当面表示浙南一方有事，由叶芳全权处理。叶芳很高兴，以为又有了一个靠山。不料陈仪秘密策划起义，3 月被蒋介石逮捕（后被枪决），新上任的省主席周喦明白表示不再任用叶芳，叶芳在政治上已无人可依附。而在三大战役胜利结束后，国民党败局已定。无论从大局、从个人前途考虑，叶芳都到了山穷水尽的地步，非另谋出路不可。

他一连走了四步棋：第一步，3 月到上海，找到第五军军长熊少山，称自己兵员已足，要求给予第五军二〇〇师番号。回温后，即自行组建二〇〇师司令部；第二，团结主要幕僚王思本、金天然、卓力文等，形成意见比较一致的领导核心，而王、金、卓等对时局的认识比叶芳更清醒，对叶芳的影响很大；第三，找到他的同乡、时在上海作寓公的原红十三军军长胡公冕，要求帮他沟通与我党的关系；第四，通过与浙南党长期合作的民主人士陈达人和退役中将张千里，向浙南党试探。

二〇〇师号称三个团，真正属于叶芳的只有新兵团。他以专员兼保安司令的身份将温州区保安大队与戡乱大队合并为保安独立团，又将永嘉县八个自卫中队改编为自卫团，都编入二〇〇师的序列。4 月初，周嵒下令将独立团划归浙江保安第二旅指挥，从叶芳手中挖走了一个团，接着派他的堂弟周琦为温州专员接替叶芳。熊少山数次命令、并派人到温州坐催，要将新兵团拉到福建去。叶芳即将一无所有，处境更不妙，于是加快了起义的步伐。

3 月底到 4 月中旬，他派卓力文三次到浙南游击根据地，与永嘉县委书记、浙南纵队第二支队政委曾绍文会商，表达起义的意图，沟通双方的意见。

与此同时，浙南的革命形势迅猛地向前发展，至 4 月，纵队发展到四千多人，形成了纵队主力、各县区部队和民兵三结合的军事体制，而且由游击战逐步向运动战发展，有能力攻克设防巩固的县城。2 月 27 日，第一支队和浙闽边、青景丽县队攻城打援，攻克泰顺县城，然后在南山岭头全歼援敌浙保二团加强营第三营（二团遭我多次打击，此战之后番号撤销了）；4 月 6 日，第三支队渡海作战，解放玉环县，活捉县长毛芷熙。浙南全境除少数县城和大集镇外，均为我控制，在战术上形成农村包围城市的态势。

当时国民党的兵力分布如下：二〇〇师的新兵团和独立团驻

温州城；浙江保安第二旅旅部及浙保第五团驻平阳鳌江；浙保第六团驻平阳水头街；浙保第四团驻文成，以上为敌主力。第六团来温不久，正与我接洽起义，其余各团均遭我沉重打击，被我整连甚至整营歼灭。蒋介石的正规军常驻浙江的只有守浙赣线的部队和保护在奉化溪口蒋介石的部队，没有余力承担地方上的“绥靖”任务，敌方在浙南增兵的可能性极小。各县的自卫队战斗力很弱，全都是游击纵队的手下败将。

根据敌我双方的情况，浙南地委和纵队部对解放浙南全境的计划有过三种设想。第一，分头解放各县，然后集中兵力解放温州。第二，先攻下丽水，掐住瓯江上游的咽喉，然后东下解放温州。这两个设想都有一个明显的漏洞，即发起战斗后，分散的浙保各团可能一齐收缩在温州城，成了难以啃动的钉子。第三个设想是先集中主力解放温州，然后四面开花解放浙南全境。随着叶芳起义的意图逐渐明朗化，温州城和平解放的可能性增加，这一设想的可行性也增加了。后来的事实证明，这是当时的最佳方案。

上海地下党从胡公冕处得知叶芳的起义意图，派王保鎏于 4 月 18 日到温州了解情况。他得悉叶芳已与纵队接触，即进入浙南游击根据地，赞成我们接受叶芳起义。我军成立了温州前线司令部，由纵队副司令员郑丹甫任司令员兼政委，统一指挥解放温州之战；第一、二、三支队和独立大队火速于 5 月初集中周岙待命；各县部队分别结集，准备阻击丽水、平阳、文成的援敌，作好强攻温州的准备；同时，通知叶芳派代表来谈判。

景德寺位于周岙东面的郭溪岭头，山路陡峻。我到达时，寺后村内驻着第二支队第二中队，居高临下，拱卫景德寺。警卫会场的是中队长卢清和指导员陈法文指挥的警卫大队第一中队，他们已把寺内外打扫得干干净净。景德寺并无出家人，只住着一家老百姓。两廊都已坍倒，剩下五间大殿和山门旁几间平房。寺东面有三间两进平房，另成一院落，有小门与寺相通。这房子小巧精致，据说是当地豪绅的别墅。大殿是一中队的营房，正中挂着毛主席和朱总司令的大幅彩色油画像。别墅是谈判地点，第一进中间布置成会场，正面板壁上挂着党旗，三张八仙桌拼成长会议桌，铺着蓝白格子被单，放着热水瓶和茶杯，摆着几张木椅子，旁边放着小桌子，准备作记录之用。此外一无陈设，够简陋的了。

我方首席代表为胡景瑊，代表有曾绍文、不久以后任纵队参谋长的程美兴和前线司令部参谋长郑梅欣。他们于 5 月 1 日下午到了景德寺，我陪着他们检查了会议准备工作和警卫情况。

叶芳的代表是二〇〇师政治部主任王思本、师部秘书金天然、新兵团政工室主任卓力文和独立团政工室主任吴昭征，四位代表都是筹划起义的核心人物。他们于 5 月 1 日下午秘密乘小船于黄昏时分到宋岙陈达人家，由纵队设在该处的联络站派警卫人员护送步行至景德寺。他们一到，谈判就开始了。胡景瑊坐上首，双方代表分坐两旁，我担任记录，会场点着煤气灯。

会议由胡景瑊主持，他首先代表地委书记、纵队司令员兼政委龙跃对叶芳将军深明大义、弃暗投明的义举表示欢迎，并欢迎四位代表前来共襄盛举。他申明我党不咎既往的政策和谈判的原则立场，接着分发协定草案，解释其中的要点：完整保存起义部队不予分散，改编为浙南游击纵队一部；起义官兵一律原职任用，本人及家属享受中国人民解放军同样的政治、物质待遇；起义部队服从中国共产党的领导，建立政治委员制度和政治工作制度，遵守解放军的纪律。二○○师于 5 月 6 日夜间起义，协同纵队接管温州城。

叶芳本人和起义部队的具体安排，草案上有两个方案供选择。第一，叶芳为浙南纵队副司令员兼浙南行政公署副主席，独立团和新兵团改编为第七、第八支队；第二，叶芳任纵队独立旅旅长兼行署副主席，独立团和新兵团为所属部队。至于自卫团，叶芳所能掌握者仅三个中队，由纵队司令部另行安排。后来，叶芳选择了第一个方案。

这草案有毛主席 1 月 14 日关于时局的声明作原则依据，有北平和平协议作为参考，而且主要内容已在曾绍文和卓力文的接触中交换过意见，所以谈判双方心平气和，逐条讨论，弥合分歧，仔细地推敲文字，虽然发言大多字斟句酌，过于拘束沉闷与严肃，但会场气氛总算还好。不过，谈到双方的军事防区的安排时，却卡住了。我方提出双方部队的防区，城郊以温瑞塘河为界，城区以南北大街（即今解放路）为界，其西为纵队防区，其东为起义部队防区。这是根据双方部队现有的位置和温州城的地理特点决定的，几乎无法改变。对方原则上同意这一划分。

但是，对方代表却出乎意料地谈了叶芳的两点决定：第一，莲花心阵地必须由起义部区控制；第二，协议必须由叶芳过目才能生效。换句话说，四位使者并非全权代表。

莲花心是温州城近郊西偏南方向的制高点，其火力可以控制大部分城区，又掐住我纵区进城路线的咽喉。按照双方已同意的防区安排方案，莲花心阵地在我军防区之内。此处如果由起义部队控制，则纵队进城时必须在他的火力网下通过，在城区的驻地则处在他的东西两面火力夹击之下。其实质就是：只有在叶芳的军事控制之下，我们才能进城。叶芳处于弱势，为什么会作出如此悖于常情、而且必然要被我们反对的决定呢？我们无法猜测，只能说明叶芳对我们仍不信任，怕被我们吃掉。

这时大约是下半夜三点多钟，听了这些话，全场顿时没有一点声息，煤气灯发出的嘶嘶声格外刺耳。半晌，胡景瑊同志缓缓地站了起来，态度温和但很坚决地说："我们一向教育部队，前面有敌人，必须坚决、彻底、干净、全部地歼灭之，在我们进军的中途，就可能在莲花心引起误会，造成严重的后果……"

对方代表作了一些解释，但他们无权改变叶芳的决定。程美兴同志沉不住气了，霍地站了起来，厉声说道："如果不让出莲花心，那只有打了！"

大家都紧张得透不过气来。

胡景瑊同志宣布"休息十分钟，大家冷静考虑一下"。

代表们离开会场，分散在两旁休息室里分头交谈，沟通意见。

重新开会时，对方代表表示一定能说服叶芳撤出莲花心阵地。于是，《关于叶芳将军率部反正起义之协定》六条十款于 5 月 2 日凌晨五时许签字。双方约定于 5 月 4 日举行第二次会谈。这时东方已经发白。

在这紧张而漫长的一夜中，有两件事很久不为外人所知。

第一件，谈判会场除了送水和摆弄煤气灯的警卫员外，严禁任何人进入。会议间隙，代表们也不离开会场，外面是黑夜，也无处可以走动。几次进出会场的，只有我一个人。大约正在半夜，警卫员附耳低声要我到后进房间去，我从小门进入后面，颇觉意外，我看见龙跃同志站在那里，隔着板壁倾听会议的动静。他低声问我:“谈得怎么样？”我说:“到现在都还顺利。”他挥挥手，我回到了会场。陪着他的是司令部供给科科长白希曾。后来知道，龙跃同志只站了一会就走了。司令员深夜来访，当然是最高机密。

第二件，起义协定签字以后，曾绍文同志提出，我们是全权代表，签了字，纵队对协定的实现负全责，但叶将军的四位代表未被赋予全权，如果他不同意协议，怎么办呢？几个月来的心血和冒险，不是都白费了吗？他们似乎没有想到这一点，都怔住了。曾绍文同志拿出一个协定附件草案，只有两条，关键是下面这一句:

“如叶芳将军拒绝本协定，或在原则上修改本协定，四位代表即以完全负责的态度自行采取积极行动，保证本协定（除有关叶芳将军本人之各项及无法说服其起义的部队外）之全部实现。”

这很明白，如果叶芳反悔，就撇开他，“自行”组织起义。对方代表说：叶芳起义是真诚的，不会变卦。但他们都在附件上签了字。不过，他们回城汇报后，叶芳全部接受协定，包括撤出莲花心阵地，这附件成了一纸空文。这一附件，40 多年后才对外公开。

5 月 4 日的谈判仍在景德寺，不过是白天。我方代表增加了第三支队支队长周丕振和第一支队副政委刘日亮。对方代表卓力文和金天然不来了，由二〇〇师参谋长吴兆瑛为全权首席代表，增加了自卫团政工室主任徐勉和新兵团主力营副营长夏世辉。这次谈判是落实起义协定的工作会议，讨论双方如何协调行动，议定纵队进城路线、防区、口令、联络信号以及双方负责解决少数没有参加起义的敌军和城市纪律等共十二条数十款，双方代表都签了字。

两次会议的文件，都由我方准备，大部分由曾绍文同志起草。我全程负责记录，自问记得很认真，努力不放过每句话。但解放后这份厚厚的记录一直未发现，否则，倒是一件珍贵的文物。

5 月 7 日，温州城（专署及永嘉县政府所在地）完整地回到人民手中，而且影响极大。浙保六团宣布起义，浙保四团放下武器，浙江保安第二旅旅部及保安五团下海逃走，到 5 月底，除泰顺、玉环已先期解放外，20 多天内，文成、瑞安、乐清、平阳、青田、景宁、温岭、黄岩相继解放，势如秋风扫落叶，而且大部分县城的解放兵不血刃。5 月 26 日，三野二十一军到达温州，与浙南纵队胜利会师。6 月，两支部队各一部并肩作战，解放了福鼎和柘荣，纵队一部还与二野十二军一部一起解放了寿宁。

中国人民解放军浙南游击纵队司令部成立记

1935 年粟裕、刘英率领红军挺进师进入浙江，游击根据地与部队不断壮大。为什么一直到 1948 年才成立司令部呢?

有需要、有必要、有条件，才成立司令部。

挺进师进浙江时，才 500 人。1938 年主力赴皖南前线，浙南特委手下才两个班，连番号也没有。要司令部干什么呢?

到了 1948 年下半年，战争的形式逐步由游击战向运动战发展，由内线（根据地内）作战逐步走向以外线作战为主，而且已经建成了军事三结合的体制，即由主力部队、各县县队和民兵互相配合作战，这样，才需要一个统一指挥的机构。

这时，成立司令部的条件也具备了。

第一，有一个巩固的根据地，即可靠的后方。

第二，有足够数量的兵员与独当一面的军政干部。只有几个班几个排，叫师叫团都没有用，老唱“空城计”于事无补。

第三，建立了完整的政治工作制度，纵队有政治部，支队有政委，大队有教导员，中队有指导员。普遍建立了基层党支部。

第四，战斗力普遍提高，我们不仅能消灭各县的国民兵团，而且能成建制地消灭敌之主力——浙保各个连，1949 年初还消灭了浙保一个加强营，只逃走一个副营长。

这时候，统一指挥成为必要。纵队建立了三个支队，一个独立大队，一个警卫大队，这是主力。纵队司令员龙跃，副司令员郑丹甫，政治部主任胡景瑊（以后又兼副政委），参谋处主任张金发。

解放战争时期，纵队各部作战 190 多次，歼敌 15000 多人。而我们的主力到 1949 年 5 月温州解放时才 10005 人，我们歼灭的敌人超过主力人数。

1948 年 11 月 25 日成立司令部的当晚，组织了一次文艺晚会，我们将陶山区桂峰乡板寮村的两亩农田平整为广场，搭起舞台，两只煤气灯照耀如同白日，附近群众也来凑热闹，虽不能说是人山人海，但两亩地挤满了部队和群众，够热闹的了。

人一上百，形形色色。平时不言不语的竟有不少文艺人才，自编节目多样而精彩。

这样的规模瞒不了国民党，国民党的部队急行军进袭板寮。

得到这一情报，部队和群众一齐动手。龙跃同志亲自指挥，将广场恢复为农田。动作很快，广场不见了，两亩地田垄井然出现。部队和群众走得差不多了，大家催促龙跃同志赶快撤出。但他严词拒绝，亲自检查，确信已不留一点痕迹，才和司令部一起撤出板寮。这时，国民党部队离板寮只有几里路。

告别李山

世界通例，常以时间或地点表示历史重大事件或历史转折点。如“五四运动”“九一八事变”“七七事变”“南昌起义”“遵义会议”等，国外的如“珍珠港事件”“列宁格勒会战”等，一提到这些专用词组，人们便会领悟其历史内涵，远比字面上所显示的内容丰富得多。

浙南地区，也有几起以地点命名的历史事件。如“九柏园头事件”，是指 1938 年 10 月国民党温台戒严司令部查封新四军驻温通讯处逮捕共产党干部的事件。从此，温州地区的抗日救亡运动转入低潮。又如“温州事件”，指的是 1942 年 2 月 8 日浙江省委书记刘英被国民党中统浙江站特务逮捕、省委遭破坏。从此，浙江没有省委建制，直到 1949 年解放。就浙南党而言，从此远离上级领导机关，独立坚持在祖国东南一隅。

那么，考虑浙南党完成了在农村建立根据地，以农村包围城市的战略转变，进而由城市领导农村这一历史转折关头在哪里发生的呢？如果以党的领导机关的行止为坐标的话，那么，发生这一转折的地方，是文成县玉壶区（现在叫镇）的李山村。

从李山开始，浙南地委（之前称“特委”）机关和浙南纵队司令部告别了山区，告别了游击根据地，告别了山地游击战，走向平原，走进城市，时间是 1949 年 4 月。从此，再没有回来。龙跃书记也没有机会回根据地看看，成为终身遗憾。

龙跃在《坚持浙南十四年》里说：“1949 年 4 月 21 日，毛主席和朱总司令向中国人民解放军各野战军和南方各游击区人民解放军发出《向全国进军的命令》，从 20 日子夜起，中国人民解放军百万雄师横渡长江，蒋军的江防部队全线溃败。这一天，我们驻扎在瑞安与文成交界的李山村。大约在子夜过后，忽然听到电台同志高声叫喊：‘解放军渡江了！已有 30 万大军打过来了！’”

他们又起草了《迎接解放军渡江南进宣言》，宣言里说：“浙江全省解放为期不远……今天摆在我们浙南共产党与浙南人民面前的紧急任务，是一致动员起来，展开全面斗争，迎接与配合解放军作战，坚决消灭一切残余蒋匪军，彻底摧残浙南国民党反动统治，建立人民自己的民主政权。”这宣言以浙南地委的名义发出。

另外，地委宣传部以《浙南周报》的名义编辑印刷了《浙南周报号外》，报导大军渡江的消息。

地委机关告别李山，向平原进发。

浙南游击根据地建立于 1935 年，它横跨洞宫、括苍、南北雁荡山脉，党组织和武装部队主要依托这些大山，保存自己，打击敌人，武装斗争的主要形式，是山地游击战。离开这些崇山峻岭，谈不到浙南根据地和基本地区。

计算一下浙南领导机关离开李山进入城市的时间，饶有趣味，从李山到温州郊区周岙，集中主力，只花了 8 天时间；到纵队温州前线司令部指挥部队接管温州城，只花了 15 天时间。从离开李山到全浙南解放，也仅仅 40 天时间。历史的时空转换，有时是极其快捷的，真的可称为“历史的瞬间”。离开李山的日子是野战军渡江的第二天，这不是巧合，而正是大军渡江造成的大环境，才加速了这一过程，这是历史的必然。

我有幸于 1949 年 4 月 19 日随地委机关驻在李山，并随着机关向平原前进。回顾这段历史，有一个很深刻的感受，浙南仅仅是一个敌后的小小战略地区，孤悬在国民党统治区，其艰苦坚持的困难程度，绝非局外人可以想象。正由于这样的苦苦坚持，储藏了丰厚的政治、人力资源，才有这辉煌的“历史的瞬间”。

回忆胡景瑊同志

胡景瑊同志逝世之后，不少同志催我写一点纪念文章。他们说，解放战争时期，你都在他的直接领导下工作，情况最了解，义不容辞。诚然，他当特委宣传部部长的时候，我一直在宣传部工作。浙南游击纵队成立后，他是政治部主任，我又成了政治部干事。解放后，他任温州市人民政府第一任市长，我又跟着当秘书科长，仍旧是他的直接助手。说自己不了解情况，是说不过去的。但几次提笔，都很犹豫。老胡同志在解放战争期间最主要的工作是参与整个浙南地区的战略决策，而对他这一方面的活动，我却一无所知。

浙南特委的常委三个人：龙跃、郑丹甫、郑海啸。解放战争时期，老海同志除了参加三次特委扩大会议以外，没有来过特委机关。他从三年游击战争时代开始，就是平阳县委书记，名副其实的平阳老书记，平阳离不开他。邓桂（郑丹甫）同志是特委组织部长兼浙闽边委书记，后来，又是青景丽办事处主任，负责指导福鼎、鼎平、泰顺三县的工作，那里是浙南游击根据地的大后方，地位重要。所以他在特委机关的时间也很少。浙南游击纵队司令部成立后，他是副司令员，但很快去了青景丽地区，我记得在 1949 年 2 月，他才回到司令部来。这样，常驻浙南领导机关的主要领导人，除了龙跃同志主持工作以外，就只有老胡同志和王林方同志。如果说，龙跃同志有个智囊团的话，那么，老胡同志就是首席智囊。

战争年代，保密是头等大事。老胡同志平时跟我们说说笑笑，好像漫不经心，随随便便。但我至今回忆不起他透露过什么内部消息或小道新闻，连向我们“吹吹风”的情况也从未有过。真正是“守口如瓶”。所以，我只能从侧面讲讲他参与决策的情形。

1947 年 4 月，我到特委宣传部工作。从这时起，宣传部才建立工作机构，有了一套工作班子。后来，人员增加了，成为特委直属部门中最庞大的一个。同时，宣传部本身的编辑、出版等业务，也要求有一个稍为安定的环境。因此，从那一年的下半年开始，宣传部和特委机关就分开行动。活动地区是特委直属区中一两个乡的范围内。宣传部有 20 人左右，包括半个班不到的武装。到年底，还分配给我们一挺轻机枪。从那时起，宣传部单独活动的时间多，与特委机关一起行动的时间少，直到 1948 年 11 月纵队司令部成立，才没有分开。老胡同志经常在特委机关和宣传部两头跑，开始时在宣传部的时间较多，后来越来越少，我记得 1948 年夏秋之间，他难得在宣传部住几天，每次他来了，我得把积下来的情况一口气向他汇报半天。

浙南特委在解放战争期间开过三次扩大会议，都是在历史转折关头开的，每次会后，浙南的革命局面都有一个大变化。最近，有一位长期从事党史研究工作的同志对此评价很高，他说："在国统区腹心部位的一个隐蔽根据地，党委采取开扩大会议的方式来领导工作，而不是手工业方式，这是很了不起的。"每次扩大会议之前，老胡同志都有很长一段时间待在特委机关，等到准备得差不多了，才通知我们和特委机关会合。我们帮助特委秘书处印制会议文件和资料，还负责布置会场，搞一些简单、朴素、大方的美术装饰。我对老胡同志的笔迹和行文习惯比较熟悉，这些拿来印制的稿子，很多是他执笔的，其中一些是他的手稿，另一些是秘书处的同志誊写的，上面也往往有他修改的笔迹。从我所接触的这一部分文件看来，他起草的数量超过龙跃同志。

他与龙跃同志如何研究工作的，我也很少有机会看到，但也有那么几次。一次是《时事周报》创刊时，龙跃同志和他一起找我和禹平谈话，龙跃同志讲了办报的原则，老胡同志讲办报的具体内容。显然是事先商量好的。在讲话中间彼此都插些话，可以听出这些事也是事先商量过的，不过讲的时候不完备或者疏忽了，彼此提醒一下。

还有一次是 1949 年，春节刚过，大概半夜里一两点钟，龙跃同志派人来把我喊了去。山区苦寒，积雪满山，屋里生了个木炭火盆。老胡同志和龙跃同志坐在火盆旁，只有一盏煤油灯照明，他们两人紧靠着坐在一起，正在商量修改一封信，我拉了一条小板凳坐在旁边，伸手向火，才听出这是给国民党丽水自卫总队副队长胡永孚联系起义的信。不一会，信定稿了。他们把灯让给我，命我用毛笔抄写这封信。而他们一面看着我抄，一面继续交换意见，中途还把稿子拿过去，改动一两个字。稿子是老胡同志写的，龙跃同志用粗大豪放的笔触改在旁边，有一些又让老胡同志涂掉改了回来。可见反复改过几次。深山夜静，万籁无声，盆火正红，一灯荧荧，偶尔听见木炭轻轻的爆裂声。两位领导人在灯下低声商量的情景，正是一幅绝妙的深宵运筹图。

当年，宣传部的工作相当紧张，定期出版报纸和两种期刊，编辑印刷文化课本和政治课本，出版大量的政治小册子，其中有新华社的社论、中央负责同志的文章、长篇报告文学等，还出版好几期《浙南周报丛刊》。现在，温州档案馆里仅仅收藏其中很小的一部分，但也有数十种，去年我全部翻阅了一遍，对当年竟有这么多出版物，感到很诧异。此外，还有宣传部的行政工作，如宣传计划、宣传要点、学习计划、有关宣传工作规定等等。这些文字中，有两种一定是老胡同志亲自动手的：一是《周报》的社论，绝大部分是他执笔，其余也是在他具体指导下写的；另一件，凡是自编自撰的文字，毫无例外的一一由他修改审定。宣传计划与纲要，一般也是他自己动手。现在无法计算这些文字的数量，如果把他起草特委的文件都算进去，那是很可观的。

还有一项极为重要的工作，基本上是他负责的，那就是培训干部工作。解放战争时期，特委办过两期军政干部训练班，两期电讯训练班。电讯训练班是电台台长徐炳全同志负责的，老胡同志大概没有参加领导。第一期军政训练班是高干班，学员都是红军时代和抗战初期的"三八式"干部。这个班是不是老胡同志负责，我不清楚。第二期军政训练班的学员是大队、中队的指挥员，则是由他负责的。次数和人员最多的，是青年训练班，所谓"青年训练班"，似乎应该叫"青年学生（或青年知识分子）训练班"才对，学员绝大部分是学生。特委到底办过几期，一共多少学员，到现在还统计不出一个准确数字，因为当年没有"花名册"，即使有，训练班办好也烧毁了，除了极为重要的文件、指示，是不会保留的，更不会保留名单。这是战争和地下工作的规律决定的。我只知道特委的第一期青训班是 1947 年 4 月开始，十名学员，我是其中之一。末一期的青训班是 1948 年冬，是朱棪、高寅生、葛林宥、谢作轼他们。这一期人数很少，老胡同志也很忙，这班就设在宣传部，我当班长，具体安排他们的学习和生活。这样计算起来，青训班前后的时间将近两年，数百名青年学生为主的知识青年在特委青训班学习过。当年，对这些青训班的历史意义，并没有人深入地去思考过。40 多年后的今天，回过头去看看，青训班在历史上应有一定的地位。据我所知，至少有两件事，与青训班有关。一是部队的文化水平的提高，一是特委和各县委职能工作部门的充实和健全。部队包括各县县队的政治指导员和文化教员，几乎全是青训班学员，机关的工作班子，也几乎是这一批人。解放战争时期，特委和各县办的青训班学员有一千多人。这是个很可观的数字。旧中国的文化水平不高，游击根据地老百姓的文化普及率更是低到极点，可以说是文盲世界。在短时间内增加了这么多知识分子，而且他们已初步接受了马列主义教育，这件事有着多方面的意义。解放以后，他们大部分是县团级干部，有数十或者上百个师地级干部，还有省一级的干部。

特委的青训班，老胡同志既是负责人，又是教员，对这一支文化水平较高的干部队伍的培养，他是花了很多心血的。按照我们党的传统，培训干部应该是组织部的事，想来是组织部长郑丹甫同志长期不在机关，这副重担就落在老胡同志身上了。

温州解放前夕，老胡同志是与叶芳谈判的我方代表团首席代表。我是代表团的工作人员。谈判过程中，王思本、金天然、卓力文、吴昭征等几位先生，态度都很明朗，很积极。但叶芳并未授予他们全权，有几个问题，要由叶芳亲自拍板。其中一个是叶芳要控制莲花心阵地。按照约定的防区划分，莲花心在我方的防区内，而这个制高点，控制了浙南游击纵队进城路线。在谈判过程中，在莲花心的问题上卡壳了，会议陷入僵局。这时，老胡同志抚案而起，严正地说："我们一向教育自己的战士，在前进的道路上如果有障碍，一定坚决、彻底、干净、全部歼灭之。莲花心问题，还要慎重考虑。”说好之后，建议休会，继续交换意见。老胡同志身材高大，仪表堂堂，说话时，确有一股凛然的正义之气。在会外个别交谈中，对方诸先生深明大义，同意承担责任，将莲花心撤出，并保证说服叶芳。这个乍看是不可逾越的“拦路虎”，很快得以解决。这跟老胡同志既坚持原则，又能灵活地运用谈判的艺术，是分不开的。对整个谈判的安排，他是很细致的。第二次谈判时，叶芳方面的首席代表是吴兆瑛，他的侄儿崇源、崇澜都已在根据地，老胡同志通知他们到景德寺与叔父见面，一家人在一起，使整个气氛更为融洽。龙跃同志评价说，老胡同志在谈判中“坚持了党的原则，掌握党的政策，发挥杰出的政治才华”。我以为是恰如其分的。

至于老胡同志的高尚的人品，很多人都谈过。他一直保持着非常可贵的、纯洁的“赤子之心”，真诚，纯朴。他对个人的名誉地位观念非常淡薄，不仅一辈子没有伸手要过地位和名誉，而且，连应该享受的权利受到损害，他也满不在乎。他家里的电话，是他死后玉华同志装起来的。他自奉菲薄，不计较物质享受，而且，绝不是表面装出廉洁奉公的花架子，骨子里却利欲熏心。他是表里如一、货真价实的正人君子。入殓之前，翻遍了他所有的衣服，除了一套藏青呢中山装之外，找不出像样点的衣裳。他是穿着这套生前舍不得穿的衣服走的。当他以胜利者的身份任第一任温州市人民政府市长时，我在他身边；八十年代蛰居在杭州新新饭店中最蹩脚的房间里时，我经常为党史的事与他接触。人情冷暖，世态炎凉，顺境与逆境，对他都没有什么大影响，而一贯保持着乐观、朴实的精神面貌和富有幽默感的生活情趣。我以为，这是极为难能可贵的。

明津，永别了

2017 年 1 月 11 日，接到孙明津夫人万爱榴同志的电话，说明津嘱咐她打电话向我拜年，并说，他住在医院。自从他调到杭州后的几十年来，每逢除夕，明津一定给我打个电话，成为惯例。这次，时间提早了，而且他自己不能打电话了。我在当天的日记中记道："看来明津危矣！"第二天一早就写了一封信寄出，日记中记道："此信未知他能见到否？"我的预感很快证实，2 月 17 日，爱榴同志来电话说，我的信是明津最后见到的信，他已于前日亡故。

明津和我是瓯海中学高中的同班同学，又同岁，很合得来。

1941 年 1 月份皖南事变发生，国民党的报纸上颠倒黑白，污蔑新四军“抗命叛变”。重庆的《新华日报》被开了个大天窗，整版只剩下周恩来副主席写的“为江南死国难者致哀”及“千古奇冤，江南一叶，同室操戈，相煎何急”一首四言诗。全国人民都几乎被蒙在鼓里。这一年春季学期开学不久，明津从地下党员刘玉琪处得到皖南事变真相的长篇报导。估计就是《新华日报》被开天窗的那一篇。他和另一位同学忙了一个通宵，拂晓时偷偷地在学校礼堂的东壁贴出大幅壁报《血》。

这壁报的报头是一团飞溅的鲜血，当中露出白色的“血”字，十分触目。文章的题目就是上面所说的四言诗。壁报立刻成为全校师生最热门的话题。第二天，明津和另一位同学周兴宽被永嘉警察局拘留。瓯海中学校长谷寅侯先生去活动，下午即被保释回校。这次被拘捕的事校方保密，知道的人绝少。周兴宽后来参加浙东抗日游击纵队，后编入三野，在孟良崮战役中牺牲。

当年敢于与国民党唱对台戏，是冒着杀头至少是坐牢危险的，明津心中很清楚，但他还是干了。他所以能免去牢狱之灾，我想有几个原因：第一，国民党找不出证据证明他们是壁报的出版者；第二，他才 16 岁，未成年；第三，谷寅侯先生的声望和努力。

1943 年快放寒假时，明津忽然来找我，说他要到乐清去看他的“亲爷”也就是干爹石磊先生。于是我们同船到乐清，他就住在我家里，同学少年，同床抵足而眠，说不尽的话。到乐清后，他再也不提石磊，只在我家住着，也很少出去。他到乐清来到底为了什么？我没有问他。当年毕竟年轻不谙事，只是隐隐约约地感到其中有点蹊跷，但并不把这事放在心上。他一直住到快过年了，才回温州去。当时我家一家七口，只有父亲一人教书有薪水收入，加以通货膨胀严重，家庭生活本来拮据，母亲为了招待这位温州客人，绞尽脑汁。我记得有一餐确实凑不起四盘小菜，只拿两只白萝卜刨成丝，用毛巾绞去水分，临时用盐一拌，凑合着吃。母亲为人宽厚，没有向我暗示要请客人早点离开。明津也还年轻，似乎也没有发觉我家为准备一顿饭而为难的窘态。这事我从未向明津提及，只有这篇文章才揭露这一“隐私”。很久以后我才知道，明津的乐清之行，是避祸来了。当年永嘉县委书记范式辰叛变，全县党员损失惨重。明津虽还不是党员，但有好几个共产党的朋友，而且他的“左倾”面目也瞒不了人。到我家暂住，比较安全。

他未曾毕业即休学，“失踪”了。

1947 年初我进入浙南游击根据地，到了驻在桥头庐的浙南特委机关，在迎接我的人群中，我看见了明津笑眯眯的脸。久别重逢，我们都十分高兴。每个到游击区的人，几乎都化了名，免得泄密害了家属。但明津他们都是熟人，都喊我水平，不可能改名。

我们在特委第一期青训班结束后分配在宣传部工作，明津还是宣传部支部书记。当时特委似乎想把他留在宣传部工作，后来大概是工作需要，才决定他到永嘉县委去的。当年 3 月，特委机关直属支部开会讨论我的入党申请。主持会议的是胡景瑊同志，我的入党介绍人是曾绍文和冯增荣。冯增荣是我在温州中学初中部的同学，但交往不多。曾绍文同志只在温州一秘密地点见过一面，还没有说过一句话。他所以愿意做我的入党介绍人，完全是由于孙明津和陈宣崇、江钊介绍我在学生运动中的表现所致。在会上介绍我的情况的，竟是孙明津，而不是介绍人冯增荣，这也是很特殊的情况。他说些什么，我已经全忘了，印象中介绍得很详尽，把我的家庭情况（我父亲是瓯海中学的教师）都说得一清二楚，支部全票通过我为候补党员。

他调到永嘉去之后，当时保密制度严格，我对他的情况一无所知。解放以后，也未在一起工作。但对彼此的情况，都有些知道，每次我到杭州，必定去看望他。此外，每年通几次电话，君子之交淡如水，彼此不会相忘于江湖。

上面所说的，在历史的长河中只是几朵小小的浪花，我们也不过是当年群众运动中一个追随者，没有丰功伟绩。但正因为有千百万普通的敢于反抗旧社会的不平、敢于牺牲的普通革命者，革命才能取得胜利。历史的创造者不仅有领袖大人物，更多的是像明津这样的无名英雄。

悼江钊

这篇文章的初稿写于 1980 年，2017 年才定稿，压了 30 多年。每次执笔，都悲从中来，就放下了。

我多次向外交部、外贸部写信索要江钊在朝鲜的材料，都没有回信。这样一拖再拖，拖到我都 90 岁了，再不写，恐怕没有机会了。

1946 年下半年，我待在上海，寻找到苏北解放区的机会。快到年底了，去解放区已不可能，我决心回故乡参加武装斗争。

这时，浙南特委派驻上海的联络员是江钊。大约在 1946 年的 10 月底，陈宣崇告诉我，让我在某日上午 8 点半在外滩公园门口等待与我接头的地下工作者。我要拿一张《中央日报》，折好,露出“日报”两字;来接头的同志手中也有一张《中央日报》,露出“中央”两字。双方要交换几句暗语，对上了，那人就是游击队的代表，我就可以与浙南党组织接上关系了。此事要绝对保密，对任何人都不能透露。

这完全像电视剧中常见的情节。当时听了，又高兴又紧张。我立即去买了一张《中央日报》，折好，露出“日报”二字，放在枕头下压平。约定的时间一到，我提早到了外滩公园门口。上海是个懒散的城市，那时外滩只有寥寥可数的几个行人。我频频地看上海海关的大时钟，一面留心公园门口的行人。

8 点半快到了，约定的信号并没有出现，却意外地看见了一个熟人，他正朝着公园门口走来。他是我的少年朋友江钊，我一时慌了手脚，不知道该不该回避。正在犹豫之时，却看见他手中拿着的报纸，露出“中央”二字。我猛然醒悟，扬着手中的报纸迎了上去,江钊似乎也很高兴,向我伸出手来。我说:“原来是你？”他严肃地点了点头，我那反复背熟的暗语根本没有用上。将近 70 年过去了，外滩公园（现在似乎叫黄浦公园）门口接头的一幕一直历历在目，恍如昨日，但那几句接头的暗语却全忘掉了。

我七八岁时就认识江钊，那时他叫江光朝，我家在江钊做学徒的布店老板住宅附近。江钊比我大两岁，名为学徒，实际上没有学到什么，他大部分时间在老板家里干活，时常与我见面。一来二去，就熟悉了。有一天，江钊扛着沉重的铜钱板蹒跚地走着……现在的青年人恐怕不知道铜钱板为何物。当年，几乎所有的门市商店里都有此物，那是一块刻着凹槽的木板，每条槽刚好码 100 个铜元，十条槽，放满了 1000 个铜元，很沉的。其实那时早已不用外圆内方的铜钱，但循例叫铜钱板。江钊个子小，实在扛不动，想把这铜钱板搁在一堵矮墙头，缓一口气。他够不到墙头，脸憋得通红，我连忙帮他一把，他歇了一会儿，我又帮他把铜钱板放在他肩上。从此，我们成了好朋友。

不久，他离开乐清，直到我在青田水南上温州中学时才重逢，他比我高一年。江钊年幼丧父，家里穷，只念了私塾。当学徒时夜里偷偷自学，1937 年以同等学历高分考进温州中学公费生。公费生只免去学费，伙食钱及生活费仍要自家掏腰包。因此他常常休学，去做工赚钱，支付下学期的费用，后来竟与我同班。这样勤工俭学的学生，全校只有他一个。

他在上海做地下工作时，似乎浙南特委也没有给他多少经费，而且他还要赚钱养家。他在闵行镇一个小作坊里工作。那作坊只是几间破旧的平房，放着几个耐酸缸，江钊是唯一的工人兼工程师，穿着被酸碱腐蚀满是窟窿的工作服，一双高筒胶鞋。他一面用木棍搅拌，一面与我说话。缸里的化合物大概是硬脂酸盐。

在外滩公园接上关系以后，他先回根据地，向特委汇报，我晚些动身。那一年我才 21 岁，一张娃娃脸，与江钊商量着编了一套“口供”，准备应付国民党军警宪特的盘问。

周申生介绍我坐他亲戚的机帆船回温州，在船上白吃白住。船到温州，找到四营堂巷江钊的家。

这是一座老式平房，三间，一个小天井，自成院落。我迟迟疑疑地跨进虚掩着的大门，站在天井里，这时，房子里走出一位身板硬朗、面色红润、头发斑白、身材高大的老太太，她接过我拎着的皮箱，亲热地说:“啊呀，你可来了，快进来快进来。”她是江钊的祖母，是这个地下联络站的实际负责人。

她怎么会认得我呢？阿婆（此后我一直这样称呼）仿佛猜到了我的疑惑，回头叫道:“出来吧！”从房间里出来的是施巨欣，他是我的同学。原来阿婆已经安排他躲在房子里，他负有验明正身的重任。

这时，江钊还在游击根据地，我就在江家住下。这地下联络站外表上太普通了,不过是一家平常百姓。江钊父亲早死,寡母(我从这时起一直喊她阿妈)服侍婆婆,兄弟二人都是工人,外出做工，两个妹妹，一个已嫁，一个送了人。舅舅是个聋哑人，单身，与他们同住，他是个制作金银首饰的老师傅，在门口摆个摊儿，实际上是个暗哨。一家人勤勤俭俭，过着清贫的日子。与别人稍稍不同的，是常常搬家。这样一个完全灰色、毫不显眼的地下据点，在军警宪特密布的城里，接待过无数革命者，包括中共浙南特委常委、后来是浙南游击纵队副司令员的郑丹甫、任弼时侄女任曼君等，永嘉县委书记曾绍文是这里的常客，这里转送过数不清的文件和情报，还藏过炸药、枪支和无线电发报机元件，却一直平安无事，从未失手过。

我在这里住了 11 天，阿婆简直把我当做亲孙子。我一到，她立刻检查了我的衬衣领口和袖口，以不容反驳的口吻说：先洗个澡，换衬衣裤。阿妈烧了一大木盆热水，让我洗个痛快。我身体很好，平时可以用冷水揩身。木盆里热气腾腾，十分舒服，我洗个不停。阿婆数次敲窗子，催我赶快揩干，怕我受凉。换下来的衣服，不用说是阿妈洗的。每次吃饭，必定有个荤菜，有时让我一个人先吃。可恨我当时年轻不懂事，竟看不出这较好的菜是特地为我做的，他们一家人很少往这盘菜里伸筷子。一直到解放之后，我坐在江家的饭桌旁，看着阿婆阿妈吃饭，一面说说话。谈起解放前的艰苦生活，阿妈笑着告诉我，1946 年为了买点鱼肉让我吃得好些，而又不让我发觉，着实费了些心机。这时，阿婆还瞪阿妈一眼，埋怨她“多嘴”。

到江家的第一天，阿婆就嘱咐我：我是他的表侄孙，从乐清来看她，不准外出。家里除了几本化工书，没有别的书籍报纸，怕我闲得难受，她嘱咐巨欣常来陪我说说话。

三四天以后，我憋不住，想去看看父亲。我知道他住在瓯海中学教师宿舍东楼的一间寝室。但阿婆坚决不同意，她没有说什么大道理，只是说：“想去看看爸爸，是应该的，但你去看他，会给他带来危险，你自己也很危险，还是不去的好。”见我犹豫，就说：“住在这里，要守这里的规矩。”这一下把我镇住了。过了几天，大概夜里十点半了，她叫醒我，让我绕道九山河到蛟翔巷，站在东楼下面看看，不准进去。我去了，看着父亲寝室里还亮着灯，但静悄悄的没有一丝声响，想来他在改卷子或者看书吧。我痴痴地站了一会儿，回来了。阿婆点着灯坐着等我，见到了我，放心地叹了一口气。父子隔了一堵墙不能见面，她心里一定也不好受。

江钊不仅自己出生入死，而且带领全家都参加地下工作。阿婆精明细致，阿妈木讷忠厚，江钊长期不在家，由这两位平平常常的家庭妇女和一个残疾人来承担这样危险的工作，说是地下工作的奇迹，并不过分。

江钊在上海的工作，我知之不多。只知道陈沙兵在上海美专念书时已是党员，1947 年他的支部书记叛变，与他同一小组的是夫妻二人，沙兵按约定时间去他们家时，发现设置的安全信号已撤，才躲过这一劫。他立即去找江钊商量，江钊斩钉截铁地说：绝不能回学校！行李书籍衣服一概不要！立即离开上海，设法到根据地去。沙兵接受他的忠告，躲到郊区。据说就在当天，国民党宪兵的“飞行堡垒”直闯美专，搜捕沙兵。在这间不容发之际，如果犹豫，后果不堪设想，后来沙兵辗转找到一个小学教员的位置，暂时安身。这一年的 8 月，再与江钊取得联系，进入浙南游击根据地。

不久，江钊奉命离开上海到了浙南游击根据地特委机关，与电台一起行动。他没有搞过电机，却无师自通地帮着电台台长修理发电机、发报机和收音机。他仿佛对技术的领悟有一种天赋，别人面对技术难题束手无策时，他却能设计出解困的方案来。

解放以后，他办了不少大事。温州历史上第一个工业科学研究所，是他筹办的。他在一片空地上“变”出一个工科所来，筚路蓝缕，备尝艰辛。他对温州蜡纸厂的技术贡献，值得大书特书。

当年浙江省有 17 个重点工厂，温州有两个，一个是西山陶瓷厂，一个就是温蜡。江钊任厂长时，工厂共 1000 多工人，全部手工生产。人数最多的是第一车间，约 700 人，其中临时工 400 人，本厂厂房不够，还在外面租了房子。蜡纸原纸的原料叫山棉皮，这是一种野生灌木，必须手工将外皮刮去，剥离木杆然后碱法蒸煮，分解纤维，这 700 人就天天在刮树皮剥树皮。江钊到任后，将造纸工业中的硫酸盐法加以改造，在高温高压下将树皮完全分离，他将此法定名为“化学脱胶”。这样，一下子精简了 700 人，劳动生产率提高好几倍。温蜡当年上缴地方财政的利润，占全市国营工厂上缴利润的 49%。1953 年，他被评为市劳动模范，所有厂长中只有他一人得此荣誉。我于 1954 年任温蜡厂长，同事们调侃地称我为“红色资本家”，但实际上除了在管理制度上作一些改进外，技术及技术管理完全继承江钊的“成法”，未做任何改动。如果没有“化学脱胶”，我只是个穷厂长。

抗美援朝战争结束后，我国派技术专家帮朝鲜办工业。外交部组织的援朝专家中，江钊任轻工组组长。他缺一张大学文凭，评定他是一级技师。朝鲜的工业基础本来很差，加上战争的摧残，几乎一无所有。朝鲜方面想办个蜡纸厂，但那里没有山棉皮。江钊想办法利用当地的长纤维原料，造出蜡纸来。江钊是个多面手，还帮着制造硬脂酸、油墨、牙膏、肥皂等日用品。他也因此获得朝鲜人民共和国的国旗勋章。

上世纪八十年代，我多次写信给外交部和外贸部索要江钊的有关资料，但均无回信。他在朝鲜的情况，是从他零零星星的闲谈中得知的，他一向不炫耀自己，其实恐怕不止上面这些成绩。

回国之后，他成了全市“自学成材”的典型，被许多学校和团体请去作报告。他的报告朴实无华，不过老老实实说说自学的过程。他跟我诉苦，说作报告比搞实验还辛苦。他是个实干家，不擅言谈，更不会搞些抢镜头等等炫耀自己的事。

1958 年，他奉调去筹建温州化工厂，任党委委员和生产办公室主任，一面筹建钾肥车间，一面改进年产 800 吨的小型合成氨车间，温化的合成氨车间在全国 174 个小型氨厂中名列前茅，其中多项质量指标，在全国都是最佳的。

平阳矾矿产量与蕴藏量在全国都占第一位，建温化厂的目的是综合利用明矾石。明矾石的主要成分是硫酸铝与硫酸钾。但传统的方法只提取了其中的铝盐，宝贵的钾都成了废渣废水。而我国是严重缺钾的国家。1963 年，江钊主要搞明矾石综合利用，他在实验室做了大量试验后，取得了完整的数据，建立了钾肥中试车间。那段时间，他几乎不回家，整天在车间和实验室里过。他告诉我，中试很花钱，每运转一天，要花一万元。这在当年是一笔巨款，他战战兢兢，自觉担子很重。

但这时，“文化大革命”开始了，一切试验和生产都停止了，他被造反派监视。有一天，他偷偷地跑出来，来到我家，对我说：温化的“文化大革命”极不正常，许多做法和国民党全一样，他怀疑温化有国民党特务在暗中操纵。我当时还懵懵懂懂，看不清局势，只是劝他小心些，当时我们都未曾料到，这竟是我们的最后一次见面，而诀别辞竟是这些内容。

后来我从知情者口中知道，江钊死得很惨。他被关在一个小房间里，窗子被木板封死，装上铁栅栏，还怕不保险，连玻璃都涂了油漆。室内无灯、无床、无凳椅、无水，人就生活在这黑牢里，连大小便也不准出来。时间正是 8 月份，是温州最热的时候，囚室内臭气冲天，蚊子苍蝇围着他叮咬。而他的四肢躯干都被人用铅丝捆扎，还用钢丝钳扭紧，铅丝嵌入肉内，在这样非人的折磨下，于 1968 年 9 月 3 日被迫害致死。遗体遍体无全肤，被铅丝勒紧的凹痕遍布四肢，血迹斑斑，惨不忍睹。更令人可憎的是该厂手握权力的张 ××，在江钊死后 16 日即 9 月 19 日，写了一份假材料，倒填年月，捏造江钊曾向特务机关自首叛变，塞进江钊的人事档案袋里，江钊就铁定成为叛徒、特务和漏网右派分子，死有余辜的了。呜呼，江钊的怀疑不幸而言中，迫害他的整个过程，与国民党特务的做法，毫无二致。

1978 年 9 月 25 日，在江钊冤死十年之后，温化党委在人民大会堂召开追悼大会，公开为江钊平反。

我自 1958 年被划为右派分子送去劳动教养四年。这四年中，为了避嫌自保，所有的战友、朋友、同事甚至一些亲戚，都不敢来我家。我并不怪他们，在那种极端恐怖的日子里，完全可以理解。但有两位老战友——江钊和何锐，每周必来我家，看望我的妻子和孩子们，嘘寒问暖，宽慰开导，先后四年，一年 52 个星期，他们一次也不落下。200 多次的来访，对我家说来，像是沙漠中的清泉，冬日的太阳，和向孤儿寡妇伸出援手的侠士。对他们说来，不间断地来探望一个右派分子的家庭，每一次都是政治上的冒险。但他们不顾自身政治安危，一直坚持四年。在我的心里，江钊不仅是引路人、战友和同学，对处于绝境中的我的家庭，无疑是个天使。清朝王晫曾说："与人交，当生死患难，不肯转目相背负"，古之义士，亦不过如此。

『国民党乡长』何锐

何锐同志生于 1919 年，于 2017 年 4 月 1 日病逝，享年 98 岁。

由于历史上的种种原因，解放以前浙南党打入国民党内部的"卧底"极少，何锐同志是这屈指可数的人中之一。

他与胡景瑊、邱清华、郑伯永都是同一时期温州中学的学生，他们一起参加 1935 年的"一二·九"运动，一起被开除。国民党迫于各方面的压力，才被允许复学。中学毕业后，他在外地工作多年，1944 年回到故乡——浙南基本地区（游击根据地的核心）的瑞安县岙后村。

他的二伯父何日寅是个铁杆反共分子，1930 年组织民团，镇压红十三军，身有血债，而且是当地一霸，烧房子，抓丁拉伕，敲诈勒索，当地人叫他“落地害”。正在他回家之前，何日寅被我们枪决了，而镇压他的正是何锐的同班同学郑伯永。不久，郑伯永找到何锐，介绍他参加了革命工作。

1945 年 6 月，我党做了大量群众工作与统战工作，陶山区桂峰乡（后来永安乡并入，称永峰乡）乡民代表大会上何锐被选为乡长。他与共产党有“血海深仇”，国民党很信任他。乡公所原来有 15 人，他一上任就裁掉 13 人，只留一个事务员和炊事员，乡公所从此不再向乡民摊派经费，他很快取得了乡民的信任。他又以整顿保甲的名义，先后将全乡的保甲长都换成共产党员和基本群众。永峰乡的基层政权名义上是国民党的，实际上全由共产党掌握。它是浙南游击根据地独特的双重政权的典型例子。

浙南特委机关从 1944 年 4 月进驻这一区域一直到 1949 年 5 月。永峰乡是特委直属区的核心区，国民党多次派兵清乡，每次都扑空，一无所得。特委机关安然无恙，这个白皮红心的乡长起了极大的作用。

他这个乡长有意“高攀”，与湖岭区的官员，国民兵团的军官们混在一起，送出大量的情报。好多次瑞安国民党国民兵团要清剿根据地，还事先通知他，要他收集共产党的情报。所以，未等国民党发兵，国民党清乡的计划已经摆在特委书记龙跃的案头了。

有一次，他在陶山区署，国民党当局突然命令当地国民兵团一个连进山清剿。他脱不开身，临时交代一个隐蔽在区署的民兵翻墙而出，抄小路将情报送到特委机关。有几次，国民党区署命令他亲自充当清乡兵的向导，他带着部队走小路，打圈子，等到了目的地，早已人去楼空。又有一次，他无法直接搞到情报，仅凭清乡部队所带的粮食数量，计算出国民党清乡的人数与时间。因为根据地的坚壁清野工作很彻底，清乡兵上山只能自带粮食，否则就要挨饿。这些事现在说来平常，其实周旋在敌营，不仅神经极度紧张，而且要十分机敏和果断，真实的卧底在敌人之间孤身作战，实际上要比那些胡编的电视剧惊险得多。

1947 年 7 月，国民党地方当局开始怀疑何锐的身份，而且打听到共产党的郑伯永是何锐的同班同学，他的处境更艰难更危险了。龙跃同志断然决定，要他立刻“辞职”。何锐推荐我党一位村支书的叔父继任乡长职务，安全撤出他坚持多年的“阵地”，回到特委机关，当年 10 月，胡景瑊、陈玉华夫妇介绍他入党。

浙南党内的大事，如三次特委扩大会议，特委三期青训班，两期主要军政干部训练班，三期电讯人员训练班，成立中国人民解放军浙南游击纵队司令部政治部，成立浙南行政公署，都在这永峰乡。这些活动能平安举行，或多或少都有何锐的看不见的功劳。

后来，国民党查实了何锐的身份，但已经找不到他了。于是烧了他在岙后的六间楼房。何锐的夫人杨银林被迫躲在娘家，他的子女藏在何锐父母的家里，一家人解放后才得团圆。

顺便说说，我和张巨益同志曾在岙后后面的山上隐蔽过好多天，每天给我送饭的是何锐的大女儿潄梅，她那时还是个小女孩。给我做饭的就是杨银林同志。

1949 年 10 月，何锐任温州地委行政科科长，1953 年 11 月，被送到杭州革大，名为学习，实际上要审查他的“反动历史”。三反运动开始，他被铐上手铐，押回温州，一连斗争他三日三夜，严刑拷打，他在《人生实录》里说：“只差用上老虎凳。”而且公安局还逼别人伪造检举材料，要他承认。这样，折腾了半年，他被判两年有期徒刑，罪名有四：一、国民党乡长；二、国民党党员；三、介绍特务分子陈自聚参加革命工作；四、贪污 504 元。当了乡长，自然要加入国民党，贪污则全属子虚乌有，而陈自聚却真的是国民党特务，不过他是在参加工作后被国民党特务策反了才当特务的，与何锐不相干。何锐 1956 年服刑期满，仍不准自由，留在劳改工厂丽水雨伞厂当场员。后来幸亏他的浙南老战友邹忠钦担任雨伞厂领导，他知道何锐的底细，何锐才得回温州。

1960 年蒋介石扬言要反攻大陆，9 月温州市公安局集中劳改分子等四类分子 1000 多人，先后送到藤桥和桐岭的劳改场劳改，何锐也在其中，这一次劳改，没有经过任何法律程序。

“四人帮”粉碎，“文革”结束，他分配到市农委畜牧办工作。1979 年，才由温州市中级人民法院判决：“撤销 1952 年刑事判决，宣告何锐无罪。”从 1952 年到 1979 年，先后 28 年，他不断地向多个部门申诉，才得以平反。1983 年，他在市人大常委办公室退休，享受县级待遇。

我被打成右派送去劳教的四年中，为了避嫌，几乎没有人来我家，只有何锐和江钊两位同志不怕受牵连，每星期必来我家，安慰劝解我的母亲与老伴，四年中从未间断，我们一家都十分感激他在患难中送来的温暖和关怀。

『渡船儿』

季则尧

当年，如果你在路上遇见他，绝不会多看一眼，他太平常了：一身灰不溜秋的土布衣裳，挑着一副旧箩筐，憨厚腼腆，低着头走路。

1946 年冬天，我从温州城区奔赴浙南游击根据地，在温州城区地下交通站江钊家里耽搁了 11 天，等的就是担任交通员的他来带路。

江家的邻居只知道他叫阿尧，是江家的乡下亲戚，做小本生意，不时到城里趸点货到乡下去卖。本钱少，住不起旅馆，就在江家搭铺。他见到我，只是点点头，不说一句话。

当天晚上，我与他睡一张床，他才详细地告诉我，山区里看不到“学堂生”，你是某个学校请来的老师，山民对教师是很尊重的;而且这段时间国民党清乡已经过去了，估计一路平安无事，让我放心。

第二天一早，我们吃了江钊祖母煮的面条，走出大门。阿尧挑着百来斤重的担子走在前面，我跟在后面。到了小南门码头，坐上小火轮，各自买票。 快中午时到了瞿溪，在镇边小饭店吃了饭。阿尧与饭店老板似乎很熟悉，一面吃饭，一面与老板搭讪。

出了镇子，走上山路。起初走大路，不久转上小路。在纸山半山腰的一户人家门口，阿尧放下担子，进去讨一碗茶，而且还带了一碗出来，让我解渴。屋里只有一位大嫂，四十出头。

太阳快沉西时，我们赶到一个山坳里，这是个独家村。阿尧说“我们在这里过夜”。出来迎接我们的是个小姑娘，大约十二三岁，喊着“阿尧叔”，拉着他进了屋。屋子里黑洞洞的，烟雾腾腾，只有灶洞里的光照着在烧火的白发老人。

阿尧拉一条板凳让我坐下,一面与老人拉家常。我们进屋后，小姑娘就跑到对面山岗上坐着，她是在放哨，天全黑了才回来。老人往脚盆里倒热水，阿尧招呼我洗脚，他交代说:多烫一会儿，明天走路会轻松些。然后四个人在灶火的微光里吃晚饭。

爬了这么多山，我确实饿了，吃的是番薯饭，只有一碟咸菜，我还是吃了好几碗。 我与阿尧睡一张床，棉被硬邦邦的，有一股霉味，跳蚤咬得我浑身发痒。但我明白，这里是交通站，我睡在同志的家里，有一种异常安宁的感觉。我一向有择席之病，但还是一挨着枕头就睡着了。

第二天一早，继续赶路，山越来越高，到处是前几天下的雪。南方的冬天，深山依然郁郁葱葱，不过，我只注意自己脚下的小路，没有心思欣赏雪景。

中午，又在一个独家村吃了饭。从他们的闲谈中，我知道这里已经是根据地。阿尧问主人“在哪里？”那屋主人说：“桥头庐。”

大概是下午三点钟左右，我们到了一处山峰下面，满山白雪，四周静悄悄，像个神话世界。我们沿着羊肠小道一直往上走，在毛竹和树丛中出现一堵灰色的墙，看见几个人在门口，像在注视我们。走近了，一位扎着九龙带、挂着驳壳枪的人迎着阿尧，问道：“来了？”阿尧点点头。这位带枪的人跨下几步，热烈地与我握手（后来我知道他叫白希曾），几个人拥着我进了大门，阶前站着一位清瘦的中年人，粗眉大眼，微笑着打量着我，他就是特委书记龙跃。从这一天开始，我成了一名游击队员。

阿尧大名季则尧，抗日时期的党员。这一路上我们歇脚的地方，包括瞿溪镇上的小饭店，和喝一碗茶的大嫂，都是地下交通站，保证了我们一路平安。凡是经过江钊家到根据地的革命者，包括京沪杭来的大学生，全是由阿尧领着到根据地的。到底有多少人，是个秘密，我估计在一百人左右，而且没有出过一次事故。因此，他得了个绰号“渡船儿”，我曾戏称他是雷音寺的“接引佛祖”。

到了桥头庐，阿尧就“神龙见首不见尾”了，我再也没有见到他。直到 1949 年 5 月在郭溪景德寺与叶芳谈判起义时，他率领的第二支队第二中队驻扎在景德寺后山的村子里，拱护着谈判会场，我们才见了一面。

第三次见面已是 1953 年，在上海，他已是海军军官，而且结了婚，夫人叫叶佩娟。海军是个技术兵种，从陆军里挑人时，要求很高，阿尧识字不多，但被挑中了，他们看中的是他的品质。阿尧十分刻苦，弥补了文化不高的缺憾。

这以后，我们交往甚密，我到上海，他来温州，都会见面。多年来他似乎没什么改变，依旧憨厚、实在，面带微笑。

上世纪八十年代，他患了绝症，我们在上海医院里见了最后一面。他像讲别人似的告诉我癌症已是晚期，而且面带微笑。我心里痛楚，但尽量克制着，不再谈病情。临别时，他挣扎着送我到门口。好久，我回过头去，他还站着，挥着手与我告别。能坦然面对死亡，不失老游击队员本色。

悼景濂

章景濂（1928-2015），是浙南地方党史的拓荒者。

我曾写一条幅赠景濂：

推己及人直道存，勤搜方志供濡翰。

若论稽古亲风雅，终输归田七品官。

这是清朝人的诗，简直是替景濂写照。诗中的好品质，他样样都有，而且，他正是“归田七品官”——县级离休干部。

我和他的身世有相似的地方：同在 1947 年入党，同在浙南特委的系统中工作，1958 年同时被划为右派分子，1979 年同时进入地方党史领域，30 多年来，一直与党史研究有着千丝万缕的联系。而且，从温州市委党史委员会成立时起，我们同时被委任为委员，数次调整，但我们始终是这委员会的委员——成了终身委员。

我与景濂 1949 年就认识了，但几乎没有交往。“文化大革命”时，他搬到朔门来住，与我家相近。他在艺人之家（收容老艺人的一个边缘化的单位）工作，我在一个集体工厂做工人，工资很少，孩子都还小，两家的经济生活都很拮据，“同是天涯沦落人”，就亲近起来了。

“文革”结束后，许多老干部向组织提意见，浙南党组织的历史这么长，但没有一个机构去收集研究；许多历史关节问题都搞不清楚。当时温州地委书记郑嘉顺下决心点名调景濂、李尔宽和我成立了“浙南革命斗争史编写办公室”。这是浙江省第一个党史工作部门。

景濂原已内定任温州专署文化局副局长，但他对“做官”已毫无兴趣，自愿到这个无权无势的清水衙门来。当然，主要还是对浙南党的感情。尔宽是主任，我和景濂一直到离休，都是这个办公室的办事员。

1959 年，温州党校曾收集一些历史资料，但非常零乱，一共不过千把字。所以，我们只能白手起家。到中央、省、市、县的档案馆，不但找党内的资料，同时翻阅国民党遗下的档案（当时叫敌伪档案），坐图书馆，翻阅民国各个时期的政府公报和名目繁多、立场各不相同的刊物和各种报纸，一句话，从故纸堆里“沙里淘金”。在全国范围内找当事人访问，数以百计。当时的条件很艰苦，没有复印机、没有照相机，所有书面资料和口述历史，全是一字一字地抄写记录。经过几年的四处奔波，慢慢地理顺了浙南党组织的来龙去脉。

景濂负责收集研究建党初期到抗日战争发生前的一段历史，比之抗日战争和解放战争时期，他负责的部分不仅时间长（如果从五四运动开始，前后 18 年），而且档案、材料都最少，就是说，三个人中，他的负担最重。

1980 年，景濂提出，我们要一个阵地，以交流情况、征求意见、展开讨论，我们都赞成，于是就有了温州最早的党史刊物——《浙南革命斗争史资料》，4 年时间，出了 24 期，等于是双月刊。这刊物没有注明谁是主编，而实际上从征稿、编辑到与印刷厂打交道，都是景濂一人负责，他是实际上的主编兼责任编辑，还兼发行人。这期间，还出过两本烈士传，主编也是景濂。

从此，建国前的浙南党史才有了史料基础。其间，工作量最大的，应该是景濂。有一次，我们由李方成同志介绍去访问定居在乐清的老革命家林立，方成介绍景濂时说：“景濂同志是温州党史工作的主力军。”这评语很恰当。

在工作中，我们时有争论，各执一词、互不相让，最后，谁有理，就听谁的；有时争执不下，就继续找材料，找到了，自然没有好争的了。这样的争论，大约有数十次之多。但是并不妨碍我们成为知己。我们两家,交往是很密切的,有时有人打电话找我,我不在家,他们就拨景濂的电话,八九不离十,能找到我。反之,也一样。

离休以后,我们还是党史研究室的编外人员,不但以党史委员的身份审稿,而且参与编纂工作。粗略计算,这么多年搜集、审阅过的文字,不少于 8 位数。直到我们都老到不能再担任这些任务为止。

至于他的品质,我只说两件小事,以窥全豹。

有一次,一个名剧团来温演出,票很紧张,我托他买两张票。他送来了,最好的位置,六排正中。进场后,却不见他们夫妇。到处找,他们坐在最后一排。他买票时,照顾到票房的困难,宁可自己坐后排,“推己及人”到了极致。

另一次,一位老同志夫妻不睦,夫人在外县,不愿来温。“清官难断家务事”,我本不想管,但他再三动员,我和他一起去劝那位夫人,再三再四地说,她才同意到温州,一家团圆。他还为她的小女儿找到工作。我戏称他为“利他主义”。

他很早就患有严重的心脏病,却以顽强的精神坚持工作直到入医院。“鞠躬尽瘁,死而后已。”

我很少流泪,但看见他躺在殡仪馆里时,不禁痛哭失声,几乎昏厥,景濂的孩子们扶着我,在椅子上坐了好久,才黯然与他分手。从此人天远隔,我失去了最知己的战友。

姊妹故事

生活本来丰富复杂，不必虚构。

孔珞

将孔珞归入姊妹一类，是失礼的。平时我称她孔珞姨。她本来姓张，是我二伯母最小的妹妹，过继给孔家，改姓孔。

我进温州中学一年级念书时，她已念高中。毕业后，她很顺当地考进了南京（当时是中华民国的首都）的大学，是中大呢还是中政大，我不大了然。她文才出众，很快被“中央日报社”社长平阳人马星野赏识，进了《中央日报》当记者，后来是编辑。马星野很器重她，我曾见过她为马星野写的小传。

她会进臭名昭著的国民党中央的机关报做事，了解她的人都很奇怪。因为在乐清同年龄的一批学生中，她明显地思想左倾，与一批进步青年（他们大部分先后参加中共领导的游击队，上山打游击去了）关系很密切，她是大家公认的大姐。虽然不一定是“赤色群众”，至少也是粉红色的。

1949 年初《中央日报》迁台湾时，她也随着去了。广东解放时，一位中共地下党员帮她逃出了台湾，回到大陆。从《中央日报》出来的人，竟很快进入陕西人民出版社当编辑，通过什么途径进入这共产党领导的出版社，我也不知道。

我只知道两件事：她不是共产党员，但如果没有中共地下组织的帮助，她根本离不开台湾。而在出版社，她不被重用，只让她编些儿童读物，这非她所长，屈才了。

以后政治运动接踵而来，她身上的疑点太多了。她真的是个思想进步的青年吗？如果是，《中央日报》会接纳她吗？帮她逃离台湾的共产党员是谁？她只知道个化名，现在在哪里，她也不知道，这分明是胡扯。是不是国民党的特务机关派来的？很有可能。如此等等，她一直是个“运动员”。对以上这一切，她很淡然，对我说：“大家都被审查，我当然不能例外。”

1982 年我在上海，那天刚从招待所出来，迎面碰上了她。虽然分别 40 多年了，但彼此立刻认出了对方，这意外的相逢，使我们十分兴奋。我请她回到招待所，谈个痛快。

她告诉我，“文革”结束之后，经过多次曲折，她终于找到了当年帮她逃出台湾的地下党员（我依稀记得还是个相当负责的干部），澄清了她的历史问题。现在仍在陕西人民出版社工作，这次来上海，是为出版社组稿，而且顺便探望在上海安定中学任教的姐姐。

她问我这几十年的情况，我约略地介绍了上山打游击，解放后被打成右派以及家人的情况。她嗟叹不已，说:“真料不到，你少年参加革命，竟吃了这许多苦！”又说:“令尊公达先生竟只有50多岁，可惜了。”

她说:“我是你们的统战对象，而且是省政协委员。统战部动员我入党，我犹豫不决，也无人可以商量。你说说，我要不要入党？”

我略加思索，说:“是不是党员，对是否能为老百姓、为国家做点好事，并没有必然的联系。你现在的工作不是很有意义、也合你的胃口吗？入了党，你不过是个新党员，失去了无党派民主人士的身份，恐怕连政协委员也当不成了。现在党的情况，与过去在野时大不相同。当年入党，冒着生命的危险，一心想推翻腐朽透顶的国民党政府，改变中国的命运，建立为人民服务的政权。现在要求入党的人，不能说没有心怀壮志、想为老百姓做事的仁人志士，但不少人入党不过为了做官，‘为人民币服务’，老实说，我对这些人能否‘全心全意为人民服务’‘为共产主义事业奋斗终身’，都很怀疑。我还劝你，也不必加入民主党派，这更没有意思。做个无党派人士，身份超然，不是很好吗？”

她沉默了好久，说:“我见过不少党员，有的还是高级干部，但像你这样说得透彻的，我还没有遇到过。你说得很有道理，我听你的。”她终身是个党外人士。

这次见面，谈了四五个小时，几十年的事，一时也难以尽说。如果不是她下午已约好与上海一位作家见面，我们会谈上一整天。

后来她步步高升，被任命为陕西省文史馆副馆长。她一生大起大落，我怀疑她在《中央日报》社时，与共产党就有联系，否则，那么容易在台湾找到地下党员？回大陆后又轻易进入出版社工作？总之，她的经历有点神秘。但上海一面之后，再没有面谈的机会。

西安有个碑林，她所在的出版社出了许多碑帖，凡是她看中的，都买来寄给我。有时，我想要什么字帖，也写信告诉她，她都去搜寻了寄过来。上世纪八十年代至九十年代初，我们通信相当频繁，其中最多的内容，是她询问故乡的老朋友老同学和亲戚的情况，我也尽我所知作答。下一篇《Z 女士》的内容，是她在信中告诉我，托我打听下落的。

2006 年 9 月我游西安，8 日找到她的家。房子是旧的，陈设也极普通且陈旧，除了壁上一副杭州书法家郭仲选写的对联，没有任何装饰品。她已经患了老年痴呆症，对外界的刺激毫无反应。房子里乱七八糟，脏得厉害，而且有一股尿臭。她半裸着，裹着一条棉被，头发蓬乱。有一个保姆，带着自己的孩子，似乎也不大理她。看到这种情况，我拦住老伴和陪我们同来的陈清和同志不让进去。喊了声“孔珞姨”，她当然不能回答。我用手理顺她的头发，出来了。

这是我完全想不到的，实际上，她已经死了。最遗憾的，她没有留下任何著作，以她的才华和见识（这从她写信的内容和文字功底可以看出），应该留下不少文字。因为被反右吓破了胆，我从不留信件，至今引为憾事。

Z女士

Z 女士是名副其实的美女，无论面貌、身材、姿态、气质，都属第一流。举止大方，有男子风度。她衣着朴素，老是黑色或蓝布旗袍，白袜、布鞋，从不化妆，脂粉口红与她无缘。这一切，都掩不住她光彩照人。明星中差可相比的，只有林青霞。

她是我表姐郑爱雅的闺蜜。表姐曾在我家住过好几年，我常常见到她们在一起，坐则同席，眠则同床，形影不离。她们拍了许多双人照，其中很多幅是 Z 扮作男子，或礼帽长衫，或西装革履，如果光看照片，会误认她是风度翩翩的美男子。照片中她们相偎相倚，如同伉俪。当年乐清县是很闭塞的，不少人对她们的行为很不以为然。而她们似乎我行我素，对这些背后的窃窃私语满不在乎。现在回想，她们很可能是同性恋人，但这个新名词那时还没有传到乐清。

抗日战争时期，知识青年的政治倾向都很分明，当然也有“逍遥派”，但不多。要么倾向共产党，拥护共产党的主张，要么拥护蒋委员长的“一个领袖、一个主义”，后者参加三青团的也不少。

而 Z 却面目模糊，她与左倾青年也有接触，又与三青团里的一位纨绔子弟来往甚密，我亲见他们在酒楼上喝酒，而且好像谈得很开心。

Z 的家庭只能算是城市贫民，一切花钱的事，大概都是表姐掏腰包。

1940 年或稍后，我再也没有见过她。爱雅表姐似乎也不知道她的行踪。

孔珞姨来信问我知不知道 Z 的情况。信中说：她最近遇见乐清同乡 S 先生，告诉她两则关于 Z 的情况。

其一，杭州沦陷后，浙江省政府一部分机关搬到丽水。丽水是个“山头县”，交通不便，也很闭塞，但这些机关搬来以后，官员们把他们纸醉金迷的生活方式也带来了，丽水居然有了半公开的娼妓。S 先生告诉她，同乡 ×× 在丽水旅馆召妓，应召而来的竟是 Z。彼此原来认识，这尴尬的局面如何了结不得而知。

其二，台湾光复后，有一位同乡在台北见到 Z，衣着光鲜，出手阔绰，进出高级会所。她傍上“贵人”了。Z 的丈夫是高级军官，年龄可以做她的父亲。据说，她是这位军官的“外室”，连姨太太的资格都没有。

孔珞姨以为我长期在温州，或许知道 Z 的确切消息。其实我也莫名其妙，只是真诚地希望这两则消息都是谣言。但内心又觉得这消息是确实的。S 先生是我父亲的朋友，为人实诚，道德高尚，不打诳语，决不会胡乱糟蹋别人的，何况关系到一个女子一生名节的事。

战乱之时，民不聊生，一个贫穷的弱女子，又长得漂亮，落入堕落的陷阱，并不罕见。

当年法律禁止卖淫，禁止纳妾，但都只是一纸空文，连“行政院院长”孔祥熙都公然称自己的外室蓝妮为“敝眷”，世人皆知。上海马路上“野鸡”拉人，我亲眼见过。

Z 的悲剧，是时代的悲剧。

雪萼姐

“雪萼”是不是这两个字，我不知道，她一家都是文盲，我只听别人这样喊她。她一家三口，婆婆半瞎，丈夫比她大十多岁，他们是我家住乐清担水潭时的邻居。母亲说，我小时，雪萼还抱过我。

雪萼姐十分勤快，整天忙里忙外，好像从来没有坐下来的时候。邻居有什么事，她也热心帮忙。

她面色黑里透红，身材很好，胸部挺起，细腰长腿，眼睛黑白分明，笑起来露出整齐雪白的牙齿。不过，她很少有笑的时候，而常常愁眉苦脸，看上去有点憔悴。

他们一家的衣服都打补丁，但都干干净净，并不邋遢。她整天忙碌，很少外出，是十分规矩的良家妇女。

她的丈夫除了上山砍柴，种几亩租田，平时没有一句话。我家吃用的水都是他挑的，他知道什么时候我家的水缸快见底了，就主动过来，把水缸洗干净，然后挑水装满。这中间也几乎不说话，只是默默地干活。我家厕所也是由他掏的，同样只是干，不说话。

这样贫寒安分的家庭，几乎没有什么新闻。只是有一年年底的晚上，雪萼正在烧猪头。灶头边的小窗口探进一个老虎的头来，雪萼将一勺滚烫的肉汤泼在那野兽的头上，那兽吼叫着跑掉了，她说是老虎，但可能是豹子。老虎在那时已绝迹。除了这一件特别的事，他们与千万个农家一样默默无闻地生活，毫无特色。

后来却发生了一件全县城皆知的大事。

距我家一箭之地有一家大地主。大儿子在上海某个野鸡大学读书。念书只是个幌子，他烟酒赌嫖样样精通，在十里洋场混日子，是县城有名的纨绔浪荡子。他的恶行满城皆知，只是瞒着他的父亲。雪萼曾在他家帮过几天工。

那一年这大学生大腿上长了一个恶疮，请假在家，每天要清洗疮口换药。家里好几个佣人和老妈子，可大学生嫌他们笨手笨脚，指明要雪萼来。地主爱子心切，亲自屈尊到雪萼家请她帮忙几天。

这大学生的疮口老是不见好，或者已经痊愈了假装未曾医好，反正雪萼每天去他房里，待了好几个月。

这事本来就蹊跷，大学生家的佣人透露出风声，说换药用得上几个钟头？而那大学生又对他的狐朋狗党吹牛，说自己如何勾搭上雪萼，良家妇女比那些下三烂的头毛（温州话叫妓女为头毛）又如何如何。这班浪荡子无风还能掀起三尺浪，有了这么一个鲜活故事，就绘声绘形，加油添醋，四处传开。越传越脏，甚至说是雪萼贪财引诱那个大学生。

雪萼丈夫也听到风声，不声张，不骂人，只是在他母亲不在家时关起门来狠狠揍了妻子一顿，几乎打折了她的腿。

我的父母也知道这件事，只是叹气。穷人讨个老婆不容易，只好哑巴吃黄连，忍着。

雪萼姐日见消瘦，面色焦黄，整天低着头不敢正眼看人，本来就少言语，这时几乎成了哑巴。

我到温州上中学后，很少回家。后来听说，雪萼得了血痨，死了。“血痨”到底是什么病，我到现在还不清楚。

谚云：“穷家三件宝，丑妻、薄田、破棉袄。”穷人拥有美好的事物，包括美貌的妻子，就是祸胎。

任继愈先生说：“这个世界对弱势群体到处埋伏着危险。”过去如此，现在也好不到哪里去。

薄命的E

E 女士大我 6 岁，如还在世，今年 97 岁，不过，她早已魂归离恨天了。我确切知道她的年龄，因为她是我堂兄锦冠的中学、大学同班同学，而且同年龄。她的故事，大部分是冠哥告诉我的。

E 十分漂亮，公认的校花，追求的人不少。其中与她比较接近的是甲和乙。甲乙都很优秀，而且都是风度翩翩的美男子。她左右为难，但比较倾向于乙。

1943 年，国民党军统与美国海军特务部门合作，成立了“中美特种技术合作所”，其实是中美合作的特务情报机构。这个合作所在八个省里办了十几个“特种技术训练班”，对外打着抗日的牌子。瑞安的玉壶镇（现在属文成，文成县是 1946 年才建县的）也有一所训练班。军统的特务们都接到命令，要为这些训练班介绍“可靠”

的学员。甲的一个亲戚是这训练班的教官。他对甲说，这训练班是培养抗日高级干部，有美国教官授课，待遇十分优裕，一律穿美式军服，食宿费用全由公家负担，毕业后就是尉级军官。动员甲参加。

当年“毕业即失业”，战乱之时，就业困难。甲误听亲戚的话，就进了玉壶的特务训练班。心里还十分感激他的亲戚。谁知道他是一脚踏进了魔窟里。甲的弟弟曾到玉壶找哥哥，在门口等了好久，甲才出来，拉弟弟到僻静处，非常紧张地说：“这里的纪律很严，只能进不能出，你也不准说我在这里。”而且再三交代，“你以后千万别再来看我。”

就这样，一个思想单纯的青年学生，陷入了泥坑中不能自拔。“他完全变了一个人似的。”——这是 E 亲口告诉冠哥的。

而乙在中学时就是共产党员。甲在训练班时，她与乙成了恋人。而且有几次她还以妻子的身份掩护乙的活动。冠哥说：E 实际上是知道乙的政治身份，不过彼此没有点明。

抗战胜利后，军统局改名保密局。甲是保密局在温州站的负责人。三个同学在温州重逢了，不过已经不是纯洁的同窗之谊，而是站在彼此敌对的一方。

不久，乙被捕，据说即将解往杭州。捕他的人就是他的老同学甲。

E 不得已，找到甲，向他求情。甲直截了当地说，可以放乙，唯一的条件是“你马上与我结婚”。

为了救心爱的乙，E 在不得已的情况下嫁给了甲。

冠哥说到这里时，叹一口气，说："E 是个伟大的女性。"

E 与甲只做了一年夫妻，全国就解放了。甲去了台湾，E 死活不肯去，留在温州。乙很快回来了，而且是相当负责的干部。

他当然希望与 E 破镜重圆，但绝无可能。E 是反革命家属，连见个面也是不容许的。E 在派出所与居委会的监视下做些手工，艰难地生活。亲戚朋友为了避嫌，也远远地躲着她。她得了抑郁症，后来竟精神错乱，靠年老的父母周济才活下来。

乙的日子也很不好过，与特务的老婆谈恋爱，是怎么回事？被特务抓住又放出来了，如果不是叛变，可能吗？ E 牺牲了爱情救革命者，简直是个神话，谁又信呢？谁又能证明呢？乙被开除党籍，被下放到一个农村中学教书。没有关进牢狱，已是万幸。一直到上世纪八十年代后，才恢复了党籍。这时，已是满头白发。

冠哥曾去看望过 E，E 竟认不出老同学。她的邻居说："她平时几乎不出门，生活还能自理。只有一件事很奇怪。早、中、晚三餐，桌上都多放一个碗，一双筷子，好像有个人陪着她吃饭。我想，这个隐身人就是乙，她到死只爱一个人。

这是一个凄美的爱情故事。人的一生往往不能自行作主，在风云激荡的年代，政治斗争左右着一个人的生活道路。

冠哥和我，都十分同情 E 的遭遇。但有谁能帮助她呢？

我曾想以 E 的故事为基础写一部小说，后来放弃了。一部虚构（虽然有它的原型）的小说，并不一定比这一千多字的纪实文字更感动人。

Mary

Mary 是我高中的同班同学。她的姓名与 Mary 很相似。当年男女同学之间，很少往来，稍稍亲近，就会被同学调侃甚至讥讽。但我们同窗三年，却时常见面谈话。因为我们是班里的墙报(那时叫壁报)的编辑, 从高一开始直到毕业。我们常常商量征稿、改稿、编辑、设计报头（动手画的是我，她往往提意见，提创意。文字是两个人分别抄写，她的字很娟秀）。大概两三个星期碰头一次，平时发现好文章，随时商量。有时，文章的作者也一起参加研究。文章不够了，我们又碰头商量临时写一篇补足。每个班都得出墙报，由老师们评比。我们办的墙报常常名列前茅。

Mary 端方清秀，说话细声细气。她十分聪颖，每门功课都得高分。国文课成绩特别好，文章也写得好。她读过很多文学作品，如巴金、冰心的作品，她读得比我多。女孩子一般不读《三国》《水浒》和《西游记》，她却对这些古典小说很熟悉。至于《红楼梦》，当年并不像现在那么出名，而且在我们那个年龄段，不大能理解，她也一样。“红学”的高潮，是在解放以后。除了与她一起编壁报，我与她几乎没有接触。同学三年，都是如此。用现在的话来说，我们只有业务上的交往。

当时流行一支歌叫《Mary Mary 我爱你》，她放学回家，常有一批男同学跟在她后面唱这支歌，Mary 稍稍变音，就成了她的名字。这中间或许有倾慕她的人，但大部分同学只是唱着玩儿。她在念初中时就碰见过这场面，次数多了，不稀罕了。大部分时间她都不理不睬，偶尔回头，微笑一下。

初中部一位年轻的教师看上了 Mary，想与她接触但没有机会。他把心事告诉徐希焘先生。希焘先生是个热心大好人，喜欢“成人之美”。他来问我知不知道 Mary 的住处（其实同学录上都有，他不过把我当作一个由头，而我又不谙世务，上了他善良的当）。我说知道，一个星期日上午他让我陪他去 Mary 家。

到了校门口，那年轻的老师也在，好像是无意中碰上的，希焘先生说我们要去看 Mary，你去吗？他欣然同意，三个人一起到了 Mary 家。

Mary 家只有两个人：寡母和她。这是个寒素的家庭，母亲是文盲，好像只揽些小作坊的活在家里制作，以维持这家庭和支持女儿读书。房子很小且旧，家具简单也都很旧，但打理得一尘不染。

Mary 对我们的来访稍稍有点诧异，但很礼貌地招待我们。她除了向两位老师问好，只跟我说了几句。确实，她与两位老师并没有什么共同的话题好谈。谈得最多的是希焘先生，他夸Mary 文章写得好，成绩好；又介绍这位年轻老师的情况：名牌大学毕业，大家子弟，家境富裕，同学们爱听他的课，爱好游泳，等等。我当时就觉得这并非希焘先生说话做人的风格，他本来是个很有绅士风度的人，不会讲这些“庸俗”的话。不过那时我还是个并不敏感的大孩子，这次拜访为了什么，莫名其妙。Mary 只是微笑地听着，没有说几句话。大概坐了 20 多分钟，就告辞出来了。

过几天我们一起商量编壁报的事，她忽然说了一句没头没脑的话：“你不该陪徐先生来的。”而且面上微微泛红，我才慢慢醒悟这是怎么回事。

1946 年我离家出走，到浙南游击根据地，再也不知道她的情况。直到 1948 年，从收集来的国统区的好几种报纸上同时看到了她的名字。

在报纸上的她是一起桃色事件的主角，报纸用了许多香艳的甚至有点下流的文字报道她的不幸。

Mary 中学毕业后，在温州一家木行当出纳。这个木行老板已有家室，不知用什么办法，无非是利诱威胁甚至用强力，使她怀孕，被老板娘发觉大闹一通。Mary 到医院堕胎，死在医院里。

报纸上用了“暗通情愫”“眉目传情”“满城风雨”“河东狮吼”“珠胎暗结”“香消玉殒”，甚至“艳尸”等不堪入目的文字来渲染暧昧色情的一面，取悦庸俗小市民，把一位女性血淋淋的悲剧变成一场闹剧。而对那个罪魁祸首的老板却只是一笔带过，连姓名也不提。

以 Mary 的学习成绩与勤奋，考上大学以至名牌大学都轻而易举，但她只能做事侍奉老母，才年纪轻轻就送了性命。她与我同年生，死时才 23 岁。

面对黑暗腐朽凶险的社会，陷阱处处，一个弱女子是防不胜防的。

解放之初，事情很多，等到工作走上正轨，我立即去打听 Mary 的事，原来使 Mary 堕胎的那个家伙，在 1949 年 2 月已被判 8 个月的徒刑，一条人命，竟只有这样的结局。大概在 1952 或 1953 年，这个老板又犯案，而且是重犯，送到青海湖农场劳改去了。详细的案情，我已经忘记了，依稀记得与几条人命有关。

我得知这消息时，说了一句“阿弥陀佛，恶人自有恶报。老天开眼了”。坐在我旁边的同事以奇怪的眼光看着我。他当然不知道我脑子里闪过的是老同学端庄文静的面孔。

故乡一位小老板曾对我说过：“大丈夫不可一日无权，小丈夫不可一日无钱。”话虽粗俗，却是他对人生感悟的概括。有权与有钱不一定成丈夫，但钱却能制造许多罪恶，无钱必然只是弱势群体中的一员。

晋王夷甫未尝口言钱字，称之为“阿堵物”，恐不仅仅“雅尚玄远”而已。

邢玲玲大夫

她早早起床，天还黑着。

第一件事，是捅开煤球炉，加入新煤球，准备为一家三口准备早餐，而且附带准备狗食。接着，挽着菜篮子准备一天的副食品。买菜回来，叫醒孩子，为他穿衣刷牙洗脸，有时还得催睡懒觉的丈夫起床。

一家三口吃完早餐，匆匆忙忙洗净盘碗，擦净桌子，扫了地。（这时候如果看见她，那是蓬头散发，几乎认不出来）然后略加梳洗换了衣服，送孩子上幼儿园，再去上班。

孩子上小学了，当时学校不准备午餐，她得赶回家，为孩子喂饭，又送他上学校。接着她匆匆赶往医院。下午下班回家，又是捅开煤球炉做饭，然后洗净晾好一家三口的衣服（儿子小时加上为他洗澡）。假使煤球炉封得不好，她得重新生炉子。

丈夫是第一代 X 光医生，对这些家务事一窍不通，偶尔来帮忙，却越帮越忙。这样一折腾，已经是晚上七八点钟了，她哄孩子睡下。然后坐在书桌前读最新出版的书和杂志（“否则，马上要落后，世界医学发展得太快了”），直到深夜。后来，洗衣机、冰箱、电饭煲、煤气出现了，她的时间节约了不少。

这位连轴转的家庭主妇，就是邢玲玲大夫。我背后称她是“钢筋铁骨”，而且参不透她是怎么样坚持下来的。

她是温州医院（现在的温州医科大学附属第一医院）的元老，内科主任（当年分科没有这样细，她的大内科包罗万象，后来分细了，她主管呼吸道内科），她先查病房，然后看门诊，要看的病人太多了，限号也不行，病人已经来了，能置之不理吗？她写张条子，病人拿去加一个号，她一样尽心诊治。这样的加号往往好几个。其他科室都下班了，她走不了，误了吃中饭的时间，是常有的事。

她的临床诊断的准确（在她全盛的时代，没有这么多仪器，主要手段是听诊器和 X 光）与快捷，是温州医学界所公认的，因此得了一个绰号叫邢大。这“大”字意为“大王”，有顶尖高手之意，当然，也是她年纪较大。这绰号尊敬的成分多，戏谑的成分少。

我在 1949 年就与她认识了，她比我小一岁。平时她太忙，我也不闲，见面的时间不多。我曾问过她，几十年都这样劳累忙碌，每天还吃两片安定才能入睡，一天能睡几个钟头？吃得消吗？

她只是笑笑:“习惯了，没有什么。”“十年浩劫”却意外地给了空闲的时间，我们有个不定期的约会，在高寅生夫妇家，我和老伴，她和丈夫，六个人清茶一杯，往往一谈一个半天，我的好几部长篇小说和短篇小说中的故事，大体上他们都听过，还专门为她说过《西游记》中的孙悟空替朱紫国王悬丝诊脉的故事。过往最密的时候，一个月大概二三次，再多时四五次，邢玲玲说话不多，但善于倾听，这样的聚会愉快又温馨。

60 岁那年，我在她的书桌上看见几本日文书，问道:“你还学日文。”她点点头。她在上海医学院念书，学的是英文。头发都白了大半了，硬挤时间学日文，自学到能看日文医学文献。她的一生仿佛不是过日子，而是在拼命，或者都在冲锋。已经是名医了，还学日文干什么呢？她也只是淡淡地一笑, 说“多学一点, 总是好的”。

有一次她病倒了，住进病房，我去看她，看来病情不轻。她的好几位同事正在劝她, 原来她给自己吃的药是最便宜的国产药，而同样的进口药的效果要好得多。其中一位女同事甚至有点生气了，大声说:“你怎么这样固执呢？”她却说:“已经好多了，不用换药了。”

她退休了，不少私人诊所和基层诊所上门游说，提出的条件优惠得不得了，有一位仁兄甚至说: 你只要挂个名，随便看几个病人，就是诊所的合伙人，收入分成。真的，只要她在那里一坐，财源滚滚而来，诊所的收入会直线上升。这时她丈夫已死，孩子虽有工作但不理想，一家的支出几乎全靠她的工资，她并不宽裕。

但她一概谢绝，而接受一医的返聘，看半天门诊。下午，绝不在家接待病人，只是好朋友例外。这段时间我们时常能见面说说话。医院给她的待遇，只是每天小汽车接送。

我问她："一医一个月给你多少？"她说："补足原工资。"这个数字，只是私人诊所坐堂医生一天收入的一个零头。

她的朋友包括我都劝她：不是一样看病吗？多收入一点有什么坏处？她摇摇头，坚持在一医门诊，直到 85 岁。她有自己做人的原则，坚持不动摇。

她是基督教徒，是否虔诚不得而知。但每周日必去教堂。平日绝不谈上帝，也从不劝人入教。我们交往半个多世纪，她只送我一本基督教的宣传小册子，讲的是宇宙的起源等现在科学无从解释的问题，结论是只有上帝才能创造这些奇迹。而且，她从来不问我看了这本小册子没有。不过我想，在上帝的眼里，她比那些每天不离"主啊""上帝"的信徒，更像白衣天使。

如果有人问我，我的友人中谁是我最敬佩和仰慕的人，那就是她。在精神层面上，她是巨人，近乎圣贤，我只是世俗中的浊物。

离开医院不久，她得了老年痴呆症，我们的交往被迫停止。我以为，如果让她继续看门诊，绝不会痴呆。这像一部一直开足马力飞驶的车，忽然刹车，所有机件都会受损。何况她除了"悬壶济世"，没有其他爱好。

或许，造物主怜悯她，给她长寿（今年她 90 岁），让她彻底休息，以弥补她一生的劳累与贡献。

王爱菊

我在 1949 年就认识王爱菊。这一年的 10 月召开温州市第一次人民代表会议，代表由各界推选，只有 127 人，爱菊是工人的代表。当时还没有人民代表大会的常设机构，一切会务由市政府秘书科办理。我是科长，与各方面代表都有接触，女代表很少，容易记住，我还知道她与我同岁，共产党员。

爱菊大概十六七岁就结婚了（这不奇怪，我的大姨子结婚时才 15 岁），生了一个儿子。19 岁时，丈夫到香港谋生，大概是当海员，从此没有回来，只是隔些时候寄点钱来，家庭生活主要靠她的工资维持。到我与她再次见面时，她已经“守活寡”18 年。

1962 年，我这摘帽右派被贬到丽田造纸厂当工人，大概“上头”打过招呼，没有让我干体力活，分配我到仓库，仓库管理员就是爱菊，我是她的助手。

我略略了解仓库的情况，发觉仓库的管理实在糟透了。举一个易于理解的例子，比如胶鞋，账上只有一项——数量若干双，其实仓库中的胶鞋有很多种。

最普通的元宝鞋、矮筒靴、中筒靴、高筒靴；还有电工鞋，也有中筒、高筒，耐电压程度也不相同。我还发现有些鞋还是穿过的，还有几双布面胶底的力士鞋。这些鞋的价格相差好几倍甚至十多倍，但在账面上全反映不出来。一查领货单，也只有数量，不分种类与规格。其他工具，零部件，整机，辅助材料，低值易耗品，等等，更是一笔糊涂账，直白地说，这仓库处在无政府状态，等于没有记录，更谈不上起码的“账实相符”了。

我虽未管过仓库，但在工厂和工业部门工作多年，对起码的工厂管理的知识还是具备的，反正是十几年前的熟人，我老老实实地对爱菊说：这样的管理制度要出大问题，非改进不可。你也负不起这几十万元的责任。她说：“他们交下来就是这样的。”丽田造纸厂是好几个手工造纸合作社凑拢来的，有的合作社连仓库管理员都是兼职的，根本没有账，这怪不得她。

听我一说，她马上领悟问题的严重性，就说：“我也不大懂，你说怎么办？”

我大略说了一下如何整顿的办法，并且说：我现在政治上受到歧视，可能被怀疑是在搞破坏，我们悄悄地搞，不让领导知道，行吗？她说："这事对工厂只有好处，为什么不搞。"她同意我的意见，两个人花了一个多月（或者两个月吧，记不清了），重新清点登记实物，另立账本。进货、领货的单据上也分门别类，仓库管理总算走上正轨。

后来我拉板车搬货受了伤，自己要求到化验室工作。这套仓库管理办法一直延续下来，没有出过毛病。爱菊曾对我说，还好我帮她建立了制度，否则，真的出了问题，她有口说不清，也赔不起。

大约在 1964 或 1965 年吧，总之在"文革"开始之前，有一天爱菊叫我到仓库里，关上门，而且上了闩。她让我远离门窗坐下，压低声音向我说一件事，要我替她出主意。

两天以前，工厂的总支书记叫她到办公室，办公室里坐着两位解放军军官。书记介绍她与他们见面，说：这两位同志是北京来的，找你有事。说完，他自己离开办公室。

一位军官把门窗都关上，对爱菊说，这次谈话关系到国家的最高机密，只有市委书记和这里的书记两个人知道。再三嘱咐她不能告诉别人。根据爱菊向我描述他们的领章形状，一位是少校，一位是少尉。与她说话的是少校。他们没有说出自己的工作单位。

谈话的内容很简单：动员她到香港去，与丈夫一起生活。为什么要她去呢？只说："国家需要。生活绝对有保障。"请她考虑好以后，过几天回他们的话。

爱菊极为惶惑，想不透这是怎么回事。"两天都睡不着，想来想去，只有你可以商量。”我请她把军官说的话一字不漏地重复一遍，说出了我的看法。大致归纳是以下几点：

第一，你的丈夫肯定是秘密的地下工作者。第二，北京某个机关要在香港设一个秘密联络点，你去了，一家人，不易引起怀疑。第三，你不单单去香港生活，而是这个联络点的工作人员，要承担一些工作任务，但这些任务你完全可以胜任，不过是接接电话，打个电话，送封信，注意周围的情况，不会有特别难的事让你做。第四，英国对香港实行殖民统治，还有国民党的特务活动，他们绝不容许共产党的联络点存在，所以你要经常提高警惕(我不敢说出“有危险”三个字)。第五，如果你同意去，估计会接你去北京，要学习一段时间，比如教你说广东话和香港生活要注意的事情，学得差不多了，才会送你过去。

我又说：上面的估计不会错，八九不离十吧。如果你的丈夫不是秘密工作者，为什么要这样秘密呢？

爱菊听着听着，面色都煞白了。她呆了一会儿，问道：“儿子可以带去吗？”

我说：“当然，这才像个家嘛。不过，孩子已经懂事了，恐怕一段时间还要瞒着他。”

她又自言自语地说：“我去不去呢？”

我说：“这事是大好事。如果我碰上这样的事，求之不得呢，不过……（我真不忍心说出下面的话，但又不得不说）你以后过的是双重身份的生活，表面上是个老百姓，事实上是地下工作者。

北京的机关对你的情况一定经过仔细的调查研究，认为你有条件承担这一工作，你又可以一家团圆。至于去不去呢？别人不可能替你作这样重大的决定，你要自己想清楚。”

我又说：“你来找我，已经触犯了地下工作的纪律了，那军官不是嘱咐你不能告诉任何人吗！你不能再找别人了，也不能再找我谈这事了，这是因为……知道的人多了，对你的丈夫会有危险（这话我不得不说）。我绝对不会说出去的。”

爱菊都听傻了，又一次面色煞白。

爱菊并没有去香港，为什么不去，同样是个秘密，我从不问她。1975 年她退休了，丈夫几年后从香港回来，他们总算过上正常的家庭生活。

她的丈夫到底为国家做了什么贡献，无法知晓。默默无闻，是所有在敌区地下工作者的宿命。

这事除了曾告诉老伴（可见保密是十分难的事），到今天才公开披露。爱菊夫妇都已逝世。我祝这位善良的女同志和她的丈夫在天国里平安。

轶史随录

社会的发展是丰富的与多层次的，不仅有影响历史进程的大事，也有常被忽略的小事；不仅有大人物的政治生涯，也有平头百姓的喜怒哀乐。不同角度、不同强弱的光影的汇合与折射，才是立体的有深度的实像。

星星之火

1924年冬，谢文锦来温发展党员，建立温州地区第一个中共组织——温州独立支部。中央档案馆现存1925年上半年《上海地委组织部地方同志名册》，其中温独支的情况如下：

姓名	性别	职业	正式或候补
胡识因	女	教员	正式
郑恻尘	男	经商	候补
林平海	男	学生	候补
庄琴秋	女	教员	候补
胡惠民	男	教员	候补

5 人之中只有支部书记胡识因是正式党员，其实，她也入党不久。到了 1926 年 10 月 5 日《沪区外埠各支部及党员统计表》中，温独支成员共 14 人（其中女性 2 人），有两个支部。这 14 个人就是常说的“早期共产党员”。

1925 年 1 月，谢文锦向 SY（社会主义青年团）中央报告：“我今介绍下列 8 人加入 SY，请予批准。”他们是戴宝椿、何志泽、金贯真、陈济民、金弘谛、李德昭、金守中和谢雪轩，最小的 21 岁，最大的 24 岁。他们是温州第一批 SY 成员。SY 后改称为 CY，即共产主义青年团。

温独支最早直属在上海的中共中央，后来归上海地委（后改区委）领导。通讯都用代号，温独支的代号是蕴枝，文件中有时称本校，我校，又称大学。上海地委为胡棣蔚，区委为枢蔚或富、朱绅；SY 中央称曾延，温州 SY 支部为文竹枝、竹枝、又称中学，团员叫中学同学。国民党组织称民校。这些代号大都是谐音，其实是很容易识破的，不过当时还是国共合作，保密措施并不严密。许多成员不止一个名字，如胡识因又叫何世音，庄琴秋叫庄竞秋，这使后人研究历史时发生很大困难，甚至找不到这人到底是谁，但在当时，都是必要的保护自己的措施。

1927 年 4 月 19 日，南京国民政府发布“秘字第一号通缉共产党首要令”“着国民革命军总司令、各军长官、各省政府通令所属一体严缉，务获归案重办”。命令中列 197 人的名单，其中有陈独秀、毛泽东、林伯渠、吴玉章、董必武、刘少奇、刘伯承、周恩来邓颖超夫妇、瞿秋白杨之华夫妇等，后来成为大右派的章伯钧也列名其中。通缉令中温州籍的 12 人，却没有谢文锦，温独支 5 个最早的党员除胡惠民外，均在通缉之列。他们都是“要犯”。

上文表格中人及谢文锦，是在温州地区的第一批播火者，他们的大体情况如下：

谢文锦（1894-1927）永嘉楠溪潘坑人，1921 年到苏联东方劳动大学学习，与刘少奇、任弼时同期。次年入党。1924 年来温时的身份是上海地委委员兼组织部主任，1926 年任南京地委书记。1927 年 4 月 11 日被国民党逮捕，惨遭杀害，遗体被装入麻袋弃于秦淮河，年仅 33 岁。

胡识因（1893-1974）永嘉五尺人，1911 年与郑恻尘结婚。1920 年在温州侯衙巷创办新民小学，任校长。这小学就是后来温独支的成立地址。1926 年任国民党浙江省党部妇女部部长。1927 年“4·12”事变后，去莫斯科中山大学学习，1929 年秋回国，1932 年与党失去联系。解放后为温州市首届政协委员。她享高寿，逝世时 82 岁。

郑恻尘（1888-1927）永嘉表山人，他是当时著名的实业家，办过肥皂厂和花席厂，1926 年任国民党浙江省党部执行委员兼商民部部长，1927 年 4 月 11 日被捕，同年 7 月 29 日被秘密杀害，年仅 39 岁。

林平海（1905-1928）永嘉昆阳人，曾任《温州大公报》编辑主任，1926 年在黄埔军校政治部工作，后随北伐军在《前线日报》工作。他是 1928 年 6 月永瑞平三县武装联合大暴动的领导人之一，在攻打平阳失败后被捕，1928 年 7 月 1 日就义，年仅 24 岁。

庄琴秋（1887-1979），1926 年与金维映一起创建中共定海独立支部。1927 年初为国民党永嘉县党部妇女部部长，“4 · 12”事变后避居福建、上海，与党失去联系。解放后为温州市人大代表。她是早期党员中最高寿者，终年 93 岁。

胡惠民，只知道是永嘉人，教员。此外，查不到一点材料。比较合理的推测是：入党不久病逝，当年平均寿命很短，这是可能的；虽入党但长期生病，事实上不可能活动；活动能力不强或不积极，亦未担任重要工作，因此消沉，事实上退出了革命队伍；或者失踪，即死于非命，原因就不可知了。他不可能是烈士或叛徒，否则同时代人必有记忆。如果不是早逝，那么实际上只是个挂名的党员。历史研究中存疑不可解的疑案很多，有的可能永远找不到答案，这位最早入党的共产党员，留给后人的只是一个姓名。

他们，就是在温州点起第一把共产主义之火的播火者，是永远值得纪念的。

黄尚英

黄尚英是我国第一个牺牲的红色报务员。

黄尚英，乐清县柳市区高园地方人，父母早亡，由二伯父黄式苏先生抚养成人。他在温州浙江省第十中学（即后来的温州中学）读书时，接触了温独支党员蔡雄，倾向共产主义。1927 年温独支被破坏，黄尚英还在念书，恐被牵连，即逃离温州，到了上海，住在日晖里，在八仙桥耶稣教青年会学习无线电发报技术。家里人只知道他思想左倾，但到底在干什么，一无所知。

1930 年 5 月，黄式苏先生在杭州温州同乡会工作，拿微薄的工资。忽然得悉黄尚英积劳成疾，式苏先生就到了杭州，多方设法，使尚英住入杭州医院。但尚英肺结核病已入晚期，同年 8 月逝世，年仅 20 岁。尚英遵守秘密工作纪律，对自己的情况守口如瓶。即使是抚养他成人，临终前数月厮守在病榻前的黄式苏，对他的工作和他的政治身份，也一无所知。

尚英殁后，式苏先生借了钱，才得扶灵柩回乐清，葬于祖茔之旁。

这样一直过了50年，黄尚英到底是什么人，成了一个谜。一直到上世纪八十年代，高园黄家有人见到《人民邮电》上登了黄尚英的革命事迹，才如梦初醒，连忙写信向《人民邮电》编辑询问，1981年夏天，接到邮电部电史编辑室以及当年和黄尚英一起工作，时任湖南社会科学研究所顾问的张沈川的信，才对号入座搞清楚已死多年的亲属就是《人民邮电》上所说的黄尚英烈士。

1928年下半年，中共中央组织部长伍豪（即周恩来）决定调张沈川学习无线电通讯技术。第二年夏，规定以单线联系的办法培训无线电技术人员。第一个接受培训的即黄尚英，接着王子纲（曾任邮电部长）、曾三（曾任中共中央办公厅副主任、中央档案馆馆长）等也学会了这一技术，他们是中共最早一批无线电技术人员。领导这些人的是中央特科，当年的领导人是李强（曾任外贸部部长）和顾顺章。顾顺章在历史上留下姓名，因为是叛徒，他向国民党泄露中共中央机关在上海的情报，被潜伏在国民党中央机关的中共党员钱壮飞发现，火速报告周恩来，才使中共中央避免了覆没的危险。如当年没有钱壮飞，中国的近代史可能要改写。钱壮飞是革命的功臣，连带顾顺章也出了名。

1929年下半年，中共中央在上海英租界极司斐尔路福康里

9号建立了上海第一个无线电台。这电台包装成一个富裕的家庭，黄尚英是家里的大少爷。

同年11月，黄尚英随李强去香港，在九龙弥敦道建立秘密的南方局电台。1930年初，上海电台的张沈川和香港台黄尚英通报成功。从此，上海党中央和江西苏区的电报，都由香港转达。黄尚英在这条关系到中国命运的红色空中交通线上工作到5月，终因肺病加剧，被迫回上海转杭州，才停止了工作。

黄式苏先生的世兄，即尚英的叔伯兄弟黄素毅当年作诗悼亡云：

亡命南天乍归来，
不料雄才被鬼猜。
三月西湖悭一面，
遗书和泪不胜哀。

从这诗中猜度，黄素毅知道这兄弟在香港工作，而且知道他是个“危险人物”，否则不会用“亡命南天”字样，但对他的具体情况，“遗书”中恐怕也没有透露。

黄式苏先生有《慎江草堂诗》传世，但无一字提及尚英。当年，一个20岁的青年死于肺病，是很平常的事。在历史长河中，连一个浪花也算不上。只是中央档案馆保存那一时期党中央与江西苏区的来往电报，默默地记录着黄尚英的辛劳。

希焘先生

希焘先生姓徐，是父亲小学、中学时代的同学，又是多年教书的同事。他们的友谊持续一生，从未红过脸。父亲在任何场合都称他“希焘”，而他有时唤父亲为“国驹”，这是官名，只有极少数几位总角之交才这样称呼。在众人之前，他叫父亲为“达公”（父亲号公达），戏谑中显得亲昵。希焘先生开朗率真，讲究生活情趣，在同辈中最具有西洋绅士风度。他在大学里修的是英语专业，一辈子大部分时间在中学当英语教师。

当年，除了在上海、南京等大城市，穿西装的人很少，他却有好几套西装（非西装便装）三件套——同一质地同一颜色的上衣、裤子和马甲，打黑色领带，而且只用这一种颜色，也就是最正统最庄重的领带。左侧胸口口袋露出雪白的手帕一角。黑色皮鞋擦得锃亮，裤子熨得笔直。头发一丝不乱，大概涂了些发胶之类的东西，“苍蝇也要打趔趄”。每次出门，都像是去赴宴或者参加晚会。加上他白皙英俊的脸庞，坐在椅子上直挺挺地不靠椅背，十足绅士风度。

希焘先生的衣裳质量都很讲究，夏天是细夏布（苎麻布）长衫，或者杭纺长衫，也就是杭州产的纺绸衫子；春秋两季是直贡呢或薄呢长衫；冬天是呢面子羊羔皮袍，外面罩阴丹士林灰的单衫。就是居家也是纺绸或府绸衫裤。总之，都是衣冠楚楚，一尘不染。他夫人、沈家大小姐，也是注意外表。我的姨母曾说她：“在家里也穿得像做客似的。”

他呼我的母亲为“三嫂”。母亲捧出茶来，他一定站起，略略弯腰，双手接过茶盏，一面说“谢谢”或者“生受”，没有一次例外。我家的阿嬷送茶，他也点头表示谢意，而且双手接过。后来我的老伴送茶，他也是双手来接。

但他又很超前，很时髦。父亲这一辈人中，很少有人游泳。而希焘先生常常游泳，而且只穿三角裤，几乎全裸。当年，乐清县城最理想的天然游泳池是观瀑亭边的深潭，我和小伙伴们也都在那里玩。

希焘先生没有架子，在游泳时与我们闹成一团。我的小伙伴们，其中有李方华、方开兄弟，常用手帕包一块麦芽糖，凌空丢到潭中心，我们站在周围岩石上，一齐鱼跃入水，抢这块糖。有时，一人先将糖藏在潭底的鹅卵石下面，一声令下，我们一齐潜水在潭底搜索。那时，水体绝无污染，清澈见底，鹅卵石色彩斑斓，游鱼悠然与我们共处。

现在，难以见到这样的纯净的水了。小伙伴在藏麦芽糖时，有意露出手帕一角。否则，在这如恒河沙数的石块下，谁也无法找到。希焘先生忘掉了年龄和辈分上的差别，兴高采烈地和我们一起潜水抢糖。他找到了，同样丢进口中大嚼，一面大笑。他拥有一颗真率的童心，在老辈人中很罕见。

我和堂兄阿骏曾在暑假到希焘先生家里补习英文。他当然尽义务，不收一分钱，也不收礼。而且，我们每次去，师母都给我们沏茶。希焘先生的书房很雅致，一式旧式红木书橱，但里面放的大多是英文书。我和阿骏英文课的成绩都名列前茅，是希焘先生教导有方。他的指点，使我们开了窍。

希焘先生平时很正经，但与他的老朋友在一起，也说些无伤大雅的笑话。

国民党中央的机关报《中央日报》社的社长马星野是希焘先生的同学。《中央日报》是个大产业，手中有许多宝贵的资源，比如，当年白报纸靠进口，是第一等紧缺的物资。地方报纸想得到白报纸的配额，得走无数门路。而《中央日报》的白报纸用不完。马星野是 1945 年 11 月上任的，大约不久，就想到忠厚可靠的老同学，盛情邀请他到南京，成为报社的总务处长，当上了报社的管家。

希焘先生在《中央日报》时间不很长，就辞职回温仍旧当他的英文教师。在全国第一大报管总务，是一等一的肥缺，他为什么不愿意干呢？从他的零零星星的叙述中听出，大概有以下的原因：

第一，他不懂政治，对政治毫无兴趣，尤其讨厌政客。他跟我说过，“报社里的人全是国民党员，只有我不是。”他对报纸编辑业务一无所知，对马星野如何与国民党高层来往更不知晓，他只管他的总务，不问其他。这样的人不适合在政治气氛极浓的地方生存。

其次，是他清高，对旧官场中那种庸俗的应酬十分厌恶。正因为他不懂政治，所以对在《中央日报》中的那段“反动历史”从不隐瞒。他的同事都知道他在南京的情况，包括对马星野的正面评价，这就吃了大亏了。

这以后，看出他有了变化。最引起我的注意的是他的头发，一头秀发渐渐失去了光泽，稀稀疏疏，不大整齐，与他注重仪表的习惯刚好相反；爽朗地仰天大笑的姿态也消失了，反而常常苦笑；眼神也有些混浊，目光渐渐呆滞。1952 年思想改造运动，教师轮流学习，希焘先生和我的父亲都去杭州学习了一段时间。回来以后，他更沉默寡言，腰板也不挺拔了，人好像矮了许多。其实，他还不到 50 岁。而且，凡是有点风吹草动，就找到我，惴惴不安地问道：“这事与我没有关系吧？”1958 年我被划为右派以后，他仍旧悄悄地来找我，探问政治行情。他由完全不懂政治变成害怕政治。“我本无心问政治。谁知政治逼人来。”他成了“运动员”,听到“运动”两字都害怕。不过,历次运动过去,他却没有被戴过什么帽子。这与他的坦率与诚实有关。他如一块水晶，内外透明，而且确实没有什么辫子可抓。至于南京《中央日报》的事情，大家都知道，反而不成问题了。这算不幸中的大幸。

希焘先生于 1988 年 11 月病逝，80 岁。他的一生，一半生活在新中国，但过得战战兢兢，这真是憾事。他本该过得很愉快，笑口常开的。

希焘先生逝世，马星野在台湾，写了一篇五言古风悼念他的老友。如下：

不幸消息来，希焘竟早死。同学四年中，我们如兄弟。
希焘重信义，名利薄如纸。南京共事时，是我左右臂。
愿早到西方，极乐世界里。我已八十多，每病久不起。
至今忽永别，我悲泣垂涕。尚望兄和嫂，节哀重身体。
萼卿大嫂贤，未行见面礼。怅望永嘉城，遥遥如隔世。
哀哀希焘兄，幽魂在何处。吁嗟怀籀亭，何由见到你。
更谢伯父母，致我哀悼意。人生原是梦，梦醒如蝼蚁。
可贵是友情，四海存知己。遥望雁荡山，忆我旅行迹。
孤屿江心寺，犹在我眼底。黄泉相见时，还是好兄弟。

这里要注释的是“怀籀亭”，这是浙江省立十中(即现在温州中学前身)校园中的一个亭子。诗很平实，“名利薄如纸”的评价，很是确切。只是其中“人生原是梦，梦醒如蝼蚁”似乎是他自己的心情吐露，很值得玩味。

胡雪冈轶事

《胡雪冈集》作为温州学人文选之一出版了，我很为他高兴。对他来说，出书不是什么新鲜事，他出过十多本书。不过，文集不同，这是学术界对他的学术成果在总体层次上的承认和肯定。做学问的人多矣，即使专家学者，又有几个能出文集的呢？这集子只是他的全部文字的五分之四，并非全集。

他每次出书，必送我一本，我大部分看不懂。比如关于永嘉学派和美学的文章，我啃得很吃力，还是不大了然，有几篇简直如读天书。我能顺顺当当从头到尾读完的，只是有限的几篇。所以，关于他的学问与这文集本身，我不能置一词。但是，多年老朋友，总得有所表示，那么，就说一件往事吧。

这件事，当年我一点儿都不知道，直到52年之后，他才告诉我的。事情的经过是这样：

1957年，共产党开展整风运动，号召各界人士提意见。全国所有报纸连篇累牍登载整风会议上的发言。温州也开了很多座谈会，请各界人士参加，帮助共产党整风。焕光（“雪冈”是笔名）当时是浙江省文联温州联络组组长，参加文艺界的一个座谈会。座谈会上的意见，要综合整理在全市文艺界大会上汇报，焕光被推为记录，而且就由他整理，准备在大会上发言。

这个大会的会场设在墨池坊市人民政府的小礼堂。会议上发言的次序事先已排好，焕光排在第一个。会议还没有开始，他早早地来了。

他经过市委工业交通部办公室，看见我站在门口，就到我的办公室里坐坐，说说闲话。小礼堂里的会议已经开始了，他还在我这里坐着呢。焕光平时对参加会议之类的事不积极，这一次并非存心迟到回避，只是有点满不在乎。当我们发觉会议已经开始、他慌慌张张进入会场时，已经是第三位或者第四位在发言了。第一号发言人未到场，主持人就让第二号先讲，然后按顺序上台。他被挤到最末一个发言。他这个第一顺序的发言人还轮不到上台，会议就结束了，他也瘟头瘟脑地回家了。

当时，我们——几乎所有的人，都不曾想到这整风运动是一个“引蛇出洞”的“阳谋”。当天在小礼堂上台发言的人，几乎全部被打成右派分子，也没有因为汇报的是别人的话而幸免。

焕光却因为没有把掖在口袋里的“右派言论”公之于众，逃过了 20 多年的劫难。他说，如果他那一天上台讲话，绝对逃不掉。他说，幸亏一早碰上了我，留他坐坐，甚至说是我救了他。天助自助者，他不慌不忙的性格救了他自己。我疑心让他第一个发言，是“请君入瓮”的预谋，没有上当，偶然而已。

以上云云，与祝贺《胡雪冈集》出版风马牛不相及，而且有借题发挥之嫌。焕光逃过了这劫数，赢得 20 年相对平安的埋头读书做学问的时间，养精蓄锐，才有以后喷薄而出的锦绣文章。我的这篇小文，还不算离题万里。

王小二饭店

前几年到老游击根据地李山，这里是离县城最远的自然村。没有工业，没有商店，没有宾馆，没有饭店。陪我去的是村支书的姐姐，就在这书记家蹭饭。

这是名副其实的家常菜:刚刚挖来的嫩笋，屋后园里的青菜，自家缸里捞出的雪里蕻，家鸡下的蛋，自家田里油菜籽榨的油;各种干菜:刀豆，豇豆，四季豆，笋干外加自家养的猪腌的咸肉。自种的稻谷在石臼里捣出的白米。只有盐和酱油是买来的。我吃得津津有味，比平时多吃了半碗饭。

这样的菜饭，不但城里吃不到，以家常菜相标榜、遍地开花的“农家乐”，说得好听些是仿品，说得难听些，就是冒牌货。

没有溪涧的地方有溪鱼干；离大海几十几百里的蝤蠓、江蟹都上桌。饭厅瓷砖铺地，吊灯沙发，哪还有农家风味？

七八十年前，温州城区却有一家正宗的只卖家常菜的饭店，名副其实，只卖饭，不卖酒，店名大书“王小二饭店”。坐落在鼓楼附近的小街上。三间店面，店堂里摆着八仙桌和长板凳，全是木头本色，不上漆。

没有水牌，这东西间或在古装电视剧、电影里可以看到。一块白漆长方木板，挂在墙上，写上菜名。现在是印刷精致的菜单。

偌大一个店堂，只有一位店小二。直襟布衫，青鞋白袜，系着饭单（现在叫围裙），左肩搭着细布抹布，清清爽爽，满面春风迎接顾客。

我跟父亲进入店里，拣位置坐下，他立刻过来，甩开抹布揩桌面。其实这桌面纤尘不染，干干净净，他这一举动，不过是一种程式或仪式。

他微微弯腰，口称“客官”，要什么菜？随口报出一大串菜名，吐字清楚，口齿伶俐。当年如意大利（抗战爆发后改名华大利），新味雅，已无店小二之名，改称堂倌、走堂，后称服务员。对客人称先生、太太、小姐、少爷。只在这里古风犹存，称顾客为客官。我们仿佛走进《水浒》里宋江、戴宗喝酒的浔阳楼。

父亲要了虾虮肉、豆腐生、海蜇皮、白鲐生，外加一个紫菜蛋花汤。菜很快端上桌，豆腐是嫩豆腐，不加浇头。

这虾虮炖肉一菜三用，海蜇皮蘸着它吃，肉卤浇一些在豆腐上。

父亲知道我胃口好，吩咐道："三碗饭，先来两碗。"饭煮得好是看家本领，这里是粳米饭，喷鼻香，松软又有嚼头，口感恰到好处。

所用的餐具是纯白蓝花粗瓷，只比家用的小一号。筷子是不上漆的竹筷。

送上饭菜，店小二就远远退到旁边，店里没有一点声息。

我吃完第一碗饭的最后一口，店小二将一碗热腾腾的饭放在我面前，顺手拿走空碗。同样一声不响。

我悄悄地问父亲，这样多桌子，只有我们两个人，这饭店开得下去？

父亲叹了一口气，说："这里的家常菜利资薄，现在社会上讲排场，比阔气，有钱人不肯到这样寒酸的地方请客。这饭店能维持多久，很难说……"

我常常想起这名叫"王小二饭店"的朴素的风格，想到这白白净净的小二哥。

1949 年解放之后，我曾约四川人刘国去找过这饭店，想让他见识一下民间风味。但房屋依旧，"王小二饭店"的招牌不见踪影，向左邻右舍打听，竟没有人知道这里曾有过饭店。不过几十年，它已消失在历史的尘埃里。

墨池坊掌故

一、市府三迁

1949 年 7 月，刚成立不久的浙江省人民政府决定温州为省直辖市，建立市人民政府。

这一年的 5 月 7 日，中国人民解放军浙南游击纵队从起义的二〇〇师师长叶芳手里接管这个城市时，国民党永嘉县政府的房子，由中共永嘉县委和县人民政府接收，原温州专员公署的房子，由浙南地委和行政公署接收。他们都有相对应的官署，而蒋介石却没有为这新建的市政府准备房子。第一任市长胡景瑊就自嘲地说:“我……我们是上……上无片瓦，下……下无立锥之地。”

他有时口吃，这句话确是这样“期期”而言的。

合适的公房并不多，银行、法院、师管区、警察局、税务局等都已有主了。于是勉勉强强选中第一桥国民党时代的合作金库。这房子坐南朝北，三间两层，一个不大的天井，大门两旁有几间平房。正副市长在楼上办公、住宿，楼下只挤得下秘书、行政和人事三个科，连警卫员、传达员在内总共有 26 人。大部分人租用附近的民房作宿舍，三三五五，住得很分散、很不方便也不安全。普华电灯公司的军代表杨前坤，一个人住在附近的民房里，一不小心，白朗宁手枪不翼而飞，下落不明。其余各局科分散在市区的东南西北中，当然也不方便。

1949 年 8 月 26 日，市人民政府就在这合作金库正式成立，开始了市政府的“第一桥时期”。第一桥是条小巷，这房子挤在一堆木结构民房里，如果不是门口有个解放军战士站岗，看不出是个衙门。

市政府急需一处稍具规模的官廨。四处寻找，看中了墨池坊臀（巷尽处）的“金台衙门”。当然，衙门早没有了，不过是杂草丛生、瓦砾遍布、几处颓垣、仅见基础的一块空地。只是地皮很大，可以想起昔年恢宏的规模来。“金”字似有误，好像应是“镇”字。这地方大概是镇抚司或镇守使的官廨，也许是总兵的衙门吧。总兵统率一万官兵，称为一镇，可以称他为“镇台”吧。

于是，就着手在这衙门的遗址上建筑市政府的第一幢办公楼。何时动工，何时落成，没有档案可查，也没有举行过奠基典礼之类的仪式，幸而我存有这楼房的照片，背面写着：

“1951 年 10 月，市政府办公室移入新造洋房，郁宗鉴拍了此照。10 月 26 日。”

二寸照片，我靠在楼上的栏杆上，只是太小了，头如小米粒，看不真切。

市政府在第一桥待了两年零两个月，总算有了自己的“洋房”了。其实这房子毫不洋气，倒是土气十足。两层砖木结构，八间房间一字排开，只有走廊，没有阳台，状如兵营。外墙土朱勾缝，远看紫红色，曾被称为“红楼”。后来加了一层成三层，现在是市委统战部和鹿城区妇联的办公处。

这以后，陆续在“衙门”里造房子，同时征用周围的民房。市政府的下属单位，慢慢地集中在这里办公了。现在的市文联的房子，是当年第一批征用的民房，机关印刷厂原为布业公所，也是第一批征用的。

这阶段可以称为市政府的“墨池坊时期”。市政府在这里待了三十年零两个月，到 1981 年 12 月地市合并，才搬到广场路，而开始“广场路时期”。这地方本来就是衙门，门面威风多了。崭新的市府大楼已在兴建，不久将有个“市府路时期”。房子越搬越高大，办公设备越来越先进，这也是一种进步。不过，衙门越威严，老百姓越发敬而远之，这真是无可奈何的事。

二、墨池种种

镇台衙门旧址的东面有个很深的池塘，池塘边垂柳数株，池水几与岸平，它的北面有一个诗人祠堂。前几年报载有人发现诗人祠堂的碑，却说不清这祠堂在何处。其实这祠堂上世纪五十年代还在，三间青瓦木结构平房，简陋之至，其中空无一物。

我偶尔也去看看新建楼房的进展情况，一天，在楼房工地前面 20 米左右处，看见一个浅浅的用石灰砌的池，仿佛旧时庭院种荷花的花斛。这池深一尺左右，陷入地下，大小如两个浴盆，池内壅满污泥和落叶。工人已经将它撬起，断为两截，倒在坑边上，露出石灰层下的青砖来。

我问道:“这是什么？”

“他们说这就是墨池。”一个工人答。

“他们”是谁呢？我没有追究，大概是来看热闹的附近居民吧。

这事我一直没有放在心上。有没有向负责建房的副市长任一人汇报过呢？也忘了。即使汇报，他也一定漠然置之的。当年我们脑子里还没有保护文物的概念。另外，有没有其他人注意到这就是“墨池”呢？也不得而知。

不过，这池子倒真可以洗笔砚的，只要蹲下身子，伸手可及水面（如果注满水的话）。只是这样一池死水，不用多久，都成了墨汁，王羲之只要蘸着池水，就可以写字了。

镇台衙门西面紧靠围墙有一口水井，水面离地面好几米。这井口径特别大，方形。西南角上突出一块，伸出围墙之外，砌了一个半圆形的石井栏。附近居民不必进入围墙即可汲水。想来当年镇台大人坐镇时，门禁森严，向墙外开个口子，是一种便民之举。井壁上嵌着一方花岗岩匾额，阴文篆书“刘公池”，这刘公是谁呢？最大的可能是一位镇台，他挖井而又便民，值得后人纪念。我在墨池坊办公的六七年中，这刘公池没有变化，匾额也一直嵌着，不时看见附近居民在此汲水。用上自来水，水井失去了作用，是后来的事。

镇台衙门旧址中三处水池（井），何者是传说中的墨池呢？现在这“刘公池”成了“墨池”了，砌上很讲究的井栏，旁边树了好几个石碑，曰:“墨池”。有碑为证，铁案如山了。而刘公池匾却不知去向，如何向那位“刘公”交代呢？不得而知，而他的事迹也跟着被湮没了。

我以为，把“刘公池”改称为“墨池”，肯定错了。理由之一是，这刘公池其实是个水井，水面离地甚远，如果要洗笔砚，除非坐在吊篮里，悬在水面上才行，可谁会如此冒险犯难去洗笔砚？不是“墨池”是显然的。说句笑话，如果这里果真是墨池，那么附近居民都是文化人了——个个一肚皮墨水。理由之二，我所看见那个石灰砌的池子和东边的水池至少比把水井当洗笔砚的墨池，要合情合理些吧。

上面这段话真是煞风景之至。不过，说得天花乱坠的往往掺了很多水分，煞风景倒胃口的逆耳之言，反而是真理，古今中外，例子数不胜数。

说起古迹的真假，温州还有两处古迹值得一谈。

一处是郭公山，郭公即郭璞，晋朝人。当年《温州词典》的“人物篇”中不收郭璞，我注意到了。曾经向词典的副主编郁宗鉴请教，他说，据考证，郭璞没有到过温州，把郭公山说成纪念郭璞，并无根据。而后来出版的《温州市志》里，却收有郭璞条。根据是明万历年间的《温州府志》的记载：郭璞“尝客瓯，为卜郡城”，并登西郭山，“见九山错列，犹如北斗星”，于是建议城墙将九座山围在里面，云云。按府志的说法，郭璞乃是温州城的设计师。规划设计一个城市，在个人的经历中是一件大事，他的传记里该有记载。于是我又去查《晋书》中的郭璞传，仔仔细细，从头到尾，却查不到郭璞到过温州的记载，更不用说他设计温州城的事迹了。《温州词典》不收郭璞，是有道理的。

另一处是白马殿。大约五六年前，有人要我为这殿撰一副楹联，我才去查了一下，得知这殿正式的名字是英济庙，相传昭明太子曾骑白马在此救济饥民，故又叫白马殿。

昭明太子是南朝梁武帝的太子，名叫萧统，他只活了31岁，却主编了我国最早诗文总集《昭明文选》，因而在历史上留下了姓名。梁朝都建邺，就是现在的南京市，如果真的太子曾南下拯饥，扈驾葆羽，随从如云，浩浩荡荡，跋涉数千里，大事一件，史书上必有记载，但翻查《南史》卷五十三、《梁书》卷八中的萧统传，好像他一直在都城待着，不可能在温州留下踪迹。

其实，在清朝已经有人怀疑了。福建人梁章钜在《楹联三话》中说：白马殿一副对联的跋中，提到昭明太子骑白马拯饥的事，但“郡志未载其事，前史亦无可徵证，昭明何以来温拯饥，事属茫昧”。这位梁老先生是个“温州通”，他的话可信。

现在，白马殿周围房屋全都夷为平地，数幢高楼拔地而起，而白马殿却保存下来了。据说这里将发展为上海城隍庙似的市场，在红尘中占一席之地。

再回过头来说墨池。墨池的创始者是后汉的草圣张芝。《后汉书》载：张芝，字伯英，陕州人，少好书，临池学书，所居池水尽黑，故称“墨池”。以后称写字为“临池”，就是张芝的典故。后来的文人学士像诸葛亮、钟繇、王羲之、陶渊明、谢灵运、殷文圭、张旭、米元章、苏轼、曾巩、李公麟等，或者在家乡，或者在任职地，都留下了墨池遗迹。还可以加上王冕，他的一首七绝说：“我家洗砚池头树，朵朵花开淡墨痕……”这是诸暨的墨池。当然，有的实有其事，有的是后人附会，上面所列，好几位并非书法家。这些人中，又数王羲之的墨池名气大，数量也多。他曾任江西临川内史，于是在临川的学宫里有他的墨池；他曾待在绍兴府，于是山阴的兰亭、戒珠寺有他的墨池；嵊县的金庭观内有他的墨池，附近天台县的华顶峰、白岩寺有他的墨池。苏东坡在游记里说：蕲水城外清泉寺旁“有王逸少洗笔泉”。这是在湖北浠水县。王羲之曾任温州太守，温州自然也少不了他的墨池。

《浙江通志》摘录的叶式《墨池记》载:“右军刺温，多惠政。政暇，辄复临池以适其情。后人因祠于郡城东南而尸祝之。祠之东为墨池，其制方，其水洌，或云即逸少涤砚所……”那么，得首先考证王羲之的祠堂位置，才能找出墨池，现在的墨池在旧城之北而非“郡城东南”,“或云”也是不确定之辞,有存疑的余地;还得查考刘公池是怎么回事。事情就颇费周折了。

再说几句题外的话，王羲之，还有谢灵运，都是足以提高温州文化知名度的历史名人，但可惜两位都不是温州人，在温的时间也不长。土生土长的温州人最值得纪念的,是叶适叶水心先生。水心村何处是他的故居，已不可考。为他而建的纪念设施，只有水心桥边一个建造不久的“叶适庙”。这是水心村自筹自建的，与普通的神庙毫无二致。金碧辉煌，香烟缭绕，叶适被作为神道来供奉。而且，称“庙”也不合适，应称“叶适祠堂”才对。他是哲学家，也没有王、谢他们的声誉，被冷落了。古人亦如今人，遭遇有好有坏，不足为奇也。

三、藏金之窟

建国之初，墨池坊出过一个贪污犯，就是上文提到的副市长任一人。

《温州市组织史资料》记载，任一人任副市长为1951年11月，墨池坊市府第一幢楼房已建成，他怎么会成为已建成的楼房的建设者呢？其实不然，解放之初，干部调动，往往是先上班干起来，委任状迟迟未到。比如曾绍文市长已调到杭州任粮食厅长多时，由周恩来总理签发的任命他为温州市人民政府市长的委任状才寄到温州，由我转寄到杭州去。我自己也碰到同样的事，当谭启龙省长任命我为市政府秘书处主任的委任状到我手中时，我已经调过两次工作，坐在市委工业交通部里了。查历史全凭档案，有时也会错的。任一人是南下干部，在老解放区曾任专员或副专员，在当副市长之前是中国人民银行温州支行的行长。他老是穿一件肥大的显得过长的灰黄色土布中山装，为人随和，脾气很好，从不对下属疾言厉色。工作也很勤奋，生活上没有与众不同之处。但在三反运动中，他被发现是个贪污盗窃犯。

1951 年秋天，全国开展增产节约运动，暴露出一些贪污浪费现象。1951 年 12 月，党中央决定在全国开展“反贪污反浪费反官僚主义运动”，简称三反。运动的中心是抓贪污分子。1952 年 1 月，温州市第一届第六次人民代表会议正式宣布开展三反运动，2 月 19 日，在市级机关的坦白检举大会上，宣布任一人开除党籍，逮捕法办。当场扣上手铐，押走了。

他的贪污是如何发现的呢？这与当年的首长警卫制度有关。战争时期，大大小小的首长，都有警卫员。解放之后，市区还有国民党的武装特务活动。我与招商局军代表蔡南星有一天路过屯前，遭到特务的冷枪袭击。那子弹带着唧唧声，紧贴着我的头顶穿过。看来这位袭击者未必是个精于射击的职业杀手，而且在光天化日之下，心虚，所以未曾伤及我们一根毫毛。这种情况下，正副市长和市委书记完全必要配有警卫员，平时帮着料理生活上的琐事，但他们的主要任务是保护首长的人身安全。

任一人的警卫员叫董纪泉，20岁左右，个子很高，却一脸稚气。他虽年轻，但经历过解放战争的战火，是个“年轻的老革命”。我们部队中的小鬼，有一个共同点：很单纯，有点顽皮，但执行任务一丝不苟，决不打折扣。

任一人好几次到杭州出差，小董当然随行。任一人外出，常常命令他待在招待所里，或者只管去逛西湖，不必贴身警卫。首长命令自然要服从，但小董太忠诚了，他要对首长的人身安全负责到底，于是“阳奉阴违”，偷偷地跟在任一人身后，暗中保护。

一路跟着，看见任一人到银行里去。他不放心，怕首长在银行里面出事，每次都偷偷掩在门边观察动静，却看见任一人拿出黄金兑换人民币。小董信任首长，没有怀疑这中间有什么暧昧之事。直到三反运动开始，他才觉得此事可疑，悄悄地向组织上检举，任一人的贪污罪行浮出水面。

没有费很大周折，没有逼供信和“穷追猛打”，任一人就坦白了，他是银行行长出身，知道在资金往来中必然留下了痕迹，只要认真查，没有查不出来的。他的很快坦白还与当时的社会风气有关。整个社会，对贪污分子深恶痛绝，贪污分子自己会有一种沉重的负罪心理。任一人见丑行暴露，精神上先垮了。连撒谎抵赖的勇气也没有了。当年可供挥霍的场所不多，他的贪污所得只用掉了小部分。任一人交代，留下的金子，藏在墨池坊新建楼房前面的墙洞里。

墨池坊院子里，场地还未完全平整，瓦砾堆是铲平了，但老墙墙脚、地基都还未动。办公楼前残留着半截粗石砌的墙，大概有一米多高，赃物就藏在这里。

于是刘国押着任一人起赃。任一人抽掉一块石头，露出一个洞，他伸手进去，拎出一个手巾包来——一条普通的手绢包着一包金子，有大大小小的“条子”和手镯、金链等金饰物，还有一块金表，只是没有金戒指金耳环等小件，一共大约一斤上下。在定案时，连这些金子在内，共折算人民币七千多元。 七千多元是个什么概念呢？ 当年普通的伙食费每人每月八元已足，任一人的贪污款，可供 73 人吃一年，或者说，可以让一个人过一辈子，从 1 岁吃到 73 岁。

过了几天，公安局有人来拍这藏金之窟的照片，作为物证。他由刘国陪着到这断墙处，刘国手指洞口，拍了一张照片。照片是特写镜头，画面上只有一个墙洞和一只伸着食指的手。如果不加说明，根本看不出是怎么一回事。刘国曾开玩笑说，自己的手指将“流芳千古”。这张照片，市档案馆里应该还保存着。三反高潮时，成千上百个贪污嫌疑犯，最后甄别时真正的贪污犯没有几个。任一人一案可是铁板钉钉，翻不过来的。

任一人很快被送到丽水纸伞厂去服刑，刑满留厂任副厂长。

任一人到丽水不久，给我写了一封信，称我为“科长”，这也可以看出他的负疚心理,他觉得没有资格和我“同志”相称了。信里请我将他留在市政府的行李寄到丽水去。他的行李寒碜得很,一只旧皮箱放着几件旧衣服,一条毛毯,一条棉被,一条褥子,有限的几本书,都是公家发的干部必读之类的学习材料。此人不读书。后来曾绍文市长调杭州时,铺盖行李也很单薄,却有两只大板箱装着书籍,成为行李中的最大件,与任一人形成鲜明的对照。

我作为任一人的最接近的助手,却几乎没有看出一点蛛丝马迹。事后想来想去,竟只想到一件事:我们都吸烟,我吸的是“飞马”,一来便宜,二来这是抗战时期新四军香烟厂的牌子,有感情。“飞马”是中偏下档烟,相当于现在的“牡丹”,当年被称为“干部烟”(不过现在干部都吸“中华”了)。而任一人掏出来的香烟却是“小将军”,这是低档的劣等烟,几分钱一包。我几次发现他自己吸的和在“小将军”壳子里装的,却是“美丽”牌香烟,这是南洋兄弟烟草公司出品的高档烟。他出事后,我陪公安人员搜查他的卧室时,翻出好几条美丽牌香烟来,才悟出其中的奥秘。大凡心怀鬼胎的人,一定要伪装。他的“小将军”香烟壳,是把自己打扮成清廉、艰苦朴素的道具。古今中外,无不如此。

法币

1948 年 7 月，黄毓宁表兄在上海申新九厂当车间书记工，也就是集统计、出纳、管理于一身的管理人员。申新九厂规模很大，每次发工资都由车间分别取款发放。

这一天，他和车间主任分乘黄包车至银行取款。车内空隙均被成捆的法币塞满，两人双手还抱着钞票。毓宁说：坐着动也不能动。

车至中途，车夫不慎翻车，毓宁向后倒下，摔出车外。车间主任听见声响，也连忙停车。下车来保护这大堆散落的法币。他们都十分害怕，万一工资被抢，后果严重。

路人围观，见是法币，竟无一人理睬。毓宁、车间主任和两个车夫将法币一一搬上黄包车。毓宁说，后来就坐在成捆的钞票上，安然回厂。付给车夫的车钱，也是成捆的法币。

一个月不到，即8月19日，国民政府发布《金圆券发行办法》，以300万元法币换1元金圆券，法币真成废纸。金圆券垮台更快，不久也成废纸。

八个

如果有人出一个题目：占领敌方县城所用的兵力最少需要多少？我可以回答：八人。

1944年至1945年间，乐清曾被日本第13军甲支队占领9个月。它的司令部设在瓯江口的磐石，而占领乐清县城的只有八个日本兵。

我亲眼见到其中七个脱得一丝不挂在太平桥南面俗称“对面宫”旁的河里洗澡戏水。一个军曹拄着军刀守着岸上的三八大盖（正式名称应是三八式步枪）、弹药和衣服，没有人围观。

当时国民党除了守土有责的自卫团之外，国军三十三师近在咫尺。但没有人敢动这八个兵一根毫毛，全县军民十多万人，“竟无一个是男儿”。没有“民气”、没有组织起来的老百姓，只是任人宰割的一堆肉。70年后回顾此事，只有叹息。

空袭

抗日战争时期，日本飞机多次轰炸温州，但并没有留下完整的记录。这里摘录两组数字，以见一斑。

1938 年上半年，温州城区遭日本飞机轰炸的情况是：2 月 26 日，敌机 6 架，在南郊投弹 30 余枚，死 2 人，伤 1 人；3 月 29 日，敌机 2 架，在梧埏投弹 2 枚；4 月 12 日，敌机 1 架，投弹 2 枚；4 月 13 日，敌机 4 架，投弹 16 枚，毁民房一角；5 月 26 日，敌机 5 架，投弹 33 枚，死 4 人，伤 3 人；6 月 1 日，敌机 3 架，在南郊投弹 6 枚。

平均每月轰炸一次，炸的全是老百姓，并非军事设施。上面的记录仅仅是指投弹的次数，飞机来袭，未投弹的次数没有统计，那是十分频繁的，有一段时间，几乎天天“逃警报”。

乐清县 1943 年被日本飞机炸死 56 人，炸伤 21 人。

当年温州城区和各县对空袭来说都是“不设防城市”，没有高射炮，没有高射机枪，也没有发生过以普通步枪和机枪对空射击的事，士兵同样地“逃警报”。因此，日本飞机毫不戒备，飞得很低。我在乐清东塔山下亲眼看见日本飞机低空投弹的情景，不但看见机翼上血红的日本国旗图案，而且戴着飞行眼镜的飞行员向下俯视的脸也看得很清楚。反正地面上没有对空火力，他从容得很呢。没有国防力量的弱国，只有挨打的份儿，苦的首先是老百姓。

万宝山惨案

日本人掏出手枪，打中一个中国农民，农民直挺挺倒下。我大叫："阿爸打死了！"母亲连忙说："别吵……"

这不是梦魇，不是幻觉，不是虚构，而实实在在发生过，不过是在戏台上。我还不到六岁。戏的名字叫"万宝山惨案"。

万宝山是吉林省长春西北 30 公里的一个村子，处于吉林省的中心地带。1931 年 5 月，日本关东军支持汉奸郝永德成立了"专农稻田公司"，未得中国当地政府同意，霸占了万宝山农民的 500 垧土地。启用朝鲜人 200 多名，开水渠、筑水坝。6 月 7 日，万宝山农民与朝鲜人发生冲突。但这汉奸仗着关东军的硬靠山，继续强行施工。7 月 1 日和 2 日，万宝山农民忍无可忍，集中数百人前往制止。日本驻长春领事馆领事田代重德公然出面，支持他的走狗，率领警察威胁农民，强迫通水。同时，到处制造谣言，煽动朝鲜人在仁川、平壤等地杀害中国人，仅 7 月 5 日一天，平壤就打死 126 个中国人。国民党地方政府患“恐日病”，否则，不会发展到这一地步。当年叫“万宝山事件”。

关东军制造这一事件，一箭数雕，既侵占了中国的土地，长了汉奸的气焰又挑拨中朝两国的关系，在中朝人民之间制造仇恨，还企图找到用兵的借口，用心阴险。

事件发生后，全国人民同仇敌忾，以各种形式纷纷抗议。

我的父亲和他的朋友林兰芳、林兰眉、陈达梅、徐希焘他们排演了一出活报剧（当时叫文明戏）在乐清县城城隍庙戏台上演出，以唤起民众，共同抗日。

我随母亲去看演出，台下反应强烈，中途有人呼口号“讨还血债”“打倒日本帝国主义”。演员也跟着喊。

兰芳兰眉阿姨是日本留学生，她们和父亲一样，当年不过二十六七岁，都没有演过戏。但激于义愤，连夜写剧本排演，在惨案发生后不几天，这戏就演出了。兰眉姨扮日本人，穿一件长浴衣充和服，父亲扮农民，被兰眉姨一枪打“死”了。

不到三个月，日本关东军占领了东三省，史称“九一八事变”。

现在看来，日本关东军早已作好军事进攻的准备，多次挑起事端，不过是找一个出兵的由头，以欺骗世界舆论。“司马昭之心，路人皆知”。可怜弱国之民，只是像砧板上的牲畜，任人宰割。

但日本人未曾想到的是,“多行不义必自毙”,一连串的暴行,激起了中国人的民族义愤。日本在制造最后战胜自己的敌人。以长远的历史眼光来看,军国主义必然自取其辱,但日本的政客目光短浅,至今还认识不到中国几千年前的智者提出的忠告,比德国人全民反省纳粹的罪行,差得远了。

只有国家强大了,才不再发生万宝山惨案。

兰眉姨在上世纪五十年代与我还有书信往来,她定居在贵阳花溪。年轻女性出洋留学,已稀罕,又上台演戏更出格。贬之者称其“雀跃”(温州话轻佻之意),褒之者称其为“新女性”。

壁报标语审查

国民党当局对出版事业的控制，一向很严厉，设有专门的图书审查机关。抗日战争开始以后，虽然民族矛盾已经上升为主要矛盾，但对国内舆论的控制，并未放松。

1938 年 4 月，国民党浙江省党部温州专区办事处发布了一个《壁报标语管理办法》。这办法大概是根据省党部或中央组织部的某个指示拟订的。我没有找到上一级的文件，只能作此猜测，但这猜测大概八九不离十。温州办事处决不会凭空搞出这样一个办法来的。办法规定："各种壁报标语之稿本，应先送该县县党部或指定机关审查之"，要这些机关盖了印"始可缮贴，并不得私自更改"。张贴的地点，也得由"各地警察局或乡镇公所指定"，如果不听话呢？"得照戒严法第四条办理”，犯了“戒严法”，就得军法从事了。

出版审查一直审到壁报和标语，前所未闻，很有资格上“文化控制无双谱”了。

审查机关可不可修改稿本呢？看这办法中“不得私自更改”的规定，似可推测出他们是有修改之权的。就是说，不但禁，还可以改动，改得符合他们的要求。可以想见，这“稿本”发还时，已经面目全非的了。

历代的官员中总有一批智商很低的低能儿，太平盛世比风云激荡的年月更多一些。时局太平了，统治者的江山坐稳了，平庸的糊涂的官吏容易混下去，我们习惯上称这些官吏为“颟顸无能”。我看，策划这一个办法的官员属于此类。壁报和标语不比书本报刊，可以不署名，近似从古就有的“无头告示”。标语更灵活，四处张贴，你怎么查？这办法从发布之日起，就是一纸空文。

同一年的 5 月份，浙江省抗日自卫会战事文化事业委员会第四号通告说：“本会现奉命办理图书杂志审查事宜，即日起凡本省机关团体或个人编辑发行之图书刊物，务须随时逐期寄送金华冯宅岭本会审查，藉利抗战宣传”，统统管起来了。

这时，杭嘉湖已沦于日寇之手，浙江省政府搬到了永康方岩，这个委员会只好“偏安”金华。在金华没有沦陷之前，它在冯宅岭大概是平安的。但我怀疑，这样兵荒马乱的时局，所有机关都随时准备搬家避难，如果人家并不“随时逐期送审”，似乎也无计可施。

日军侵温背景

抗战八年，温州三次沦陷。

以下材料出自日本防卫厅防卫研究所战史《昭和 ×× 年的中国派遣军》。

1941 年 4 月 19 日——5 月 3 日

陆相杉山元曾一本正经地向天皇报告，只要“两个月的时间就可以结束战争”。1938 年 11 月，日本才认为“对华战争本质上是持久战”。1941 年 2 月，这一设想有了具体行动，出台了《陆海军中央关于对华沿海封锁作战的协定》，“陆军应协同海军，以奇袭方式登陆并占领输入抗战物资及输出内地物资的沿海各港口，没收或销毁其抗战物资，以至破坏其设施。在敌人聚集之前即行撤出。”日军第十三军指定第二十二补充师团一部在飞云江登陆，4月19日占领温州，5月3日撤出，前后只有半个月。[①]

1942年7月11日——8月15日

1942年4月18日，美国空军从航空母舰起飞，轰炸了东京。日本参谋总长一再向天皇许愿：“国土防卫万无一失”，但首都被炸了。日本人得到情报，轰炸东京的飞机完成任务返航时，可能在衢州机场降落，浙江各地的机场均已有准备。“浙赣作战”计划，也称“せ号作战”，“击溃浙江方面之敌，摧毁主要的航空基地，以粉碎敌人利用该方面轰炸我本土的企图”。执行任务的是小薗江混成旅团，旅团长叫小薗江邦雄，少将，共5000人。

8月12日12时。第十三军“作命甲字第176号命令”下达，命小薗江于8月15日从温州返回。

1944年9月9日——1945年6月18日

抗日战争后期，第十三军主要对付的是美国军队而非国军。日本大本营陆军部发布《陆海军今后作战大纲》中规定：“结集陆海空军主力迎击来攻之美军，一举将其消灭于登陆之前，以挽回败局。”日军要“占据浙东沿海要地，封死中美联络于未然”。

① 编者注：1941年侵占温州的日军番号应为第五师团第二十一联队。此次侵占温州的时间为4月20日，5月2日撤出。

美军先打败占领我国东海沿海的日本军队，以此为基地，大规模地轰炸日本本土，使本土“软化”后，登陆日本，而不是直接进攻日本本土。国民党第八十八军曾拟订过一个接应同盟军登陆的计划。中共中央也数次指示浙东浙南准备接应美军登陆。日本人的估计似有根据。日本制定了“浙东作战”计划，甲支队由第六十师团步兵第五十五旅团长黎冈少将指挥，下辖 4 个大队，于 1944 年 9 月 9 日占领温州。建立飞机场。1945 年 2 月，甲支队改编为独立混成第八十九旅团。

战局的发展与日本军方预测的刚好相反。1945 年 4 月 1 日美军在日本冲绳群岛中的主岛冲绳岛登陆，直指日本本土。日军于 6 月 18 日撤出温州。温州被占领 9 个月零 9 天。

新娘失踪

叶湜夫人为名门之后，她是著名酱园谷同和的小姐，名小翠。我呼她为小翠姨。

小翠姨天真烂漫，虽年近花甲，但性格仍如少女时，直率真诚，实话实说，甚至有点口无遮拦。比如她曾当着我的面说自己丈夫：“阿湜嘛，整天跟戏子（其实是票友）混，嘻嘻哈哈，不出问题才怪呢……那些女戏子……”好像讲别人家的事似的。阿湜姨丈在旁听着，不以为意，只是微笑着说：“你看，又胡说了。”他们的家庭生活充满温馨。

当年她出嫁时，新郎亲到瑞安塘下迎亲。双方都是大户人家，满院子人来人往，熙熙攘攘，热闹非凡。

小翠姨已经穿戴好了，珠冠蟒袍裙子，衣着头饰沉重，盖着“盖头红”，别扭极了。就这样在房子里傻坐着，难受极了。她悄悄地溜了出来，看见花轿停在院子边上，轿夫被招待吃点心去了。她心里好奇，未知坐进这密封的轿子里是什么滋味？反正没人看见，就偷偷地钻进轿子里坐下。心里想，既然坐下了，等他们来抬就得了。

不一会儿，时辰已到，鼓乐几番相催，但新娘却不见了。四下寻觅，又不敢告诉新郎，一家人焦急万分，不知如何是好。小翠姨坐久了，不耐烦，伸出头来张望，这才使迎亲之礼照常进行。

叶湜姨丈把这事当作笑话讲给我听，小翠姨在旁边坐着，也听得津津有味，还不时插嘴补充细节，说道：“是嘛，坐进去了，还出来干什么？”

小翠姨爱听绍兴戏，看电影《红楼梦》八遍，看到林黛玉归天即饮泣，每次都哭湿手绢三条。

北窗纵谈

我的书房有两片窗 / 西窗对面是一座高楼 / 我在书房的活动都在其住户的视线之内 / 仿佛赤裸站在街心 / 任人围观 / 于是将西窗重帷掩闭 / 均赖北窗光线

洋货

如果，我现在到杂货店买一盒“洋火”，售货员一定目瞪口呆，不知所云。或者认为这顾客是个呆子甚至是天外来客。

但我小时候，煤油叫洋油，肥皂叫洋皂，水泥叫洋灰，线袜叫洋袜，布伞叫洋伞，机织布叫洋布，百货店叫洋货店，外国人叫洋人。

当年不少人穿的是自家手缝的布袜，原料是手工织的土布。挡雨防晒的是纸伞，竹子的柄，竹子的伞架，竹子的伞斗。灯光纸（手工桑皮、楮皮纸），滚上桐油，看上去半透明。

那时橡胶鞋也很少见，下雨天套着木屐出门。

至于水泥，煤油，国内还不能制造、提炼。

这就叫落后，一个国家连日用品都来自国外，只能是任人宰割的可怜虫。

“洋人”高人一等，连朝廷、军阀都惹不起，甚至被称为“洋大人”。

老百姓却自有自尊，他们叫“洋人”为“番人”。“生番”，未开化的野蛮人，甚至把男性生殖器叫“番人头”。

猴戏

乐清当年没有戏园、电影院、公园，更不用说舞厅了，可供娱乐的场所几乎等于零。只有外地人来耍猴戏，成了小朋友们的节日。

演出的地点是孔庙前的广场。戏班子的设备简陋之至，全部道具装在一个破旧不堪的木箱子里。两个艺人，一个牵着动物演员，一个敲锣。演员是两只猴子，一只山羊，阵营最齐的加一只狗熊。这些动物都瘦骨伶仃，脏兮兮。

表演的节目简单之至。

猴子翻筋斗，一个又一个，有时两只猴子一起翻。此其一。

猴子开箱，自己戴上面具。面具只是有限的几个：老生、小旦、小生、花脸、小丑。戴着面具乱跑一气。此其二。

猴子骑山羊，跑几圈。此其三。

狗熊人立，拱手，走几圈。此其四。

这些演员项戴枷锁，被主人牵着演出。它们大概是世界上最不自由的演员。

最可怜的是那只狗熊，其实它就是胸前一块白毛的黑熊。在野外，是兽中的豪强，一掌可以打死任何野兽。它的领地，无物敢入侵。但如今却项戴锁链，被饿得精神萎靡、骨瘦如柴、毛发肮脏凌乱。英雄落难，令人唏嘘不已。

演出途中，艺人四面作揖，说:“在家靠父母，出门靠朋友；有钱的帮个钱场，没钱的帮个人场。”他手持铜锣，弯着腰向观众要钱。有人向锣中丢一个铜板，他连声道谢。不过看白戏的人多，站在后排的几乎全不给钱。有一次，我的一位本家兄弟丢出一只银角子。那艺人随即单膝跪下，说:“谢少爷赏，祝少爷公侯万代，寿比南山。”为了一个银角子如此低声下气，着实可怜可悲。

这戏班子住不起客栈，只在城外土地庙里安身。

他们把动物拴好，捡几块石头，支一个铁锅，杂粮与菜场里拾来的菜叶一锅煮。人和猴子吃这杂烩。山羊吃草，狗熊最优待，不过吃一个玉米棒子。

他们与乞丐相差无几。

人，动物，遭际不同，有天壤之别。

如果他们是海京伯马戏团的团员，则锦衣玉食，有专人服侍，过的是贵族的生活。

五更鸡

三更灯火五更鸡，正是男儿立志时。

黑发不知勤学早，白头方悔读书迟。

这诗大概收入《神童诗》里，传说是颜真卿的作品，劝人及早勤学。三更灯火，半夜还在读书；五更鸡，黎明即起，不赖床。但这些与本篇无关。我说的五更鸡，是一种炊具。

这是紫铜做的炖锅，双层，外层加水，内层只是一碗水的容量。底座是一个油箱，中间有孔，装上灯芯，加进菜油，就可以用了。

灯芯火只是“文火”，热量很小，要用很长时间才能炖熟食物。

太平巷洪宅家家都有这炖锅，常用的是大房大妈和二房大伯。

大妈胃口小，一小碗粥够一顿早餐；大伯是瘾君子，要吃夜餐。

凡是白木耳（当年很贵，叫银耳）、糯米粥、绿豆汤、鸡蛋羹，五更鸡炖出来的更糯更柔更嫩。

吃过晚饭，放上食品，点灯芯，大概三更天就可以吃了，不必真的等到五更。

这是当年唯一不用人管的自动化炊具。

五更鸡通常放在床头柜或床边小桌子上。夜深人静，一灯如豆，食物的香味伴随着轻轻的呼吸，静谧而又温馨，令人神往。

银元

1935 年 10 月 4 日，国民政府公布“币制改革和白银国有令”，同时颁布“紧急法令”，规定中央、中国、交通三个银行的钞票为法币，即法律规定通行的纸币，禁用金条、银元。从这一天开始，凡用条子（金条）和银元交易即非法。以“紧急法令”发布，有点杀气腾腾的架势。后来，农民银行的纸币亦为法币，叫“中中交农”四大银行。

银元有四种: 袁大头、鹰洋、龙洋和孙大头。

袁大头上的浮雕是曾为大总统又当了 83 天皇帝的袁世凯的侧面像,鹰洋是墨西哥的硬币。为什么外国的货币在国内通行呢?不知道。龙洋的图案是蟠龙。龙洋很复杂，有“光绪元宝”“宣统元宝”“大清银币”，各省都自行铸造，含银量也不一致。孙大头有孙中山先生的侧面像，其下有“中华民国 ×× 年”字样，背面有帆船图案，又称“船番”。明明是国货，为什么叫“番”呢？大概从前通行的是元宝，银元是从“番子”那里学来的。这解释似乎有点牵强。

船番是名正言顺的国币，袁世凯无论从哪个角度看都是逆潮流而动的反面人物。可是市场有市场的规律，这几种银元中它最吃香。当时谚语云：“顶括括，七钱三”，而袁大头的含银量正是此数，其余的都达不到七钱三。不过，袁大头九银一铜，实重九钱二，这“三”从何而来，可能是虚张声势，也可能为了押韵顺口。

世上万物都有赝品，银元也不例外，假银元俗称哑板，大部分是铅。

现在的电视剧里看见演员鉴定银元的真假，往往朝银元吹口气，放在耳朵边听声音，其实当年这样做的人极少。看看成色，掂掂轻重，就可判定真伪。如可疑，则以两元相击，听其声响即可辨真伪。现在的导演和演员都年轻，他们对这些古董不甚了了。

法定一枚银元可兑三百个铜板（即铜元）。其实不然，除袁大头外，其余的换不得三百枚，船番最惨，有时只兑 270 枚，打个九折。

以纸币代替硬币，是个进步，先进的国家早实行了。我家藏有一张 1928 年的美元，$100。

按政府法令，银元该退出市场了，其实不然。法币发行之日，正是蒋介石“剿匪”（红军）最紧张的日子。打仗很花钱。法币在 1936 年前还稳定，接着就是通货膨胀。不久抗日战争爆发，日本人还印了大量假法币流入国统区，情况越来越糟。

到了解放战争时期，物价如脱缰之马，法币几同废纸，1948 年 9 月废法币改金圆券，又搜刮了民间的金银，情况更糟。

蒋介石统治中国 28 年，老百姓只相信银元，它是“永久的货币”。一切法令都无可奈何。一直到解放，人民币登场，经过这一番斗争，经济实力与行政手段双管齐下，才将银元逐出市场，结束了它 20 多年的霸主地位。

龙灯

乐清龙灯，首先要提到板凳龙，又叫首饰龙。前一个名称太不雅，我想，最合适的应称“木雕人物龙”。

这是一件古董，历史悠久，平时珍藏在湖横一个祠堂里，该是这村子里的公产。

它有龙头，龙尾，半尺多高的木雕人物，全是黄杨木雕。黄杨长得慢，“千年黄杨木作得拍（檀板）”，人物高过半尺，弥足珍贵。

到底有多少个木雕人物，我不知道，只知道这龙要几十个人扛着。龙身是一段段长约一米的硬木棍相连结。两个木人之间立着一个灯笼。木棍下有把手，持着把手缓缓前进。前有彩色旗开路，后随一班乐手，吹吹打打，随着木龙慢慢地边奏乐边前进。

其他的龙灯只在晚上出现，它却在白天。人物雕刻细致，宜于近观，白天才能仔细欣赏。雕的好像是三十六行，全是平头老百姓，并没有帝王将相。

乐清是黄杨木雕的故乡，黄杨细致坚硬，不怕虫蛀。1980年它曾在温州展览过，想来是当年的旧物。

另一种也只宜于近观的龙灯叫平龙。它是长两米多、高宽各一米多的长方形大灯笼，装上龙头和龙尾，八个大汉抬着，缓缓前进。它的肚子里好几排灯架，点着许多蜡烛，通体明亮，四面全是各种颜色的细纹刻纸。内容除了牡丹富贵、年年有余、五福临门等吉祥图案外，都是戏曲人物，《三国演义》《水浒传》《西游记》《西厢记》《红楼梦》里的人物都有。

细纹刻纸也是乐清特有的工艺美术品，以细腻见长，与北方刻纸的粗犷风格截然不同。

以上两种龙，恐怕只有乐清才有。解放后乐清有一个工艺美术工厂，细纹刻纸是主要产品之一，但恐怕已经不再有文龙了。

最热闹的是滚龙，这种龙全国都有，不必细述。只是它上下左右翻腾，龙身内的蜡烛都不会翻倒熄灭，这一套双螺旋平衡装置，每年要检查修理。我见过这套装置，蛮复杂的。现在的滚龙，只用干电池、灯泡，似乎都不用点蜡烛。

滚龙很受欢迎，有的门市店门口摆出香案，放着糖果糕点，滚龙就在门口舞一回。店家送一段红绸，扎在龙头上。红绸越多，越威风。

除了龙灯之外，还有舞狮。乐清的狮子如同北方，浑身长毛，不像广东一带只是一条彩绘的被单。

舞狮都在白天，出过一个事故。舞者忽发奇想，一狮伏地，一狮伏其背，作交配状。士绅大哗，声称有伤风化，要处分舞狮人。但到底只是逗笑而已，不了了之。

刷牙

我少时候，几乎无人刷牙。饭后漱漱口，算得上讲究卫生了。

不过，父亲是刷牙的，这大概是他在杭州读书时带来的习惯，不久母亲也刷牙。只是阿嬷一辈子不肯刷牙，但她直到八十多岁还有一副好牙齿。

世界上第一柄尼龙牙刷出现在 1938 年，传到中国，已是上世纪四十年代了。我少时用的牙刷，是竹子和猪鬃做的。竹柄打磨光滑，白色的猪鬃，看起来不比现在的塑料牙刷差。

当年牙膏还没有出世，用的是牙粉。牙粉装在纸袋里，外面一层彩绘，常见的是一位美女露着雪白整齐的牙齿微笑。内袋是蜡纸，防潮，两个袋。

牙粉不大好用，倒牙粉时容易撒开，分量也难掌握。我初刷牙时，衣襟袖子常沾满牙粉。后来大妗娘教我：先将牙粉倒在左手手掌心，然后用蘸了水的牙刷去沾，就不会“天女散花”了。

到了1935年前后，才有牙膏出售。牌子很多，有一种叫“月里嫦娥”，还配上英文“girl in moon”，还有“嫦娥”“如意”“皇后”“绿宝”“明星”等等。现在还在用的“黑人牙膏”，那时就有了。广告上说：“擦时有苏苏声，并不损坏牙磁”，令人印象深刻。我大概有怀旧情结，现在还常用黑人牙膏和刷牙固齿灵，这或许是对老牌子的迷信。

牙膏出现之后，牙粉退出市场，它到底不方便。

洗浴、火箱、竹夫人

母亲的嫁妆里有两个朱红真漆厚唇的木盆，一大一小，是专门用于洗浴的。乐清没有北方的炕和取暖的火炉，当时更没有空调、热水器和淋浴等设备。

冬天洗浴，卧室就是浴室。先紧闭门窗，在小木盆里倒进热水，阿嬷赶快替我脱衣服，抱着我坐在浴盆里。小浴盆刚好让我盘腿坐着。我兴高采烈，玩起水来，还向空中泼水，水花四溅。阿嬷一手按着我，一面为我抹肥皂。我怕痒，扭动身子，手舞足蹈，肥皂沫四处飞溅。这样一折腾，浴盆里的水所剩无几。阿嬷已准备好一小桶热水，加进盆里，很快又让我泼出大半。阿嬷的衣裳也全湿了。阿嬷说:“替阿涛洗浴,像打仗一样。”而对我来说,是很好玩的游戏。

等到揩干我的身子，穿好衣服，卧室里已是汪洋一片。阿嬷来不及换衣服，把浴盆端走，然后拿着旧毛巾和破布，跪在地上揩干水渍。

好几次，我顽皮过了头，水都凉了，感冒了，体温升高，阿嬷煎药服侍我，我嫌药苦，不肯喝，她还得准备些糖果，哄着我喝药。今天回想，阿嬷视我如亲生子，我却不时折磨她，可谓不孝。

大人们用大浴盆，也在卧室里，安静多了。

夏天，太平桥边的埠头上时见男人裸着上身在揩身，洗下身时拉开裤腰，有相识的妇女经过，假装脱手。那妇女一面骂“勿要脸”，一面赶快走开，引起一片笑声。

我偷偷学会游泳以后，夏天就免去了洗浴。

冬天取暖，用的是汤壶和火箱（乐清土话里箱字读作“屑”）。

汤壶又叫汤婆子，白铜打造，扁圆形，中间开口，螺丝盖拧紧。装进热水放在被窝里。这东西散热快，又重，只用以暖被窠。

最常用的是火箱，《红楼梦》里刘姥姥初见王熙凤时，凤姐儿“只管拨手炉内的灰”。这手炉就是火箱。林黛玉也用一个小巧的手炉。手炉可以用黄铜、白铜、紫铜制造，花样很多，有圆，有六角，八角，有柄，可以提着，捧着，抱着，还可以夹在两腿之间。

讲究的火箱几乎是艺术品。盖是镂空的图画，有喜鹊踏枝、年年有余、五福临门、梅开五福、牡丹富贵等吉祥图案，也有人物。我家一个紫铜小八角的火箱盖上，有三个人物，似乎是《西厢记》里的张生和崔莺莺，红娘躲在旁边偷看。

使用时放上灶下带火星的草木灰，埋几块木炭，一整天都是暖烘烘的。冬天，大人们几乎人手一炉。

火箱可以暖被窠，阿嬷晚饭后即把被窠烘暖，我睡下了，她把火箱拿走。我睡觉不老实，怕踢翻了火箱。这种事偶尔也发生过，火箱被踢翻，或温度积累过热，棉被着火，等睡着的人嗅到烟火气，被子已被烧了一个洞。

最简陋的火箱是个敞口瓦罐，竹篾编的套子。城里不常见，农村里很普遍。

夏天，唯一的纳凉用具是扇子：

扇扇有凉风，日日在手中，
年年五六月，夜夜打蚊虫。

扇子可以写一篇文章，这里不赘。

与汤婆子相对的是竹夫人。这是一个竹青编的长圆筒，孔很大，夹在两腿之间，凉快一些。这两者都拟人化了。

这位夫人倒是历史悠久，唐朝就有了，称“竹夹膝”，又称“竹姬”。

我家的竹夫人年代已久，竹青已成紫檀色，但无人使用。搬出太平巷另租房子时，就未见此物，不知被何人取走了。

赵五娘吃糠

乐清县小东门（正式名称叫忠节门）外有座小庙，叫佩云殿。《道光乐清县志》的县城图上就有它。庙虽小，却有一个戏台。我在这里看过“赵五娘吃糠”。

这戏是明代高则诚《琵琶记》里的一折。《琵琶记》讲的是蔡邕（伯喈）中了状元，被牛宰相看中，招为女婿，滞留京城。夫人赵五娘独自支撑家庭，典当殆尽，公婆饿死。赵五娘怀抱琵琶，弹唱行乞，赴京寻夫。经历千辛万苦，夫妻团圆。

蔡伯喈是董卓的部下，累迁至中郎将，这是仅次于将军的高级职务。董卓谋反被杀，蔡伯喈受牵累，死于狱中。他是学问家，有《蔡中郎集》传世。

《琵琶记》被编成唱词。陆游诗云：

斜阳古柳赵家庄，负鼓盲翁正作场。
死后是非谁管得，满村听说蔡中郎。

可见这故事流传甚广。

顺便说说：她的女儿蔡琰文姬，嫁南匈奴左贤王，留匈奴12年，曹操以金璧赎回。传说《胡笳十八拍》就是她的作品。现在舞台上还常演出“文姬归汉”。

父女二人都有才名，而且都是戏中人，这很少见。

我所见到的是乱弹班大三庆演出的。当家旦叫大姆，在温州地区很出名，他是个多面手，青衣、花旦、刀马旦样样拿得起。年轻时扮相俊秀，只是稍嫌丰满。

我所见到的大姆已40多岁，发福了，一个白白胖胖的壮汉，只能演老旦了。在“吃糠”中，他扮蔡伯喈的母亲。这一折戏大概是这样。赵五娘把较好的食物让给公婆，自己躲在磨房里吃饭。婆婆疑心她藏有好东西自己吃，结果发现她吃的是粗糠，二人抱头大哭。

台上两个男人扮的旦角，哭哭啼啼，没有武将侠客，没有武打，我全无兴趣，正想溜走。忽然观众起哄，有人上台要掀台板。原来内行的观众发现大姆偷工减料，唱做不到家。戏台板真的被掀，“大三庆”名声受损，这是件大事。

大姆满面惶恐，四面作揖，请看官高抬贵手，放他一马，“赏我们一碗饭吃”。

台上台下谈判结果，要罚大姆加演“小放牛”。大姆几乎要下跪了，说道：“20 年前，小放牛是我的拿手戏，可现在……我这身材……”他挺起将军肚，像尊弥勒佛，“演小姑娘像个什么样？饶了我吧。”

有人出来打圆场，名角过时，如壮士迟暮，宝刀生锈。得饶人处且饶人，不要为难他了。

禁止烫发

1937年“7·7”全面抗日战争之前，东三省已经沦陷，华北也岌岌可危，全国都有一种危机感。这时，国民党各级政府下令禁止烫发。当年烫发的只有女性，所以，这命令实际上只是对付女的。

1937年4月，温州的报纸发表评论说：“禁止女人烫发，当局不啻三令五申，非但毫无见效，反而变本加厉，由火烫而电烫。近且风行一时，良可慨也。某女人邀理发匠以6元代价烫发，被扣留十天。”

烫发的是些什么人呢？据知情者告诉我，第一，烫发的人很少，乡下基本没有，城中亦属少数；第二，烫发人群如哑铃，两头大，中间小。两头者，一头是达官贵人富商的女眷，包括姨太太，一头是吃花饭的妓女或准妓女，包括交际花。当年法币一元，买大米二十三四斤，烫一次发，要花大米 140 斤以上，升斗小民、小家碧玉，吃得消吗？而卖笑的面首是本钱，她们烫发属于商业投资。当然，也有穷打算，自家买一把烫剪，在炭火中煨红，自己烫发，这到底属于少数，烫出的发型也上不得台盘。

禁令效果如何呢？ 4 年之后的 1941 年 12 月，永嘉三民主义青年团女团员发起一个“五不”运动：不烫发、不涂脂抹粉、不穿舶来品衣料、不打牌、不抽烟。可以想见，当年三青团女团员中，头发蓬松，嘴唇如血，叼着香烟者不乏其人。政府命令尚且不起作用，一个没有多大威信的团体内的少数人发起的运动，后果可想而知。

国运盛衰，与女人的头发没有什么关系。把女人比作祸水，国家衰亡都是她们惹出来的这种观点，是没有出息的男人企图转移视线，推卸责任而已。发型等等，倒可以看出时尚与风气。抗战初起，提倡航空救国，于是就有“飞机头”，发型如螺旋桨。1945 年出现了“原子头”，女人头上顶着一朵蘑菇，如日本广岛上空的烟云。现在有把头发染成金黄色，把自己打扮成洋人——白种人。这是欧美优势文化对我们的侵袭，凡经济发达地区的种种，均为落后地区所羡慕，也表现在衣着时尚之类上面。

禁止烫发令未知有无明令撤销，我只知蒋介石逃往台湾之时，全国女性仍未统一于清汤挂面式。

禁止烫发这种事，不能仅仅当作笑柄看，它有深厚的社会基础。上世纪六十年代的“文化大革命”中，我的一位女友路过五马街口，她天生卷发，几个红卫兵围了上来，要把她剪成阴阳头。她双手护住头发，一面大叫“我不是烫的，这是天生的”才幸免于难。烫发也属于“四旧”。好在不久红卫兵自行分裂，打内战去了，这种剪掉烫发之举，昙花一现而已。

政权是一种强而有力的权威，但并非万能，行政手段甚至高压手段，却动不了女人头上柔软的万缕青丝。

手绢

提起手绢，随即想起一个画面——

轮船徐徐离岸，聚集在码头上送行的女眷一齐扬起手绢，向倚在船舷上的亲人送行。从船上望去，雪白的手绢阵中夹杂着浅蓝的、鹅黄的、湖绿的、桃红的、淡紫的、碎花儿的各种颜色，翻翻滚滚、闪闪烁烁，使人眼花缭乱。看着渐渐远去的船影，手绢的女主人会将它轻轻地按在眼睑上，背转身，悄悄地抹去泪痕。这场面骚动着亲情、关切、惜别以至于爱怜、悲戚的气息，令人心醉。60多年过去了，它藏在脑子中某个角落里，一被挑动，就涌现出来。

手绢，温州人叫手巾，书面语叫手帕。《红楼梦》里叫帕子，《金瓶梅》还有汗巾儿、汗巾子。在过去不久的年代里，几乎人人必备，男人装在口袋里或长衫袖笼里，女人扎在旗袍腋下的纽襻上，婴孩和儿童身上往往也用别针别着一条小手绢，母亲好随时用它来揩去鼻涕、眼泪和口涎水。温州就有过一个手巾厂，近百个工人，可见市场需要量很大。但记不起是什么时候，大概是“文化大革命”前后吧，手巾厂倒闭了，手绢几乎在市场上绝迹，而代之以纸巾。我也用纸巾，但讨厌它，它使我想起卫生间里用的手纸，它们本是一类货，再想下去，要恶心了。

其实，手绢的功能远远超过卫生用品的范围，比如，没有手绢，送行时只能“五指摇摇”扬起手掌，形不成绚烂动人的场面。总不能扬着纸巾送行吧，那会使人联想到送葬时的纸幡、纸钱。

手绢往往牵涉到感情方面的事，它是随身小物件中表达能力最强的一种。明代冯梦龙收集的《山歌》中就有一首：

不写情词不写诗，
一方素帕寄心知。
心知接了颠倒看，
横也丝来竖也丝。
这般心事有谁知？

这大概是一块丝帕。“心知”是明代语，知心人也。“丝”谐音“私”，私情也，即偷偷摸摸地恋爱或幽会。那时没有“父母之命，媒妁之言”，男女相好，就是大逆不道。

手绢寄情的故事，最著名的莫过于《红楼梦》了。贾宝玉与林黛玉常常使小性子闹别扭，产生了误会。贾宝玉让晴雯送两块手帕给林妹妹。送的礼不是新的，而是“家常旧的”，是宝玉用过的。黛玉收到了，“不觉神魂驰荡”“左思右想”“五内沸然炙起”，上了床仍失眠，“拿着那帕子思索”。肺病人不能受到刺激，即使是幸福的冲击，林黛玉的病又重了三分。她在帕子上题了三首七绝，寄托自己复杂的感情。这三首诗深藏着一个恋爱着的少女的“隐私”。

西洋文学里也时常出现手绢，次数不会少。典型的场面是一位贵妇人或淑女故意或者无意中丢了她的手绢，尾随着的绅士拾了起来，下面就有戏了。在爱情、调情、勾引等等感情戏中，手绢往往不可少，东西方都差不多。

手绢还可以异化成武器，而且是女性武士的专利。《七剑十三侠》中就有一位邪气十足的娇娃女侠身上藏着一方手绢，在作战中抢占了上风位置，扬起手帕一抖，一阵异香扑鼻，敌手随即昏迷。她的手帕里有随呼吸道进入脑神经的速效麻醉剂，顷刻见效，对手只能束手就擒。用香帕来对付男性对手，很有象征意义。

手帕有香气，并非这位女豪强的创造，大概古已有之。有一出传统戏，就叫“香罗帕”。滴几滴香精，或与麝香、沉香等存放在一起，就会使手绢香气扑鼻，芬芳的手绢能使人发生旖旎的遐想。

手绢可以强化感情、情绪的表达能力。手绢轻拂你的脸庞，亲密之意不言自明；轻轻地扬着手绢，是要你靠近些。如果送一条手绢，即使不是“家常旧的”，那意思也就够明白了。如果对着你像京戏中的旦角甩水袖那样甩手绢，大概这事就黄了。如果把送给你的手绢要回去，那就糟透了，无可挽回了。手绢姿态千变万化，抵得上千言万语。

至于戏曲舞台上的手绢，用处更大了。东北二人转，手绢是必备的道具。京戏和各种地方戏里的花旦,也几乎都有手绢随身，可以玩出许多花样来。如果不用手绢，也得拿一把折扇或团扇，空手上台的花旦，似乎绝无仅有。

这一些,都是纸巾所不能代替的。用纸巾掩着樱桃小口微笑，像话吗？在纸巾上题诗，根本不可能。而我写这篇文章的用意，却与这一些全不相干，可以说是醉翁之意不在酒。我只想说，一次性的纸巾是极大的资源浪费，要毁掉大片森林，回收困难，还增加环境污染。我们是第三世界的大国。所谓大国，除了人多，是我们的经济规模在世界上名列前茅，但这庞大的数字除以 13 亿，那么人均产值列名第 107 位，落后得不得了，在第三世界里，也还是个落伍者。这就是最大的国情，所以艰苦奋斗，勤俭节约，仍旧不可忘。为了我国女性的妩媚婀娜多姿，更为国家的富强做点力所能及的贡献，我呼吁女性不用纸巾而用手绢，而且带动男性公民也摒弃纸巾。

清末民初，曾出现过一个“天足会”，反对缠脚，争取脚的解放。如果有一位女强人比如说女市长、女企业家发起“手绢会”，带头用手绢，从而反对一切浪费资源而又污染环境的一次性工业品，则利人利己利国利民，功德无量。

晏婴

《史记》记载:“晏平仲婴者,莱之夷维人也。事齐灵公、庄公、景公,以节俭力行重于齐。既相齐,食不重肉,妾不衣帛(洪注:帛,丝织品)……国有道,即顺命。无道,则衡命。以此三世显于诸侯。”

这里的“国”,即皇帝。“衡”就是秤,无道的皇帝的圣旨,要调查研究,推敲一番。可行的即实施,不可行的就拒绝。敢于抗拒圣旨,不怕杀头坐牢,晏先生的确是硬骨头。这样的诤臣,是国之宝器。

宰相出行,坐马车,八名驺卒喝道开路,称“八驺”。但晏婴却只坐一名车夫的小车子。

“相”就是现在的国务院总理，政府首脑，“一人之下，万人之上”，但却如此节俭。

司马迁说:“假令晏子而在，我虽为之执鞭，所忻慕也。”他对一个人如此推崇，在《史记》中很罕见。

晏子的车夫却神气十足，威风凛凛。他的妻子要离婚。丈夫说，咱们过得好好的，离什么婚呀？妻子说：晏子身不满六尺，身相齐国，名显诸侯。你身高八尺，只是个车夫，却意气扬扬，“自以为足”，这样的人没志气，“妾所以求去也”。做车夫并不可耻，但摆不正自己的位置，这样的人没前途，咱们离婚得了。她炒了丈夫的鱿鱼。

这位女子很有见识，像丈夫这样的人，今天只是摆威风，但每下愈况，必定会干出更恶劣的事来。早点离开他，免得城门失火，殃及池鱼。

我想，晏子做宰相的时候，下面的官员差不到哪里去。

第一，晏子以身作则，正直的官员跟着学。

第二，心里恨透晏子的官员不会少，“千里求官只为财”，有了权，财源滚滚来。都像你这矮子，咱们来做官干什么？绫罗绸缎有的是，都不敢穿，连老婆儿女也要装出寒酸相。

最要命的是第三:“无道即衡命”，学不得！上级怎么命令，照办不误（打折扣在所难免，但不在本文讨论范围，从略）。省力省心省事，命捏在上级手里。老百姓能决定我升官或降级吗？

中国人讲究骨气，邓小平还说过擎着骨头走路的话。

什么叫骨气？字典里说：“刚强不屈的气概。”“有执守，不随俗。”这“俗”当然是不正常的坏风气。总之，自有主见，不随波逐流。晏子的榜样力量不能低估。而车夫能讨到这样的老婆，是天大的福气，她才是货真价实的贤妻。但他身在福中不知福，被老婆炒了鱿鱼，活该。

散讲叶适

“散讲”是最近几年才流行开来的，1995 年出版的《温州词典·方言》中，还没有这个词，而且仿佛只限于鹿城区，还没有扩散到周边各县。

“散讲”是什么意思呢？一时不易下定论。“散”是个多义字，其中的任意（散漫）、洒脱（散朗）、懒（懒散）、闲（闲散）、排遣（散心）等等，都与“散讲”有点缘分。一小群人（不能太多，也不能太少，以 5 至 10 人为宜）聚在一起闲谈，女性多半还带点副业，如织毛线衣之类。上至天文，下至地理，古今中外，东南西北中，柴米油盐酱醋茶，国家大事，鸡毛蒜皮，工资涨幅，市场行情，鸡鸭鱼肉，白菜豆腐，看病的艰难，单方的有效，现实故事，鬼怪传说，正面报道，小道消息，苦涩的回忆，甜蜜的今天，上辈的艰辛，儿孙的出息。无所顾忌，口无遮拦。总之，漫无边际，随时改变话题，只有“群居终日，言不及义”仿佛近之。我以为，这是温州人创造的词里最有深度与广度的一个。

“散讲”一词在这时出现，绝非偶然。战祸连年，民不聊生；政治运动接踵而来，“偶语者弃市”“祸从口出”，人们惶惶不可终日的时代，又何来闲情逸致。“散讲”至少有三个条件：其一，生活虽不富裕，但衣食无忧，有退休工资可拿；其二，言论比较宽松，“言者无罪”；其三，文化生活单调，除了打麻将，似乎无可消遣。这三条与大妈广场舞的盛行有类似的因果关系。

只是，目前“散讲”的文化含金量甚低。

像所有的事物一样，“散讲”有个产生、发展与消亡的过程。有朝一日社会更加公平、公正、开放，全民文化水平提高，读书成为生活中必不可少的一部分，音乐艺术等成为必需品，文化沙龙等形式出现，散讲自然消失，成为历史。乐观些估计，大概在 30 至 50 年之间吧。

这篇散讲的对象是温州名人叶适叶水心。我们所熟悉的叶适是个文人、学问家。但实际上他武将出身，当过兵部侍郎，也就是国防部副部长。

他是韩侂胄一党。韩的官儿更大，封平原郡王，平章军国事。“平章”即管理之意。他的权力超过宰相，宰相一般不管军事，他属于国家领导人，政府首脑。

那一天，叶适正在韩府，仆从递进一张名刺，上面写着“水心叶适候见”。韩侂胄颇为好奇，就请这位叶适先生进来。进来的是一位文质彬彬的年轻书生。寒暄之后，韩盘问叶适过去写的策论之类的文章。那人傲然说：“这些都是‘少作’，不怎么样，我都改过了。”随即朗诵温州叶适文章的“改本”，居然比原文高明。侂胄大奇，请他到书房，拿出《杨妃图》请他题跋。这人不假思索，提笔写道：“开元天宝间，有如此姝。当时丹青不及麒麟凌烟而及此。吁！世道判矣。水心叶适跋”。画家不画凌烟阁上的开国功臣、良将名相而画美女，世道人心可想而知。

侂胄更诧异了，又拿出《米南宗帖》请他题跋，他写道：“米南宫笔迹，尽归天上，犹有此纸，散落人间。吁，野无遗贤。难矣！”后面仍署“水心叶适跋”。这次嘲讽意味更浓了，而且明明白白地以“遗贤”自居。

这二跋大胆泼辣，用现代话说富于批判性思维，一座骇然。

侂胄附着他的耳朵，悄悄地说：“你看，那边坐着的就是叶适水心先生……”

那书生哈哈大笑，说：“如果我不说自己是叶水心，你能让我进来吗？”

这位冒充叶适的叫陈傥。他运气好，如果遇到的是个昏官庸官，加一个冒充副部长的罪名，轻则坐牢，重则杀头。看来侂胄确有宰相肚量，而且爱才。叶适也不错，作为旁观者，一点不生气。

不过，韩侂胄的下场很惨。他奉旨伐金，大败，金人要严办首谋的“战犯”。皇帝砍下韩的脑袋，装在木匣里送到金国请罪。替罪羊被砍头的不少，但头颅与身躯分在两个国家的不多见。

叶适受到牵连，被罢官，回乡，埋头研究学问，成为一大家。他是因祸得福。历朝副部长级干部多如牛毛，不会在历史上留下痕迹。

宋朝还有另一个叶适，福建人，大概因为“其学出于叶适”，是温州水心先生的学生辈，所以弃“适”字，以绍翁为名。

《千家诗》里收他的一首七绝《游小园不值》，作者署名叶适：

应嫌屐齿印苍苔，十扣柴扉九不开。
春色满园关不住，一枝红杏出墙来。

这诗有不同的版本，题目就有两个，另一个是《游园不值》。这似乎也有区别，“园”是通称，不专指某一园林；“小园”是一所特定的园林。

钱锺书《宋诗选注》里题为“游园不值”，第二句为“小扣柴扉久不开”。作者署名叶绍翁。清人严长明编的《千首宋人绝句校注》里收叶绍翁四首绝句，却没有《游园不值》，选家各有眼光，这不奇怪。

《游园不值》应属上品，司空图《诗品》中的“冲淡”“洗炼”“自然”似乎都用得上。钱锺书称其为“古今传颂的诗”，顾农也说它“传诵极广……十分美妙，富于理趣”。写杏花的诗词很多，钱、顾二位都说这诗有“后来居上”之意。

不过，我为叶绍翁与此诗叫屈。它被糟蹋得不像样，“红杏出墙”竟成为“女子不贞”“妻子有外遇”的代名词。

谁是始作俑者，已不可考。但清人王相注《游小园不值》有“扣柴扉而屡次不开，玉人不在而空返”一句，凭空多出一个“玉人”（美女、情人、意中人？）来，原来游园不过是为了找玉人，就不免“使人往坏处想”了。

从叶适写到“红杏出墙”，够散了吧。

姜子牙

《封神榜》这部长篇章回小说，菩萨、神仙、妖精鬼怪，“群魔乱舞”，胡编乱造，荒唐之至，以致电影、电视剧里都几乎见不到它的故事。

它的主角姜子牙却实有其人。他的祖先佐夏禹平水土有功，封在吕地，故又名吕尚。周文王要出去打猎，先卜此行有否收获。卜辞说：“所获非龙非螭，非虎非罴，所获霸王之辅。”就是能得到一位帮助文王成功的开国元勋。

文王在渭水边上见到姜子牙，一对话，便知此人非同小可，满腹经纶，就与他同车回朝。与王同车，是极高的待遇。

姜子牙的来历另有一说：他是纣王的部下，见纣王无道，跑了。

《封神榜》采取此说。又说他本来是个隐士，散宜生知道他有学问，推荐给文王。总之，他的出身有点神秘。

周武王即位后三年，纣王越来越不像话。杀比干，囚箕子，这两位都是皇族，而且比纣王大一辈。武王准备出兵，卜之不吉，而且风雨暴至，那时候的人，相信这是天象示警，都很害怕，只有姜子牙不迷信，坚持出兵。这在当时来说，是了不起的胆略与见识。

武王采纳姜子牙的意见，出兵伐纣，纣王被杀于鹿台。而封纣王的儿子武庚为禄父，不致断了纣的后代，对敌人也施仁政。比干箕子都平反，恢复名誉。

武王将齐国作为姜子牙的封地，政策对头，工、商、农、渔、盐业都很发达，齐成为大国。

太史公很推崇姜子牙，说："我到齐国，良田二千里，阔达匿知，（不拘小节，不夸夸其谈）洋洋哉，固大国之风也。"

这是姜子牙的本来面目，与小说里神通广大的姜子牙判若两人。

人参炭

这里说两则医生的故事。

一个是已故的钱启同医师告诉我的，他本人就是名医。他说——

有一天皇帝身体不适，召太医院太医甲诊治。甲一看不过是感冒，于是开了桑菊饮，主药是桑叶和菊花。

但几天过去，病未见好，另召太医乙。乙先向皇帝贴身小太监打听。太监说，皇帝一听此药只值几个铜钱，生气了，根本没有吃。

乙进寝宫，行礼如仪，望问闻切之后，问道："曾服药否？"小太监拿出甲开的药方。乙点头叹息，说，药用得对路，只缺一味，增之即为良方。他在原方上加一味“野山参炭一斤”。人参高温烧成炭，药性尽失，无作用矣。野山参几万两银子一斤，以 8 至 10 斤烧一斤炭计，这帖药要几十万两银子。皇帝服下，不久痊愈。

另一个故事是书上看来的。

清代宁波名医范文甫生有傲骨。某日，一富商请他看病，嘱咐道：“务必用贵重药。”范文甫开好方子，再加两味：黄马褂一件，石狮子一对。说：“尊驾所要贵重药，尽在其中矣。”

顾影自怜

晋陆机诗："伫立望故乡，顾影凄自怜。"

南朝梁张率《绣赋》："若乃邯郸之女，宛洛少年。顾影自媚，窥镜自怜。"

元安熙诗："举头见明月，顾影徒自怜！"

清钱谦益："斗转参横，坐中酒人，每落落逃席，惟后去者，顾影自怜耳。"

顾影自怜，孤独失意，自我欣赏之意。

这成语使用频率甚高。

影恋在西方称 Narcissism 现象，为自动恋之一种。在古希腊神话里，Narcissus 临水自照，自我赞美，化为水仙花。

最典型的“顾影自怜”例子是潘光旦先生说的冯小青的故事。

冯小青是个美女，太美了，以致男子不敢追求他。到了该结婚的年龄，仍旧独身。一天，她站在桥上，风平浪静，水面如镜，她看见了自己的影子清晰地出现在水中，她太爱她（影子）了，耸手一跃，赴水而亡。

皇家富贵

中国有过两个半女皇帝，分别是武则天和叶赫那拉即慈禧太后，后者虽无皇帝之名，却独揽大权，实际上是个女皇，皇帝只是个摆设。这半个就是刘邦的妻子吕雉,她是名副其实的半边天。前面两位都识文断字，而吕雉似乎是个文盲，丈夫只在农村中鬼混，她没有读书的机会。

清朝两百多年，全国识字的妇女只有四千个左右。而慈禧却有点文化，书法也还可以。海南岛有她的摩崖大字“寿”字，她还写“福”字送臣子，都写得不错。她有这一手，才从一个端茶送水的小丫头爬上权力的顶峰。武则天当皇后时就能批公文，文化水平相当高。

以上不过是得胜头回，起个头，下面才言归正传。

皇帝到底是怎么生活的，一大批银子是怎么花的，衣食住行是什么模样，却很少有真实的记载，有些野史是想当然地胡编乱造，不可信。

最近，倒搜集到一些比较切实的记录，却也一鳞半爪，只是慈禧从北京到承德山庄的火车上的琐事。

这一列火车有一节车厢装慈禧的衣服，共三千件，这已经多得令人头晕了。但不过是皇宫御衣库里的三四十分之一。就是说，慈禧的衣服至少有六万套。每天要换 164 套衣服，一年才穿得遍。

这些衣服不过是放着，她连看都未必看见过。何况宫里的女裁缝与刺绣高手还不断地制造新的衣服出来。心理学上把这种情况叫恋物。

这一列火车上有四节车厢是御膳房。共有炉灶 50 座，厨师 50 人，二厨 50 人，杂役若干人。那时既没有电，也没有天然气和煤气，烧的是煤球。杂役中有 50 人专门手执蒲扇，蹲着或跪着用力扇，以保持必要的温度。大厨二厨和这些杂役是不是太监呢？没有记载，但想来他们都被阉了。太后看中的厨子一定也先被割了生殖器。皇宫之中除了皇帝、太子和皇子皇孙，不容许有生殖能力。

慈禧在这列火车上备有正菜 100 种，还有糕点、甜食、干果 100 种。据说，一个厨师只做拿手的一个菜，那么厨师，二厨加上杂役至少一个营。他们恐怕只能打地铺睡觉，或者干脆睡在地板上。

慈禧在宫中，每餐100个菜，不但夹不着，连看都看不清。她实际上只吃手边的几个菜。如果看中远处的菜，也不用愁。大太监李莲英和后来的张德（小德张）就夹上一点，放在盘子里，送到她前面。

顺便说说，这两位太监权势熏天，即使皇亲国戚、军机大臣、拥兵百万的大将军都要拍他们的马屁，否则，在太后面前说几句不中听的话，重则杀头，至少要摘去顶戴花翎。

慈禧宫中有不少女官，这列火车上也有四位，她们一点事也没有，只是整天站在太后背后，火车上没有电报，不能办公，这四人也只是摆摆样子，衬托出太后的威严。背后空空如也，像什么样子。

这么多菜，饭后就撤下来，慈禧自然不吃剩菜。一百盘菜加零食，一个老太婆能吃多少。这些食品就是女官和太监的口中食，而且大部分倒掉。

慈禧的零食，也有四五十种。自然大部分也是别人的口中之食。

现在不是反对过度包装吗？进贡给慈禧的食品，如猴头，银耳（现在不值钱了）都要锦匣包装，内衬丝绒，而匣子的装潢要好几两金子，金碧辉煌，光彩夺目，包装的价格超过食品上百上千倍。

慈禧喜欢吃鸭舌和鸭掌，每次要三四十条。她也喜欢应时的时令菜，比如西瓜上市了，她吃西瓜盅，将瓤挖去，装上鸡丁，火腿丁，或莲子，松子，荔枝，龙眼，杏仁，文火炖上好几个钟头。这不过是小吃中的一种。至于各种甜食、蜜饯，样式品种之多，说不清楚。

慈禧吃的东西都贵得不像样。比如鸡蛋，不过几文铜钱一个，但慈禧吃的要几两银子一个，几文钱的贱货，能让老佛爷吃吗？你要不要脑袋！内务府的账上怎么记，不得而知。

慈禧从不“微服私访”，如果她真的出宫，那么蔬菜也要好几两银子一斤，鸡蛋也要几两银子一个。老百姓都说自己肚子饱得发胀。大太监和大臣们早就安排教导好，张着网等着这只高贵的呆鸟飞进来。

皇帝住在皇宫里，就是现在的故宫博物院，里面珍宝无数。我与老伴曾游过一次，仔细看是无论如何来不及的，每一样展品都可以鉴赏几个时辰，只能浮光掠影，走马观花。从上午进宫，浏览一番，中午吃了一碗又粗又硬毫无味道的炸酱面，接着走路，那时还不作兴瓶装水，唇焦舌敝，勉强走到神武门，老伴张口喘气，实在走不动了。我说，走几步就是煤山，明朝的崇祯皇帝就吊在这上面。于是鼓勇上山，摸了摸那棵活着的古董歪脖子树，已是万家灯火。

但这皇宫比起秦朝的阿房宫来，不过是小巫见大巫。杜牧在《阿房宫赋》里，说这宫“覆压三百余里”，五步一楼，十步一阁，穷极奢华。项羽一把火把它烧掉，大火一连烧了三个月。要知道，阿房宫是木结构，加上髹漆，全是易燃物。假如（只是假如，这情况只能想象）现在温州城区失火，烧了三个月，不但鹿城区，连瓯海、永强都烧成平地，还要连带烧到瑞安，数百万人无家可归，如果没有瓯江，连乐清也遭殃。

《阿房宫赋》有几句传世的名言，录在这里，以为前车之鉴："族秦者，非天下也，……秦人不暇自哀而后人哀之，后人哀之而不鉴之，亦使后人而复哀后人也。"无论是官员，是老百姓，记住这几句话，受用无穷。

我们还参观了恭王府，也就是历史上大贪官和珅的府邸。这里曲折离奇，匪夷所思，十足体现了这贪官扭曲的人生观。但里面干干净净，偌大一个地方，要多少人来打扫呢？

后来又参观了宋庆龄纪念馆，原来也是一处王府，不过规模小得多。我问管门人："这里要多少人打扫？"他说："32 人。"我摸摸阑干，仍旧满手灰尘。北京风沙大，除非廿四小时不停地打扫，否则只得任沙尘暴施虐。

那么清代的宫女和太监，恐怕得扫帚抹布不离手了吧。我们也参观过胡同里的四合院，倒也干干净净，北京人讲究生活细节，一点也不马虎。

满人是游牧民族，比汉人落后，许多事情都向汉人学习，只有一样，他们比汉人进步，就是妇女一双天脚。慈禧一生走不了几步路，动不动坐轿子，脚不沾地。我想，她的鞋底都是雪白的。

至于太监、宫女、女官，并没有找到什么特别的资料，汉族的宫女缠不缠脚呢？或者是"解放脚"，不得而知。

校训

校训，字典里说：指对学生有指导意义的词语。温州中学从前大门口有一块“道义之门”的匾，也可视为校训，这匾早在80多年前不知所终。

最著名的校训是延安抗大：“团结、紧张、严肃、活泼。”这是毛泽东所撰。

以下是国内几所大学的校训：

复旦大学：博学而笃志，切问而近思。

清华大学：自强不息，厚德载物。

中山大学：博学，审问，慎思，明辨，笃行。

山东大学：学无止境，气有浩然。

南开大学：允公允能，日新月异。

北京师范大学：学为人师，行为世范。

黄埔军校：亲爱精诚。

中国政法大学：厚德、明法、格物、致公。

中国海洋大学：海纳百川，取则行远。

国外的大学也有校训：

汉堡大学：面向世界，面向科学。

图宾根大学：我敢做。

剑桥大学：此间为神圣与智慧起源之所。

伦敦艺术大学：创意群星。

帝国理工大学：科学捍卫帝国并为之增光添彩。

伯明翰城市大学：做你该做的事，做好你的事。

伦敦政治经济学院：探求事物本源。

伦敦城市大学：服务全人类。

牛津大学：主的光芒明亮，吾辈前程。

比较一下，国内大学着重品德的修养，而且大部分出于经典，如清华大学的校训就出自《易经》。而国外的大学重点在于科学的探索。

这里的差别很明显，令人深思。但到底哪一个比较好，却很难说。校训不会起很大作用，终身按校训办事处世的人少之又少，几近于零。但对在校学生确有影响，不能等闲视之。

北师大的校训是启功拟的，嵌“师范”二字。黄埔军校的校训是孙中山先生亲笔。

我所见的，只有马一浮为复性书院定的学规：主敬，穷理，博文，笃行。最为全面。

黄昏恋

婚姻是所有社会关系中最复杂、最缠夹不清、最难解套的问题，至少是其中之一。

上世纪五十年代某一天，温州市人民政府民政科长许宝仑来找市长。市长不在。我问，什么事，可否由我转达？他要请示市长的问题有点特别。

解放之初，居民委员会主任大部分是老人，其中多数为女性。

× 楼居委会主任是一位 60 出头的老太太，白发红颜，精力充沛，工作细致，多次受到市、区两级政府表扬。

这一天，她和一位 20 来岁的小伙子来民政科婚姻登记处，要登记结婚。

登记处的干部认识这位老太太，说："阿婆，登记要本人自己来。你让你的孙女来。"

老太太说："我……"

"居委会主任也不能代劳。"

老太太说："是我"，她指着自己，"和他"，她指着旁边的小伙子，"结婚"。

登记处干部不敢作主，请示科长。科长也决定不了，于是来找市长。

我说："不要找市长了，你让他们结婚得了。"

科长说："你说了算？"

我说："不是我说了算，是《婚姻法》说了算。你说说，《婚姻法》有哪一条规定年龄相差悬殊不能结婚？"

他搔搔头皮，说："他妈的，真的没有限制，我昏了头了。"

这件事到底不同寻常，机关里疯传了好久。

几十年以后，82 岁的杨振宁教授迎娶 28 岁的新娘，没有人讲七讲八，反而传为佳话。杨教授是国际顶级科学家，为中国人民争了气，老婆年轻几岁，又算得了什么。不过，娶年小配偶的资格只限于男性。上面说的居委会主任如果是男人，就失去了新闻价值。

鲁迅先生在 1918 年所作《我的节烈观中》说过，古代的女性不过是男人的物品，"或杀或吃，都无不可……一同殉葬更无不可"，既然是物品，谁也不会去计较年龄的大小。

汉唐是历史上的盛世，对待婚姻比较宽松，公主再嫁的事不止一起。杨贵妃是唐玄宗的儿媳妇，武则天是高宗父亲唐太宗的小老婆，放在现代都是难以想象的事。

到了宋朝，就不同了，出了二程和朱熹，他们提倡理学，女子要三从四德，程颐说:“饿死事极小，失节事极大。”丈夫死了，妻子宁可去死，不能改嫁和谈恋爱（那时叫相好）。

一直到几十年前，女子失偶再婚或恋爱，即为不贞，丢了全族人的脸，族长要干涉，舆论要谴责，甚至被装进竹篓，沉水溺死的。讨寡妇作老婆的男人也倒霉，西南一带被称为“挖枯井”，为社会所不齿。

总体上来说，只要求女子从一而终，而男子例外，他们三妻四妾还有嫖妓作为性生活的补充。阔气的还有外室，金屋藏娇。曾国藩以道学家自居，但他也出入花柳场，曾送给天津妓女大姑一副嵌名联:“大抵浮生若梦，姑从此处销魂。”情见乎辞，确实写得好。

以上云云，只限于中国，洋鬼子不管这一套，耄耋之年的大老板娶个与孙女差不多大的明星或长腿细腰三围标准的模特儿;白发富婆娶个小老公，堂而皇之，携手而行，开 Party 蹁跹起舞，没人理会，更没有人说闲话。

宽容对待黄昏恋是社会进步的标志。但是，在中国，往往伴随着泪水，屈辱甚至鲜血淋淋，在我有限的视界里，悲剧多，幸福的少。

到底多老才算黄昏恋，按现行法律，男性 60 岁退休，女性 50 岁退休，这算得上“法定”的界线。

以上不过是得胜头回，下面才是正文。

A，男性，自有房屋，事业有成，虽非日进斗金，即也衣食无忧，而有存款若干万元。他中年失偶，雇一保姆，料理家务。她是农妇，寡居多年，面目尚称端正，十分勤快。从此一日三餐有人料理，有人说说话，房子里不再有阴冷之气。且房屋内外，纤尘不染，她跪在地上揩地板。A 问：“何不用拖把？”她说：“地板缝里拖不干净。”

久之，渐有感情，有谈婚论嫁之意。

所有的儿女都极力反对。父亲是当地名人，去世的母亲是中学教师，哪能让保姆当继母。

大儿子买冰箱、洗衣机、电饭煲，说：“这些都有了，要什么保姆！”

二儿子更甚，当面训斥未来的继母：“你在这里干什么，还不滚回去！”

A 是十分通达宽厚的君子，并无门阀高低、身份贵贱的成见，而他的年轻儿子却个个龌脑。

背后恐怕还有实际利益在作祟。配偶是第一继承人，要分去不少份额。

A 被迫辞退了保姆，孑然一身，形影相吊，从此心灰意懒，一蹶不振。本来每天小饮几杯酒，从此不但白天喝，半夜也喝，而且非大醉不休。自我麻痹，恶性循环，很快得了胃癌，发现时已转移，人过中年，含恨辞世。

B，女性，丈夫生病十多年，她服侍十多年。不但抚养儿女成人，而且精心照顾丈夫，尽心尽力，无怨无尤。

丈夫死后，她还是中年。她的一位男同事也失偶，同病相怜，渐有好感。他仪表堂堂，为人正派。B 从此注意仪表，衣着光鲜，而且容光焕发，看起来年轻了好多。

但是（天底下往往坏在这“但”字上），不幸儿子太有出息，属于知名人士。他极力反对母亲再婚，原因不明。想来不过是自己社会地位高，母亲嫁人，丢了他的面子。而母亲的感情生活和幸福，远不及面子要紧。儿子是自由恋爱而结婚，母亲并不干涉；母亲却连自由恋爱的权利也被剥夺了。

B 得了忧郁症，孤单而寂寞。从此萎靡不振，头上很快出现白头发。

C，女性，端庄之中显妩媚，且娴静朴素，是我的同辈人中第一等人物。

丈夫是高干，不幸在反右中屈死。

C 的初恋情人为小学教师，不幸也失偶。彼此十多年不通音讯。一个偶然的机会，才知道遭遇相同。初恋是没齿不能忘的情愫，刻骨铭心。二人庆幸还有破镜重圆的机会。

不幸，儿子是县委副书记。

原来是高干夫人，却要成为穷教书匠的妻子，这不行。儿子下了禁令，如果不切断这不尴不尬的关系，立即断绝母子关系，永不相见。

但黄昏恋比年轻人的恋爱更谨慎、更持重、更深沉，因而更坚定。儿子的反对，割不断这条看不见的情丝，不过转入地下，更隐蔽而已。

县委副书记官小（清朝不过从七品，比七品芝麻官还低半级）能量大，很快侦知母亲“不顾大局”，威胁道：“如果还与那个人来往，我就死在你的面前。”同时强迫母亲住到邻县去。

一面是恋情，一面是亲情。C 在中间挣扎，左右做人难。既然做人难，索性不做人。一个风雨之夜，悬梁自尽。

我与老伴得此噩耗，久久相对无言。

D 与 F 都是我的熟人，他们本来是初恋情人，但鬼使神差，后来两地工作，各自成家。

上世纪八十年代，在 F 所居城市里开会，二人见面，才知道彼此已都是单身，虽不能畅诉衷曲，但神情异于常人。双方的子女都很通达，他们互相串联，想促成好事。而且给我写了一封长信，希望我也支持他们。父母为子女的婚事操心，比比皆是。儿女为父母的婚事操心，是罕见的喜事。我自然乐观其成。他们不欲声张，不请客，不摆酒。新房里只有我送的一副对联，用的是杭州月下老人祠堂的旧联：

愿天下有情人都成了眷属，

是前生注定事莫错过姻缘。

他们幸福地过了好几年，我和老伴常去闲谈。窗明几净，兰花数盆，清茶一杯，往往一坐大半天。

黄昏恋有一个隐忧：双方都进入老年，未免有病有痛。D 的健康情况不大理想，肾功能渐渐衰退，常常腰酸背痛。唯恐恋人不安，秘而不宣。等到忍无可忍，才到医院，诊断为肾衰竭，而且失去了最佳医疗时机。医生责备其耽误了医治，命令立刻住院血透，从此缠绵病榻，F 日夜相伴服侍，直至 D 病故。

F 回到原来的家，“独对秋塘，只将孤影侣斜阳。”“这次第，怎一个愁字了得。”

E 是谁，是男人还是女人，我一概不知，在一个偶然的场合看到以下两首诗：

其一

梦里依稀雨雪天，冷雨敲窗不成眠。

白头未必心便死，来生或续未了缘。

其二

秋风秋雨阵阵寒，郁结情怀向谁言？

世事原不遂心愿，唯叹坎坷不了缘。

诗不大高明，但意思很明白，他或她已进入老年，但患了这大千世界上无药可治的病——单相思。

他或她倾心的异性或遥不可及，甚至是有夫之妇或有妇之夫。人到老年，血脉偾张，横刀夺爱，已无勇气与精力，何况还要顾及儿孙的面子与社会的舆论。白发老妪，到底不如青春靓女可以放肆张扬。因此只能闷在心里，发而为诗，这是灵魂深处最大的感情秘密。录在此处，以备一格。这位老年朋友，仍沉湎于恋情，不能自拔，虽说痴心可悯，但大可不必，寇准说："叹人生，难欢聚，易离别。"范仲淹说："都来此事，眉间心上，无计相回避。"抛却牵丝攀藤的孽缘，休管穿林打叶雨，策杖含笑且徐行，岂不潇洒！

结婚的爱

这是一本书的名字，它的作者是计划生育的鼻祖，美国人M·Sarger山格夫人。薄薄的一本，却是丰子恺题书名并设计封面，周建人（鲁迅的三弟）作序，可见这书分量不轻。我看见他们的大名，才从一个小书摊上买了来。几次搬家，这书已不知去向。不过我还记住其中的两点：

一，男女性兴奋的时间不同，男的很容易勃起，达到顶点，像个锐角；女的慢得多，男子要耐心地等待，并以温柔的抚摸、接吻等方式诱使她兴奋起来。这样性生活才能美满。书上还绘有两条曲线图。

二，女性的兴奋点一般是嘴唇、乳房（特别是乳头）和阴蒂，但不一定。书中举一例子，夫妻结婚已久，但妻子始终冷淡，丈夫百般挑逗不起作用。某次偶然吻她的两乳之间的乳沟，妻子立刻兴奋起来。山格夫人说，要使性生活美满，要找到这兴奋点。

这是一部科普性质的书，是很严肃的科学著作。

日本医学博士渡边淳一也有一本同样内容的书，书名却不像科学著作，叫《男人这东西》，20 多万字，厚厚的一本。剖析男人从初少期、青年期直到壮年的身心发展结婚过程。

他说：“若缺少精神的爱（我们称之为爱情）是不可能形成刻骨铭心、经久难忘的记忆的。”

接着分析精神与肉体的关系，这两者是不可能截然分开的。爱上一个人之后，自然而然地希望与之发生肉体关系。而反过来肉体的接触（干脆些说就是做爱）会使爱情更加深化。“精神与肉体是爱情的两翼，互倚互生，相得益彰。”最理想的夫妻是“双方精神相通，肉体关系紧密”。

他认为即使是恩爱夫妻，也不一定白头到老。原因很复杂。比如工作不顺利，与同事相处不融洽，身体不适，精神萎靡，甚至多喝一点酒，都会影响到性生活。如果妻子不体谅，丈夫又不善解释，就可能认为丈夫有了别的女人。反之亦然，妻子发现丈夫无故对做爱冷淡，就会怀疑他另有所爱。

对男性来说，往往把爱情与性当作不相干的两回事，反而把婚外的性行为当作风流韵事。这就更促使对方的怀疑。

正因为夫妻的关系休戚相关，太过于密切了，容不得一点委屈和怀疑，无论从经济方面、儿女关系方面、“体面”方面，都变成极为敏感的问题。

在工作单位不顺利，不会发生大矛盾。而家庭内的矛盾，却会酿成夫妻不和。夫妻关系比工作关系脆弱得多。这是很多人没有想到过的。

爱情这东西有点不可捉摸，是“非理性化”的精神现象。为什么会爱上一个人，并非学识、品貌、体格、工作能力、经济收入等等可以决定的，这一些当然也是相中对方的条件，但不一定，“巧妻偏陪拙夫眠”确实存在。别人认为最相配的一对却不能成为夫妻的事，是经常发生的。

渡边淳一还指出：“如果生活中出现一个比配偶更强更有吸引力的‘朋友’，也会使家庭莫名其妙地受到伤害，即使在实际上什么事也没有发生。比如丈夫与一个美女一起逛公园，这美女或许是偶然相遇，或者是朋友的妻子，或者是同事或老同学，不过是随便走走而已，但如果这丈夫不善言辞，解释不清，可能会引起一场风波。反之亦然，丈夫会认为妻子有外遇。”

生儿育女之后，按道理说，双方联系的纽带更巩固了，但妻子的家庭负担加重了，无暇同时关怀丈夫和婴儿，因而显得对丈夫生疏了，因此反而产生一些矛盾。这种例子也俯拾即是。

总之一句话，结婚了，有了家庭了，就万事大吉？家庭生活好像养花一样：要注意培土施肥、灌水，注意天气变化对植物的影响，家庭比婴儿更难侍候。夫妻、肉体关系，比人们感觉到的复杂得多。心理学权威霭理士（Havelock Ellis）著有《性心理学》，翻译者为潘光旦，他本人就是社会学家，清华大学教务长，著作甚丰。

《性心理学》提出，婚姻不仅仅是夫妻双方的事，“一是身体的关系（即双方的性关系）；二是精神的关系（即爱情）；还有第三，建筑在共同生活上的人事关系”。确实，夫妻恩爱，性生活和谐，并不等于家庭就美满了。夫妻自有房子，当然比较理想，租屋借屋结婚，难免使新郎新娘都难堪。如果是个大家庭，两代三代人同在一个屋顶下生活，尤其是兄弟同住，妯娌之间能和睦相处的极为少见。如果儿女长大了，问题更多了，“代沟”是客观存在的，两辈人经历的历史社会道路各不相同，甚至千差万别，形成的观念自然各异。何况青年往往有逆反心理。

社会影响远远大于家庭的影响，这是历史所规定的必然。打开电视机，父母子女闹别扭的故事特别多，内容也五花八门，这正是社会现实的反映。

老一辈人撑起一个家庭的确不容易，自然认为自己最有发言权，但子孙并不承认这权威，中外古今，概莫能外。而且家庭的周围还有岳父岳母、哥哥弟弟、三姑四嫂，人多嘴杂。尤其在财产的享用和分配上，并不如数学 1 + 1=2 这样简单，牵涉到家庭之外人的利益。婚姻并不仅仅是两个人的关系。社会好像一张网，家庭不过是其中一个结。只有意识到这一点的夫妻，才能容易摆平各方面关系，营造出一个安定温柔和睦的环境来。

山格夫人和渡边淳一都是大学问家，但他们视界过窄，只在家庭、夫妻之间盘旋，而霭理士把家庭、婚姻、两性关系与整个社会相联系来思考，似乎比前二人高出一个层次。

心香一抹

生死寻常事，文章都在，随你说歹说好；
去留须臾间，骸骨全消，管他成鬼成仙。

《站着写人生》后记

1994年5月22日，《温州晚报》报道我的小说《温州城下》出版，记者叶存政，题目是“站着写人生”。每个人都以行动写自己的一生，站着，确比坐着躺着吃力，但人生本来就是劳累多于安乐。《百喻经》问：“天下众生，为苦为乐？”答曰：“众生甚苦。”亦可作如是解。用作书名，十分妥帖，只是未得叶先生同意，请他原谅。

不觉青丝成白发，仍嗜书成瘾如旧，但从未想到自己动手写书出版。67岁，得了颈椎病，颈部强直僵硬，右手麻木，时复剧痛，夜不能眠。医了半年多，总算好了，但从此不能伏案低头写字读书。袖手闲坐，无以遣长日，才想到写小说。写小说不必低头查书翻档案，可以借一点缘由，胡思乱想。于是在书架上搁一块板，将稿纸别在上面，面对书架站着，平视，抬臂写字，如教师写板书然。这样，不必低头，旧病不致复发。《温州城下》出版时曾诌一绝曰：“无端强项惹相思，面壁穷年记旧时……”强项、面壁，均纪实也。

这十来年中，除了写长篇小说，还写了一些随笔、回忆文章和短篇小说，居然也有 30 来万字，就是这一本书。这些作品，多数是说温州历史和温州社会的方方面面，略具地方色彩而已，与众不同之处，只是写作的姿势。世上站着而不低头写作的人不多，也算是一种特色吧。

文章编排，以事物发生的先后为序，大体上可以窥见几十年来生活的轨迹，从中或可隐约听见历史的回声。书中最后几篇小说中的“我”，不过是虚构的人物，所叙事也不是我的亲身经历。

温州人祝寿，“做九不做十”，今年 79 岁，可视为 80，“80”是个可喜的数字，表明心身尚健，长寿的人多了，也是社会进步的标志，但这也是个可憎可怕的数字，它意味着衰老、衰弱、衰退，与天堂或地狱距离越来越近了。

这几年，老友凋零，我常写挽联送其上路。那么，也为自己撰一副吧：

生死寻常事，文章都在，随你说歹说好；

去留须臾间，骸骨全消，管他成鬼成仙。

自挽联只是笔墨游戏，闹着玩儿。文章千古事，有无价值，要经过 30 年、50 年甚至 100 年，待后人评说，才见分晓，生前既不可知，又何必挂在心上呢。

《轶史随录》序

这本书也可以叫《温州近代史随笔》，大部分的人与事跟温州有关，但范围大得多，“温州”二字不能完全覆盖，所以取现在这个书名。书里涉及的时间自上世纪二十年代到四十年代末期，大体上正是蒋介石统治中国的时间，也正是中国共产党建立到夺取了全国政权的时间。

20 多年前，我参加温州党史的征集研究工作，大量阅读以上年代的文献、档案、刊物和报纸，文字不会少于 7 位数，如果加上各方面人物的回忆录，数量更加可观。查阅这些材料的目的，是要弄清浙南（包括现在的温州地区）共产党历史的本来面目，为编写地方党史作准备。在这些发黄发脆的纸页里找材料，有点像沙里淘金。在档案馆或图书馆坐上一天半天，往往摘录不了几行字，但接触到的与党史不沾边的材料却非常多。比如，国民党政府的种种作为，经济生活的方方面面，普通老百姓的生活琐事，名人轶事，地方掌故以及诗歌散文，等等。我一面认真挖掘与党史有关的点点滴滴，一面随手摘录其他感兴趣的东西。当时摘录这一些，有什么功利的动机否？好像没有。它们有什么用呢？也没有想过。只是长时间的伏案翻阅而一无所得，于心不甘，记下一些，也算没有白白浪费光阴。日积月累，竟密密麻麻地记了十几本笔记本。撰写党史的材料被挑出来用上以后，它们就塞在书橱的角落里，纸页也发黄了。

《站着写人生》出版以后，重新浏览这些笔记，发觉这些庞杂的包罗万象的零星记载，可以看成另一种历史参照系统，似乎还可以利用。近代中国，主要的政治力量是执政的国民党和在野的共产党，社会活动的任何领域，都离不开这两个大党的影响，而我的笔记本的内容，大部分来自国民党方面的档案和出版物。(本书对当时的国民党颇多不敬，这并不是我有意贬低它，而是它真的很差劲，很腐败，人心全失，乏善可陈。如果不是这样，一个有几十年历史的执政大党，会被赶出大陆吗？国民党在大陆失败的根本原因，在于它的独裁专制的政治制度。在这种制度下，无民主可言，无监督可言，而失去了监督的权力，必然腐败，必然妨碍生产力的发展，必然民生凋敝、民怨沸腾，必然走向灭亡。从这个角度来考察，唯其说国民党是被共产党打倒的，不如说是国民党自己打倒了自己。这个沉重的历史教训，不但国民党应该记取，任何政党尤其是执政党都不应忘记。）

我国自改革开放以后，经济实力蒸蒸日上，综合国力不断提高，世人有目共睹。但是，经济的发展不等于政治体制就“自动”地健全了。毋庸讳言，我国在经济高速发展的同时，贫富悬殊、贪污腐败等令人焦虑的社会问题还严重存在，这些问题的解决，均有赖于政治体制的改革。近年来，党中央不断提醒全党要健全民主制度，加强民主监督，提高政府工作的透明度，有识之士亦大声疾呼，其意均在解决政治体制改革滞后的问题。所谓滞后，即生产关系与生产力之间、上层建筑与经济基础之间的关系，尚不适应，尚需进行重大的调整，使前者能适应、促进后者的发展。无数的历史事实证明，这种不适应是很危险的，凡政权更迭，政党消亡，大抵与此有关。翻抄故纸，付梓成书，非为猎奇怀旧，盖前事不忘，后事之师，民国时代的教训，殷鉴不远，能不警惕乎！

社会的发展是丰富的与多层次的，不仅有影响历史进程的大事，也有常被忽略的小事；不仅有大人物的政治生涯，也有平头百姓的喜怒哀乐。不同角度、不同强弱的光影的汇合与折射，才是立体的有深度的实像。从历史学的角度看，很值得一写。

我国有写随笔的传统，数量可观。比如，我家远祖洪迈就有一部《容斋随笔》，毛泽东很喜欢它，所以名气很大。里面所记载的上至朝廷典章大事，下至市井琐事，品类繁多。有人还从中捡出诗词部分，编了一部《容斋诗话》。这一类随笔，不仅可以作为历史书来读，而且往往夹叙夹议，把作者的见解溶入文字之中。如果作者目光深邃又是文章高手，那么不仅文采斐然，而且议论风生，警句秀句迭出，引人入胜，作为文学作品来看，亦属上乘之作。我又何妨一试呢。

史学著作，只研究历史发展的主线，探索其规律，很严肃，很严谨，往往板着面孔说话。而随笔之类，就轻松多了，题材的选择也宽得多，上至国际风云，下至里巷琐事，甚至蜚闻谰言，均可入选。也可以借一点缘由，作多种开拓，一滴水中看世界。《轶史随笔》虽不敢说是当年社会的百科全书，却也反映了那个特定时代中革命与反动、进步与滞后、高尚与卑鄙、纯洁与污浊的光怪陆离的高下深浅层面的社会相。不同的读者，或许都可以从中找到自己感兴趣的话题。

“轶”，散失也。“轶史”并非真的湮没无迹，只是被弃置、被冷落、被封锁、还未挖掘出来而已。它们往往星星点点隐藏在各种书籍文字中，常常被忽略。以这一角度看，本书可以叫《温州近代史钩沉》。

书中所用的材料，绝大部分有文字根据，小部分来自口述历史，但都尽量求其有根有据，捕风捉影之谈，概不收录。历来研究历史的专家，除了正史之外，往往还从私家的野史、笔记之类杂书中寻找佐证。正史与野史，并没有绝对的界限。

《铁史随录》后记

有些书的扉页上印有“献给某某”的字样。这位“某某”如果是女性，而作者又是男性名人的话，就会有好事之徒去考证这位佳人是谁？是他的梦中情人？单相思的对象？还是实实在在的第三者？这就多了一则“文坛佳话”，有人特别对这些桃色事件有兴趣。如果是女作者献给某一位男士，那么兴趣就加倍。

如果我也要把《铁史随录》献出去，献给谁呢？试开一张名单，竟有两位数：创造历史的烈士、前辈和同辈，一大批，这是文章的源头，没有他们，就没有这本书；帮我筹款的同志，支持我出书的、为这本书呐喊助威、找寻资料的朋友们；免费的责任编辑、免费设计封面的画家、免费的高级校对；等等。还有我家的后勤部长兼厨子兼理发员的老伴，她如果甩手不干活，我自己料理柴米油盐酱醋茶，哪有时间爬格子？我遇到“笔头呆”写不出字来时，就高声向忙于家务的她请教。“笔头呆”都是常见字，生僻的字想不起怎么写的反而不多。她十有八九立即答上了，而且讪笑说:“孔夫子不识问奶奶。”我被封为孔夫子，她的身价也提高了。这么多人，扉页上印得满满的，像样吗？只好一概免了。不过，我要特别提到两位前辈，一位是邱清华，一位是林鹤翔。他们支持帮助我的书出版，不仅仅出于对文化事业的关心，而在未见到全部手稿之前，就无条件地支持我。他们信任自己的同志不会写无聊的文章,做对国家人民无益的事情。这种信任极为可贵，令人感动。还有陈清和、陈法文、尤晓辉、蔡南星他们，人数不少，可开一张长长的名单，他们从各个方面帮助这部书的出版。

130 多篇笔记，不可能全是精品，如果有那么十几篇，也就是全书的十分之一左右为读者所称道所欣赏，我就十分满足了。或许，确有几篇上得台盘，议论有别出心裁处，但有几篇纯粹是史料，恐怕只有专业研究者及对世道人心特别关心的读者感兴趣吧。

《明日黄花》后记

我自 70 岁出版长篇小说《温州城下》，然后是《伍家旧事》《站着写人生》《轶史随录》和这一本《明日黄花》，如果加上与沈国鋆合著的《龙跃传》，那么，20 年才 150 多万字。我说过，我从事创作主要是自娱，这是真的。当然，也是有话要说，否则，全是无病呻吟，岂非无聊透顶。

这本书的出版，我十分感谢我在故乡乐清的一位忘年朋友周献洲。他包揽了进印刷厂之前的一切工作，包括打字和校对。而且绝对尽义务，坚决拒绝拿我的一分钱。书稿在上机印刷之前，总是不断地改，我改一通，他在电脑上也随之改一通，反复多次。我十分感激，又十分愧疚，我习惯繁体字，又喜欢草书，书稿在打字员看来，简直是天书，献洲的校对工作之辛苦，可想而知。他实际上是本书的编辑。

我还要谢谢郭红梅女士，她为本书的版面设计、改错及调整，花了很大工夫。

《谈酷》和《呜呼梁山好汉》是和三弟武平合写的。

纪念禹平和明津的文章，是得知噩耗后心情抑郁之时匆促写成的，比较粗糙。但仍不加改动，至少，它代表了当时的心情。

这一套《站着写人生》丛书封面上的书法作品，是画家朱乃正写给我的一幅字。最近得知他于 2013 年 7 月病逝，享年 79 岁。注此一笔，以为纪念。

有人问我，以后还写吗？这可说不准，但我已边缘化，离阎罗王殿下的阴曹地府也越来越近。创作的冲动会不会再次光临，未能预料，这《明日黄花》或许是我的最后一部书。

《回到童年》自序

老了，眼前的事转瞬即忘，80 年前的事却历历在目。书斋寂寞，录些些旧事，以消永昼。

《涛声依旧》后记

这本书的后面几篇，是在新型冠状病毒型肺炎施虐时写的。街道几乎空无一人，公交车停运，商店关门，各处设路障如战时。出门要戴口罩，像是一座死城。

这是数百年才一遇的大瘟疫。全世界都受其害。

我反正不出门，只管写自己的文章。无人来访，反而清净。直到 2020 年 4 月宣布解除警报，本书才与编辑见面。

正值春节，我下令儿孙辈不准出门拜年，我家无人染此病，外地弟妹亦平安，亦幸事也。

《出家人》后记

写这本书时，我下肢浮肿，将脚搁高，才舒服些，书夹置于膝盖上写作，可称膝上文章。

《与子偕老》后记

这大概是我的最后一本书了，除了几首旧诗，差不多我的文学作品全部在这里。但这并非全部，与沈国鎏合作的《龙跃传》，与三弟合作的《回头草》如果算进去，那么就有 18 本，265 万字。还有些自己不满意，没有收进去。

我已经 97 岁了。但至今未发现致命的病，或许还能活几年。以后是否再写呢？不知道。目力不济，恐怕只能练练书法过日子了。

好几位好心人劝我写自传，但我不会写。活得太苦，何必再在旧伤痕上加几刀呢？其实我真有点内功的话，是造纸化学。如果有张文凭，那就是造纸化学工程师，不过这行业发展得太快，这些知识也作废了。

我与作协、文联都没有联系，是游离在文坛之外的作者，曾戏称自己是太乙散仙。

这些书有否有价值，要在几十年甚至几百年后才知道。

既然不知道，那就随它去吧。

《桑林静》是装帧大师蔡荣设计封面并在北京印刷。

大部分封面都是陈天佑设计的，插图全部是三弟武平的作品。

18 本书中，后 15 本的编辑都是周献洲，我们是名副其实的忘年交，我比他大 47 岁，几乎半个世纪。

《温州城下》和《伍家旧事》这两部长篇小说重版过一次。

后 13 本书，打字者为江成胜君，特此致谢。

《相濡以沫七十年》后记

我欲无言。“黯然销魂者，唯别而已。”

洪水平创作年表

1994年	70岁	长篇小说《温州城下》
1998年	74岁	长篇小说《伍家旧事》
2003年	79岁	散文短篇小说集《站着写人生》
2005年	80岁	史话《轶史随录》
2009年	85岁	传记《龙跃传》(与沈国鋆合作)
2014年	90岁	散文集《明日黄花》
2014年	90岁	散文集《回头草》(与洪武平合作)
2016年	92岁	散文集《姊妹》
2016年	92岁	随笔集《九十一二》
2017年	93岁	散文集《回到童年》

2017年　93岁　中篇小说《桑林静》
2017年　93岁　散文集《世家子弟》
2017年　93岁　《洪水平书法集》
2018年　94岁　散文集《王小二饭店》
2019年　95岁　杂文集《纸上烟云》
2020年　96岁　杂文集《涛声依旧》
2020年　96岁　杂文集《北窗琐记》
2021年　97岁　杂文小说集《出家人》
2021年　97岁　《洪水平致周献洲信札》
2021年　97岁　杂文集《与子偕老》
2022年　98岁　散文集《相濡以沫七十年》

图书在版编目（CIP）数据

百年水平 / 洪水平著 ; 瞿冬生编 . -- 上海 : 文汇出版社 , 2024.5

ISBN 978-7-5496-4236-6

Ⅰ . ①百… Ⅱ . ①洪… ②瞿… Ⅲ . ①随笔—作品集—中国—当代 Ⅳ . ① I267.1

中国国家版本馆 CIP 数据核字 (2024) 第 067192 号

百年水平

作　　者　洪水平
编　　者　瞿冬生

审读编辑　郑　蔚
责任编辑　苏　菲
特约编辑　方韶毅
装帧设计　胡文胜

出 版 人　周伯军

出版发行　文匯出版社
　　　　　上海市威海路 755 号（邮政编码 200041）
经　　销　全国新华书店
印刷装订　温州市北大方印务有限公司
版　　次　2024 年 5 月第 1 版
印　　次　2024 年 5 月第 1 次印刷
开　　本　889×1194　1/32
字　　数　210 千字
印　　张　10.75

书　　号　ISBN 978-7-5496-4236-6
定　　价　78.00 元